最強魔法師の隠遁計画
The Greatest Magicmaster's Retirement Plan
18

アルス・レーギン
人類最強の天才魔法師だが、今は学生身分。
テスフィアを助けるべく貴族の戦争遊戯【テンブラム】に参戦するが!?

アイル・フォン・ウームリュイナ
テスフィアに政治的婚約を迫る強敵。狡智に長けた大貴族の子息で、絶大な権力を持つ策士。
テスフィア・フェーヴェル
アルスの同級生で、大きな才能を秘めた貴族令嬢。自身の婚約が賭かった【テンブラム】の最中、異変に巻き込まれ……!?

すっとテスフィアの指がこちらに差し向けられた。その
指先に青白い魔力光が輝くのと同時、アイルの背筋に、
文字通り凍りつくような悪寒が走る。

最強魔法師の隠遁計画 18

イズシロ

HJ文庫
1164

最強魔法師の
隠遁計画

The Greatest Magicmaster's Retirement Plan

CONTENTS 18

Presented by IZUSHIRO Illustrator MIYUKIRURIA

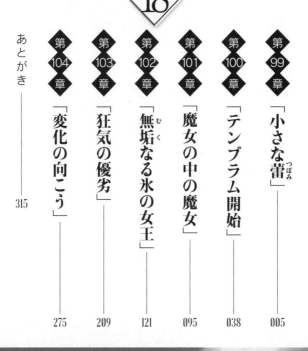

第99章「小さな蕾《つぼみ》」

さして意識もしないまま年を跨《また》ぎ、気づけばもう新たな年度に突入《とつにゅう》していく。そんな時の流れの速さに対する感慨《かんがい》は、止まることのない世界の中で、人がふと己《おのれ》を振《ふ》り返った時に、初めて感じることなのだろう。

第2魔《ま》法《ほう》学院もまた、そんな風に流れ続ける時間の中で、いっそ自ら加速するかのように時を刻んでいた。時の流れは否応《いやおう》なく学院を平穏《へいおん》へと回帰させ、過去の事件全てを上書きしようとするかのように、講義や訓練漬《づ》けの日常が学生らを押《お》し流《なが》していく。

そんな中、今日も訓練場には、多くの生徒が足を運んできている。

寸暇《すんか》を惜《お》しんで己を鍛《きた》えねば――良くも悪くも、生徒らの意識にはそんな大きな変化が訪《おとず》れていた。多くの犠《ぎ》牲《せい》の上に成り立った覚悟《かくご》故に、それをそのまま歓迎《かんげい》すべきかどうかは分からない。ただ、その変革の元になったあの事件については、誰《だれ》もが沈黙《ちんもく》を守り、何かの拍子《ひょうし》にすら触《ふ》れることはなかった。

そんな奇妙《きみょう》な空気は、いやでも第2魔法学院に重苦しいムードをもたらしていた。

きっかけなど何もなかった——全ては変わるべくして変わったのだ、と。誰もがそう、自身に言い聞かせようとしているかのように。

そして今、講義を終えた少女が足を向けた先は、やはりその他大勢と同じく訓練場であった。

アルスとテスフィアが学院を発《た》って、数日が過ぎている。

一人取り残された形の彼女《アリス》は、この間ずっと、あることに励《はげ》んでいた——【貴族の裁定《テンブラム》】についての勉強である。

居てもたってもいられず自主的に始めたことだが、考えてみればどれだけ知識を得たところで、アリスが実際にそれに参加できるわけでもない。つまるところ、全ては自己満足にも似た不要の努力ではないか……？

ふとそれを自覚した彼女は、そろそろ一区切りをつけて、訓練に戻《もど》ろうとしていたのだ。

すっかり習慣になり、風景も見慣れてしまった訓練場への道のり。もうここへ通うようになってから、一年になろうか。ほぼ機械的に足を動かしながら、頭は別のことを考えてしまっているようだ。

全てに合理的に見切りをつけた身体はさっさと訓練を始めようとしているのに、わだかまる気持ちがそれを押しとどめているようで、いっそ申し訳なさすら覚えてくる。

やるべきことも、それに対する熱量も何一つ変わっていないはずだが、憂鬱《ゆううつ》とした気分が、今も身体の内側にしつこく貼《は》り付いているかのようだった。

アリスは心ここにあらず、といった様子で訓練場に到着《とうちゃく》し、ほとんど自動人形のように更衣室《こういしつ》に入って着替《きが》えを済ませる。こうしていざ訓練場に立とうとしても、特に感慨めいたものは湧《わ》き上がってこない。

「最近元気ないよ、アリス」

更衣室を出たところで、上目遣《うわめづか》いに見上げてきたのは訓練着姿のシエルだった。彼女もまた放課後の鍛錬《たんれん》のために、いち早くここにやって来たのだろう。

小柄《こがら》なせいか、気づいたらどこにでも現れる気がするシエルだが、彼女の行動を実際に目で追ってみれば、とにかくその人柄《ひとがら》の実直さ、生真面目《きまじめ》さが目につくことが多い。

講義で分からないことがあれば、すぐに教員や友人に聞きにいく姿を幾度《いくど》となく見てきた。ちょっとした疑問ならアリスやテスフィアにすかさず尋《たず》ねてくるし、それが魔法の原理や魔法式の構築といった複雑な事柄《ことがら》なら、躊躇《ためら》わずアルスへと真っすぐにアプローチする。その行動力はアリスにはないもので、毎度のことながら感心させられるのだ。

「あ、うん。大丈夫《だいじょうぶ》だよ……」

「そうだよね、でもさ、フィアもアルス君だって休んでるし。あ、ロキさんもか」

アリスのどこか上の空な笑顔《えがお》には触れず、シエルは全てを見透《みす》かしているような物言いをした。まさに彼女の言う通りだ。同時に、そんな人恋《ひとこい》しさにも似た感情を見破られたようで少し恥《は》ずかしさもある。

気遣《きづか》わしげに真っすぐな視線を向けてくるシエルに、アリスは取り繕《つくろ》うように頬《ほお》を掻《か》いて、わざとらしく微笑《ほほえ》んでみせた。

「まあねぇ、でも、できることもないし、私には別にやらなきゃいけない事もあるしで、どうしたものかなあってね。けど、シエルが思うほどじゃないよ？　ちゃんと元気だしね！」

相手がシエルだからこそ、多少の本音も織り交ぜてみたつもりだが、シエルは勢いよく頷《うなず》いて、アリスも驚《おどろ》くほどの大げさな身振《みぶ》りを返してくる。

「うんうん、分かるよ！　けど、やっぱり思《おも》い詰《つ》めすぎじゃない？　私も忘れてたわけじゃないけど、フィアは貴族のお嬢様《じょうさま》だしねー」

アリスを力づけるためだろうその言葉は、逆に改めてその事実に気づかせてくれたようでもあった。身分が違《ちが》う。やはり、隔《へだ》たりがあるのかもしれない。

そして、乗り越《こ》えようにも、アルスやロキのような圧倒的《あっとうてき》な実力が自分にはない。

訓練場の壁《かべ》にもたれかかったアリスは、小さく嘆息《たんそく》した。

「そうなんだよねぇ。でもいくら貴族でも、やっぱり大変なものは大変じゃないかと思うんだ。フィアを見てると、あえてのお気楽そうな態度が、寧《むし》ろ心配になるくらいだし」

「そうだね。でもまあ、そう暗くなりなさんな！　だって、アルス君もついてるんでしょ？」

こくりと頷くアリスに、いかにも彼女らしく「なら、大丈夫でしょ」とばかり無垢《むく》な笑《え》みを返してくる。

シエルはアルスの実際の順位など知らないはずだが、わりと傍《そば》でアルスのことを見ていただけに、彼《かれ》が秘《ひ》めている真の力のほどを察しているのだろう。確かに彼女が言うように「大丈夫」なのだ。

【貴族の裁定《テンプラム》】において、アルスがフェーヴェル家側に付いている以上、まさに心配するだけ無駄《むだ》とすら言えよう。たとえ賭《か》けのテーブルに載《の》っている物が物だとしても。

それにしても、今更《いまさら》のようにアリスが気づいたのは、シエルの含《ふく》みのある物言いである。彼女はアリスと同じ庶民《しょみん》の出なはずだが、どこで仕入れたのか情報量の多さに驚かされる。

「シエル……どこまで知ってるの？」

「鈍感《どんかん》なんだから、アリスは。正直言って私はフィアよりアリスの方が心配なんだけどな～」

「どういうこと？」と首を傾《かし》げたアリスに、まるで教師然とした訳知り顔でシエルが口を開く。魔法や講義内容の補足については、普段《ふだん》はアリスがレクチャーすることがほとんどなだけに、どこかいつもと立場が逆転したような様子だ。

「ふふん、フェーヴェル家は大貴族でしょ？　それに、ここに通ってる子はそうでなくても貴族の子弟《してい》が多いからさ、陰《かげ》でけっこう話題になってるんだよ。というか私も、貴族達《たち》の会話を小耳に挟《はさ》んだだけなんだけどね」

なるほど、確かに言われてみれば、だ。フェーヴェル家の娘《むすめ》であるテスフィアが入学してきた、というだけでも当初は大きな話題を呼んでいたほどだ。ならばその一門内で起きた大事件を、耳聡《みみざと》い貴族の子女らが噂《うわさ》にしないわけがない。

続いてシエルは、極力声量を抑《おさ》えて耳打ちしてきた。

「そもそも学院じゃ身分差別は表向き御法度《ごはっと》だけど、現実問題として存在するじゃない？」

「えっ、そうかな？」

少しきょとんとしたように返すアリス。皆無《かいむ》とまでは言わないまでも実際、記憶《きおく》を手繰《たぐ》ってもそこまで露骨《ろこつ》な扱《あつか》いの差を感じたことはない。もちろん庶民出身者と貴族子弟では交友関係については多少の違いもあったが、そこは仕方のないことだと思っていたのだが。

「はあ～、まあアリスは〝そう〟かもしれないけど。実際、ほとんどの貴族の子弟はフィアの顔色を窺《うかが》ってたようなところがあったでしょ。で、三大貴族のお嬢様たるフィアがあいう気さくな感じなんだから、他のそれなり程度の家柄《いえがら》の連中じゃ、どうしたって気取った態度を前に出せなくなるじゃない？」

どこかのんびりしたところのあるアリスと違い、シエルはそれなりに目敏《めざと》いところがあるのだろう。

「後はまあ、アルス君かな。彼がある意味、一人でお貴族様連中の嫌われ役というか、スケープゴートみたいになってくれてたところがあったもん」

これにはアリスも苦い顔をするしかなかった。確かに入学時のアルスは、問題児として今よりもずっと〝尖《とが》って〟いたのは間違《まちが》いない。なにせ、真っ先にフェーヴェル家の娘たるテスフィアに喧嘩《けんか》を売ったくらいなのだから。

ここからは秘密だとばかりにシエルは爪先立《つまさきだ》ちで耳打ちする。

「私も後から知ったんだけどさ、アルス君かなりやってたらしいの」

「やってたって、何を？」

「だから……陰でシメるって言うのかな？　態度が気に食わない貴族の男子とかさ」

「あぁー、ああ……」

ここまで言われれば、さすがのアリスにも容易に想像できた。

彼が当初学院内で浮《う》き上がっていたのは間違いない。本人は孤立《こりつ》状態などまるで気にしていなかっただろうが、もし何か悪戯《いたずら》や手出しなどされることがあれば、アルスは絶対にやられっぱなしではいないタイプだ。

いろいろあったのだろうが、その結果、気づいた時には彼に対して明らかな敵意を見せる生徒はいなくなっていた、ということなのだろう。

触《さわ》らぬ神に、ではないが、きっと背後ではシスティ理事長が手を回してくれていた部分もあったに違いない。どこか理事長に感謝したい気持ちになるアリスだったが、シエルが重ねて言う。

「それと、ロキさんが編入してきたのも大きいよね。彼女が睨《にら》みを利《き》かせて、って言ったらなんだけど。とにかくいろんな要因が重なって、貴族達が大人しくなったっていうのは間違いないよ」

「へぇ～。でも、それはそれで良いことじゃないの？」

「でも、その抑止力《よくしりょく》が今はちょっと薄《うす》れてるわけじゃない？　一年生同士だけじゃなくて、上級生達に対しても、さ」

眉間《みけん》に皺《しわ》を寄せたシエルが、そっと訓練場の中央へと目を向ける。つられてアリスも視線の後を追った。

そこには多くの取り巻きを引き連れた、数人の上級生男子の姿があった。いずれも学院共通の訓練着ではなく、見るからに高価そうな一点物のカスタムメイドめいた服装である。

「さっさと散れ」

彼らは軽蔑《けいべつ》の眼差《まなざ》しとともに、訓練中の生徒らを威嚇《いかく》し始めた。訓練場はいくつかに区画分けされているが、その線引きにすらお構いなしに彼らはずかずかと訓練スペースに侵入《しんにゅう》していく。挙句の果てに、抵抗《ていこう》する相手を力ずくで引きずり出す姿まで見られた。

周囲は誰もが、そんな身勝手な行ないを遠巻きにして眺《なが》めているだけだ。中には、こそこそと逃《に》げるように訓練場を出ていく者さえいた。

そんな上級生らの傲慢《ごうまん》さは、アリスでさえも一瞬《いっしゅん》目を疑ったほどだ。一年間過ごしてきた学院で、ここまで露骨な蛮行《ばんこう》は初めて見たとすらいえる。

身体を硬直《こうちょく》させているアリスの横で、シエルがやれやれ、というように呟《つぶや》く。

「始まったね」

「は、早く先生を呼んできた方がいいよね？」

問いかけるアリスに、シエルは険しい表情を浮かべる。普段は小動物的な愛くるしさを持つシエルには、どうにも似つかわしくない顔つきだ。

「訓練場の管理担当にもう報告はしてるけど、ご覧の通りなの。改善どころか、様子を見にくることさえないのよ。もちろんその先生が今すごく忙《いそが》しいってのはわかるけど、絶対おかしいよね！」

視界の向こうでは、件の貴族子弟らが少し大きめの区画を占領《せんりょう》し終えたところだった。しかも彼らは同時に三人ほどの生徒を捕《つか》まえると、無理やり透明《とうめい》な障壁《しょうへき》の中に押し入れてしまった。

「——なっ、何を⁉」

狼狽《ろうばい》する声が、小さく漏《も》れ聞こえてくる。それに対して、貴族子弟の一人が傲慢な笑顔で言い放った。

「均等に並んで立つんだ、そのまま動くんじゃないぞ。わざわざ私達の訓練に付き合ってもらって申し訳ないね。ただ、お前ら程度がどれだけ頑張《がんば》ったところで、成果はたかが知れている。なら、総合的に見れば私達が力をつけることの方が、学院にとって有用というものだろう」

そう言い終えるが早いか、赤茶色の髪《かみ》の彼は、腰《こし》の剣型《けんがた》ＡＷＲをするりと抜《ぬ》く。

「昨今の情勢を鑑《かんが》みて、対人戦の訓練は欠かせないからな」

それが合図だったように、子弟らの一団はそれぞれが棒立ちの的に向けて、魔法を構築し始めた。

シエルが眉《まゆ》をひそめて呟いた。

「訓練場の置換《ちかん》システムがあるとはいえ、酷《ひど》すぎるよ。あの先生、学院の上層部に報告すらしてないのかな」

「そうだよ、だってシスティ理事長がこんなこと放っておくはずがないもん！」

知らず知らずのうちに、アリスの愛槍《あいそう》を握《にぎ》る手に力が籠《こも》る。

そう、こんなことが罷《まか》り通って良いはずがない。

思わず飛び出そうとするアリスに対して、シエルが小さく呟く。

「アリス、私のお父さんね、下っ端《ぱ》の軍人なんだ。それで今、剣を抜いたアイツはお父さんの上司の息子《むすこ》。他にも似たような生徒は多いんじゃないかな」

「……！」

その言葉の意味を察して、アリスの足が止まった。

アリスに両親はいないが、それでもシエルの葛藤《かっとう》は十分理解できた。アルスらシングル魔法師のような突出《とっしゅつ》した階位保持者同士ならともかく、そうでない場合、軍内で階級は大きな意味を持つ。それも組織の末端《まったん》になればなるほど、階級差は絶対に近くなっていくのだ。

何かを必死に堪《た》えているようなシエルと、悲痛な表情のアリス……そんな彼女らの眼前で、ついに棒立ちの生徒に向けて魔法をぶつけるという凶行《きょうこう》が始まった。その様子を遠巻きにして眺めている生徒達は誰も声をあげず、ただ見守ることしかできない。

激しい魔《ま》法攻撃《ほうこうげき》の前に晒《さら》された哀《あわ》れな標的達は、吹《ふ》き飛ばされては立ち上がることを強制されている。三人の足はいずれもふらつき、顔を歪《ゆが》めて頭を押さえている様子だ。シエルが言った通りダメージは訓練場内のシステムによって置換されるが、それは確実な頭痛や吐《は》き気《け》となって、標的になった生徒達を襲《おそ》っているのだ。

アリスがふと気づいたように呟く。

「上級生側のリーダーのあの人、多分三年生だよね？」

「うん。でもベイス先輩《せんぱい》は、軍への内定が決まってるからほとんど学院にはこないし、止められる人がいないんだよ」

震《ふる》えぎみなシエルの声が、アリスの胸をチクリと刺《さ》した。彼女によれば、周囲の誰も声を上げないのは、最初に反抗《はんこう》した者達が新たな標的にされてしまうからだという。

三年生を実質的に取り仕切っていた、名家出身のデルカ・ベイス——清廉潔白《せいれんけつぱく》な人柄で知られた彼が不在というだけで、こんな痛ましい事態が起こってしまうのだ。この学院はやはり先の事件以来、何かが歪んでしまっているのではないか……そんな疑問が、アリスの頭をよぎる。

本当に、アリスの足が訓練場から遠のいていた少しの間に、全てが一変してしまったかのようだ。思えばこんな時、考えもなしに突撃《とつげき》していくのは、いつだってテスフィアだった。けれど彼女がいない今、自分が取るべき行動は……。

アリスはシエルへと振り返って、今度こそきっぱりと断言する。

「ごめん、シエル。いろいろあるのは分かったけど、そんなの……関係ないよ。相手が貴族で上級生でも、私は見過ごせない」

そんなアリスの目を見つめるとシエルは大きく一つ息をついてから「うん」と頷く。続いて愛用の棒型AWRを握り締《し》める彼女の小さな手に、ぎゅっと力が入った。

シエルは多分、アリスよりずっと力なき正義の虚《むな》しさを知っている。良くも悪くも庶民出身だけに、シエルにはどうしても小市民的な現実主義を捨てきれない一面がある。だが、アリスに対して頷いた顔にもはや迷いはなかった。シエルは、やはりシエルなのだ。

最終確認《かくにん》するかのようなアリスの視線に対して、シエルはやや強がりめいた笑顔で、再び頷いてみせる。それなら、とアリスはきっと表情を引き締めて叫《さけ》ぶ。

「やめなさい!!」

そう一喝《いっかつ》するや、周囲の視線が一斉《いっせい》にアリスとシエルに向かった。

その中には驚きと同時に、どうせ次の標的になるだけなのに、といった諦《あきら》めや同情にも似た色が浮かんでいる。

　やや遅《おく》れて、例の傲慢な赤茶色の髪の貴族子弟が、じろりとアリスとシエルを睨み付けてきた。

「誰かと思えば、フェーヴェルの金魚の糞《ふん》か。下賤《げせん》の身で何を履《は》き違えている？」

　貴族らのリーダー格たる三年生の彼は、嘲笑《ちょうしょう》混じりにそう言い放ちざま、さらに威圧《いあつ》的《てき》な目を向けてくる。

　だが、何を言われようと、もはやアリスが目を逸《そ》らすことはない。ただ、強い決意を込《こ》めて睨み返す。やがて何事か、というように取り巻き達もぞろぞろと訓練区画の中から姿を現す。その数、総勢六人。

「ほう、どうあっても退かないつもりか。いいだろう、本来ならお前のような下衆は相手にしないところだが、そろそろあの訓練道具にも飽《あ》きてきたところだ」

　その時、取り巻きの中にいた一年生が、アリスにちらりと目をやると、嫌悪《けんお》感も露《あら》わにこう口にした。

「レナポルド先輩、あいつは親なしです。そのくせフェーヴェルと仲がいいので」

　どこかご注進でもするかのような口調で、彼は赤茶色の髪のリーダー格に告げる。

「なるほど、そういうことか。お前、大貴族と一緒《いっしょ》にいすぎて、少しばかり自分の立場を勘違《かんちが》いしているんじゃないか」

　言いながら、レナポルドは深い笑みを浮かべる。

「孤児《こじ》というのは別に珍《めずら》しくもないが、それじゃあ尚更《なおさら》というものだ。私達に生意気な口が利けた身分じゃないのは明白だろう」

　続いて彼は、片足をスッとアリスの方へ突《つ》き出し「舐《な》めろ。これが貴族相手の正しい挨《あい》拶《さつ》だ」と足先を指差す。

「え～と、それは嫌、かな」

　少し考えた後、改めてお断りします、と付け加えるアリス。別に対応に迷ったわけではなく、単に慎重《しんちょう》に言葉を選んだというだけだ。

　こういう手合いにどう対処するべきか、これまで似た状況《じょうきょう》を経験したことはないが、テスフィアなら、アルスなら、と想像しただけではっきりとイメージができた。そう、特にアルスなら、絶対にただでは済まさないだろう。

　アルスがレナポルドに〝個人的制裁〟を加える具体的なシーンまでありありと頭に浮かんでしまい、はぁ～、と小さな溜《た》め息《いき》まで出てしまったくらいだ。

「⁉　貴様、馬鹿にしてるのかっ？」

　アリスの溜め息を侮《あなど》られたとでも勘違いしたのか、レナポルドの激高する声を軽く聞き流しながら、彼女は〝アルス流〟のやり方は自分には向かないだろう、と考えて少しばかり逡巡《しゅんじゅん》した。

そんなところに、ふと思い出したような口ぶりで、シエルが唐突《とうとつ》に割って入ってきた。

「そういえばレナポルド先輩、必死に訓練に励んでおられるところ恐縮《きょうしゅく》ですが、就職先って、もう決まったんでしたっけ？」

「――!!」

少々わざとらしいその一言にプライドを酷く傷つけられたらしく、たちまちレナポルドの顔が、真っ赤に染まっていく。だが、前触《まえぶ》れも一切《いっさい》なしのこの爆弾《ばくだん》投下に、一番驚いたのはアリスだ。さっきまで怯《おび》えていたような素振《そぶ》りすらあったのに、シエルという少女は、一度腹をくくればとことん強気な行動に出られるようだ。そんなアリスに密《ひそ》かにウインクを一つ返すと、再びシエルはとぼけた口調で続けた。

「確か、有名な部隊からは全部断られたと聞きましたよ？　ホント、大丈夫なんですかあ？」

だがここでブチ切れては、シエルの言葉が図星だと認めるようなものだと悟《さと》ったのだろう。レナポルドは必死で怒《いか》りを鎮《しず》めつつ、可能な限りの冷静さを装《よそお》って反論する。

「た、単に俺《おれ》の有用性を理解できない部隊が多いだけだ！」

「出ましたね、俺は天才で世間の方こそ価値が分かってない、って論法。でもそろそろタイムリミットっていうか卒業、もうすぐですよね？　先輩を受け入れてくれる部隊がなかったっていうのは、やっぱりお人柄……面接中の受け答えに、問題でもあったんじゃないですかぁ？」

またもとぼけた口調で返したシエルに、ついに自制が利かなくなったらしいレナポルドは、歯をギリギリと鳴らしながら、もはや問答無用とばかりに剣を引き抜いた。

「はぁ～、結局は実力行使になるのね」

「どうせ、いずれこうなってたよ。口で言って分かるなら、最初からあんなバカげた虐《いじ》めなんてしないでしょ」

肩《かた》を竦《すく》めるシエルを片手で制して、アリスは「私がやるから」と一歩踏《ふ》み出した。

彼女が愛用の槍型ＡＷＲ【天帝《てんてい》フィデス】を構えると、悪鬼《あっき》のような形相になったレナポルドは、もはや遠慮《えんりょ》も加減もなく、全身から魔力《まりょく》を放出してきた。

一年生ならいざ知らず、さすがに三年生ともなると、少しの魔力の迸《ほとばし》りだけを見ても、それなりに練られた技量があるらしいことは理解できる。

だが、アリスはそれを見ても眉ひとつ動かさなかった。

その様子が一層彼の怒りを助長したようで、さらに荒々《あらあら》しい魔力がレナポルドの身体を取り巻く。リーダーの殺気立った様子を見て、残りの取り巻きらも一斉にそれぞれのAWRを構え、魔力を伴《ともな》って戦闘態勢《せんとう》に入る。

「おおおおっ‼」

次の瞬間《しゅんかん》、レナポルドは苛立《いらだ》たしげに叫びながら、風を纏《まと》いつつ跳躍《ちょうやく》した。

中位級に属する加速魔法【疾風一脚《クルセオ・ステップ》】――まず仕掛《しか》けたのは、レナポルドからだ。装飾過剰気味《そうしょくかじょう》な細身の剣とともに、怒気《どき》を放つ大柄《おおがら》な身体が、一瞬でアリスの目の前に肉薄《にくはく》する。

そのまま、彼は突き刺すような構えで、真《ま》っ直《す》ぐ剣先《けんさき》を押し出した。スピードが乗った刃《やいば》は、ためらわずアリスの肩へと襲いかかった。

レナポルドにとって最も自信のある技。目を見張るほどの加速と組み合わされた剣術《けんじゅつ》は、一瞬で相手の急所を刺し貫《つらぬ》く。達人が放てば、相手に警戒《けいかい》させることはもちろん、何が起こったのか悟らせる間すら与《あた》えないほどだ。

ニヤリとばかり、レナポルドの口元が弧《こ》を描《えが》く。

ここが置換システムの効果範囲外《はんいがい》であることは、彼とて十分理解している。だからこそ、自分の刃には魔力の鞘《さや》をかぶせてある……はず、だった。

そう、あくまで彼は、この後に起こるであろう出来事に関しては、どこまでも事故を装

うつもりなのだ。

言い訳と腹積もりはとっくにできていた。無礼な下級生への脅《おど》しのつもりだったのだが、たまたま剣先のみ魔力膜《まりょくまく》が薄くなってしまっていたのだ、と。

もちろん、まだ学生の身であればこそ、全ては未熟さ故と言いぬけても許されるだろう、ということまでが、卑劣《ひれつ》な計算のうちに入っている。

これは見せしめだ。下賤な輩《やから》に全てを分からせるには、ときとして血を見る必要がある。間違って相手を死に至らしめたとしてもそれはそれで、アルファという国からドブネズミが一匹駆除《びきくじょ》されたに過ぎない。

相手のアリスが警戒や恐怖心《きょうふしん》を抱《だ》いている様子がないからこそ、この一撃《いちげき》は確実に邪悪《じゃあく》な目的を達するだろう。

そう確信した直後、彼の眼前を何かが走り抜ける——目を奪《うば》われるような煌《きら》めきを伴った、金色の軌跡《きせき》。

一拍遅《いっぱくおく》れて、鼓膜《こまく》を弾くような甲高《かんだか》い音が周囲に響《ひび》き渡《わた》った。

思わずのけぞったレナポルドは、ひどく重い衝撃《しょうげき》と同時、まるで見えない巨人《きょじん》の腕《うで》によって、腕を後方へぐいと引かれたかのような感覚に見舞《みま》われた。

呆然《ぼうぜん》としつつも焦《あせ》りの色を隠《かく》せないレナポルドが、刹那《せつな》の間にアリスの表情を窺い見る。

だが、彼女の顔色はごく平然としたもの。

彼の一撃を全力で迎《むか》え撃《う》ったというような気負いや、間一髪《かんいっぱつ》、運よく弾けたというような安堵《あんど》の気配すらもない。

あえて言葉にするなら、それが日常で何万回となく繰《く》り返してきた動作であり、アリスからすれば当然の結果だ、とでもいうような落ち着いた表情である。

「はあ？」

頓狂《とんきょう》な声を上げた直後、一気に衝撃の反動が襲いかかってきて、レナポルドの身体は惨《みじ》めに後ろへと跳《は》ね飛ばされた。

何をされたのか、レナポルドが正確に認識《にんしき》したのは、自分より一瞬《いっしゅん》遅《おく》れてアリスに攻撃《こうげき》を仕掛けた仲間達の、哀れな末路を見てからだった。

得意の得物を振り下ろした者、はたまた後方から魔法の氷矢を射出した者。いずれも貴族出身だけに、魔法師の雛《ひな》としてはそれなりの力量があるはずだったが……その攻撃全部が、ことごとく無意味に終わったのだ。

いや、無効化どころか、同時に全てが跳ね返された。

身体がねじれ視界が反転するその刹那、レナポルドの瞳《ひとみ》に映ったのは、たった一人の少女に全ての攻撃を防がれた挙句、己同様に激しく吹き飛ばされる仲間全員の姿だった。

「【反射《リフレクション》】……！　ふぅ、全員ぶんはさすがに厳しいかと思ったけど」

呟くようなアリスの声が、遠く響く。

どっと地面に転がったレナポルドが、半身だけを起こして全身の痛みを堪えながら吠《ほ》える。

「ぐっ……良い気になるなよ！　貴様、一体誰に刃向《はむ》かったか、分かってるのかっ！」

アリスは彼の怒りを平然と受けとめながら、かえって悪戯っぽく微笑んで見せた。

「誰にって……あれ？　さっき名前を聞いたはずなのに忘れちゃった、かな？」

その一言で、レナポルドのこめかみに青筋が走った。憤怒《ふんど》に突き動かされるように、立ち上がろうとするが……。

だが、足がついてこない。

視線を落とすと、両足をすっぽりと何かが覆《おお》い包んでいる。よくよく見れば、それは盛り上がった訓練場の敷《し》き土のようだ。思い思いに立ち上がろうとしていた仲間も、全員が身動きができない状態のようで、両足を土塊《つちくれ》に拘束《こうそく》されてしまっている。

犯人はアリスの背後にいる小柄な少女——シエルである。

「ッ‼　【地母の霊手《ガイアズ・グラップ》】だと⁉」

侮っていた故に予想もしなかった、土系統の上位級拘束魔法《こうそくまほう》。焦ったレナポルドの表情が、やがてあることに気づいて、しめたとばかり不敵な笑みを作る。

単なる身体の拘束だけでは甘《あま》い。魔法師の最大の牙《きば》である魔法を封《ふう》じられたわけではないのだから。

「皆《みな》、手持ちの最大火力魔法を使え！」

リーダーのそんな指示を待つまでもなく、彼の取り巻き全員が手抜《てぬ》かりをした下級生への嘲笑じみた表情と共に、一斉にAWRを掲《かか》げる。

「アリス、もういい？」

「ナイス、シエル。微調整がまだできなくってね」

ふと、そんなやり取りが聞こえた気がした。

直後、土魔法の束縛《そくばく》が解かれ、呆気《あっけ》にとられたレナポルドら全員の視界に白色の光が飛び込んでくる。

「【天空は灼厄《セレスティスト》】」

槍を立てて地面を叩《たた》くと同時、次々と降り注ぐ光柱は、目が眩《くら》むほどの輝《かがや》きとともに全員のAWRを熱し、的確に手放させ、あるいは撃ち落としていく。

「な、なんだ、その魔法は……！」

苦悶《くもん》するかのように手を押さえながら呟いたレナポルドは、もはや茫然自失《ぼうぜんじしつ》の状態。これ以上の戦闘継続《せんとうけいぞく》はおろか、抵抗する気さえ起きない。

「先輩、そんなんじゃ、何も解決しませんよ」

がっくりと項垂《うなだ》れた彼の前に立つアリスが、静かに言った。

「今はこの学院全体が本当に難しい時、なんだと思います。それに加えて就職のこと、将来のこと……いろんなことが上手《うま》くいかなくて、苛立ってたんだと思いますけど。でも一時、上級生としての立場や家の威光《いこう》を振りかざして自分を慰《なぐさ》めたとしても、きっと後からもっと惨めになるだけですから」

語気鋭《するど》く正論で言いこめるでもなく、怒りに任せて非難するでもなく、ただ穏《おだ》やかに諭《さと》すような口調。もはやレナポルドは、何一つ言い返すことができなかった。

「そもそも、そんな風にカッコ悪いから、誰からも求められないいんじゃないの」

アリスの後ろから、ひょこっと顔を出すようにしてそう言ったのは、シエルである。

「な、何をっ!!」

再び声を荒《あ》らげかけたレナポルドを制するように、アリスが再び前へ出て。

「ここまでにしましょう、先輩。本当の鍛錬って、誰かに鬱憤《うっぷん》をぶつけるようなものじゃなくて、真っすぐに自分と向き合うためにするものなんじゃないかと思います。少なくとも私達は、これからそんな訓練をするつもりですから」

これ以上は、本当に自分をダメにしちゃいますよ、と告げるアリス。その顔には優《やさ》しげな笑みさえ浮かんでおり、口調はあくまで柔《やわ》らかいままだ。

「……」

思わず絶句したレナポルド。だが、彼にもなけなしの最後のプライドがある。

慈母《じぼ》のような笑みとともに、すっと差し出されたアリスの手を「自分で立てる！」と軽く払《はら》いのけると、彼は苦々しく吐き捨てた。

「勝手にしろ！　行くぞ」

仲間にそう告げて三々五々、訓練場の出口へと向かうが、最後にふと彼の足が止まった。

何故《なぜ》なのか、その理由は分からない。

「レナポルド先輩、これはもう、このままでは済ませられないでしょう！　大丈夫です、次はもっと多くの仲間に声を掛《か》ければ……」

先にアリスを親なしの孤児だとなじった一年生が、憤懣《ふんまん》やるかたなしという表情で報復を提案してくる。だが今のレナポルドにはその訳知り顔が、何故か無性《むしょう》に腹立たしかった。

「これ以上俺に恥《はじ》をかかせる気か！　余計な真似《まね》はするな」

その怒りが予想外だったのだろう、焦った顔の一年生が慌《あわ》てて頭を下げてくるが、レナポルドはもはや一瞥《いちべつ》もしない。

今はそんなことよりも、アリスらがこれから訓練をする、と言っていたことのほうが気になる。

訓練場の出口前で、彼は壁面《へきめん》に寄りかかりながら気難しい顔で腕を組む。

「行かないのですか？」

訝《いぶか》しげな先程《さきほど》の一年生の声に「お前らは行け」とそっけなく突き放《はな》す。

それからレナポルドの視線は、訓練場の中にずっと注がれたままだった。

◇　◇　◇

「自浄《じじょう》作用っていうのかしらね。こういうの」

訓練場のとある片隅《かたすみ》、人目を忍《しの》ぶような格好をしつつ、嬉々《きき》としてそう語ったのは理事長であるシスティであった。

その隣《となり》には秘書風の格好をした、まだ若い女性が一人。

「今年はいろんな変化があるみたいですね、隊長」

「その呼び方はやめてっていったでしょ、エリーナ」

呆《あき》れた顔で目を向けるシスティだが、エリーナは至って真面目《まじめ》な表情をしていた。

彼女はかつての部下であり、互《たが》いに軍を退いた今は、個人的な付き合いもある彼女に、たまに業務の手伝いをしてもらっている。

「それはそうと、せっかくこうして学院に来たのだし、アルス君にも一度くらい会ってみたらどうなの」

「いえ……今はまだ。その方が彼にとってもいいかと」

エリーナは小さく微笑んで、そっと首を横に振《ふ》る。

ことアルスに関しては、システィよりもエリーナの方が長く濃《こ》い付き合いと言えるだろう。かつてアルスが特別魔攻部隊、通称《つうしょう》【特隊】に所属していた期間……いわば、アルスにとって最も辛《つら》い時期に傍にいたのがエリーナなのだから。

だからこそ、下手に彼の前に顔を出して暗い過去を思い起こさせるのは避《さ》けたい、という気持ちがあるのだろう。それでもアルスの成長ぶりを見たいということなのか、学院にこうしてやってきた時には、システィにあれこれと彼の様子を尋ねてくることが多い。

「〝子煩悩《こぼんのう》〟っていうのもヘンだけど、大概《たいがい》にしたら？　いつまでも旦那《だんな》をほったらかしにしてたら、捨てられるわよ」

「まさか、捨てるかどうかはこちらに決定権《イニシアチブ》がありますから。それに、まったく帰ってこないのは旦那の方ですし」

「まー、それもそうね」

エリーナの夫は軍の防衛司令官なのだから、多忙《たぼう》でないはずはない。それに彼とて、かつてはアルスとは並々ならぬ関係があった身だ。こうしてエリーナが学院に来ることを止めはしまい。

それはそうと、とシスティは先程まで見守っていた訓練場内へと視線を戻《もど》した。起こるべくして起こった事態ではあったが、それを生徒達自らが解決した形である。学院では自主性を重んじる方針を掲げるシスティは、この結果に密かに満足していた。

こういうことにいちいち大人が出張っては、表面的に事は収められても、根本的な解決は望めない。古臭《ふるくさ》い身分制度を表向き撤廃《てっぱい》しているこの学院は、未《いま》だその悪弊《あくへい》から抜けきれない大人社会からは切り離《はな》された場ではあるが、生徒達全員が、育ちや教育環境《かんきょう》の影《えい》響《きょう》から逃《のが》れられるわけではない。理事長たる自分がいくら理想論を唱えたところで、貴族の子弟全員がすんなり受け入れるはずもないのだ。

アリス達が先程取った行動は、そんな風に燻っていた生徒間の火種を、生徒達自らが消し止め、浄化《じょうか》したとさえ言える理想的なものだった。

「アリスさん、本当に成長したわよねぇ。あぁ、実に感慨深《かんがいぶか》いわぁ」

「ベリック総督《そうとく》が個人的に支援《しえん》している施設《しせつ》出身の子ですよね。まあ、アルス君の薫陶《くんとう》を受けているんですから、当然と言えば当然ですけど」

「えっ、魔法《まほう》の手ほどきは確かにそうだろうけど、人格的な部分なら寧ろ逆かもよ。最近だいぶ丸くなった様子だからね、件の問題児のほうは。それにしてもエリーナ、またアルス君を買いかぶりすぎる、悪い癖《くせ》が出てるんじゃない？」

「それくらい許してくださいよ。成長の軌跡だけでも目に焼き付けておきたいんです」

そんな風に小さな苦笑《くしょう》を浮かべられると、システィもそれ以上追及する気が失《う》せてしまう。エリーナの醸《かも》し出す雰囲気《ふんいき》は、ほとんど可愛《かわい》い雛を離れたところから見守る親鳥のそれなのだから。

「まったく……呆れた親馬鹿ぶりねぇ」

「いえ、せめて年の離れたお姉さん、くらいで……まあ、それよりも彼女《アリスさん》ですけど」

小さく咳払《せきばら》いして話題を変えるエリーナ。彼女が言いたいことはシスティにも分かる。

アリスが使った光系統の魔法についてだろう。

「う～ん、まったく成長著《いちじる》しいわぁ～」

「その程度でごまかさないでください。特にあの空間干渉《かんしょう》力は、一年生ではあり得ないレベルですよ」

「聞こえな～い。努力してどうこう出来るものじゃない、とか知らな～い」

「自分で言っちゃってたら世話はないですよ、まったく」

アリスが使った魔法は、おそらくアルスが編み出して教え込《おし》んだ新魔法であろう。光系統の魔法は未だ数が少ないため、退役《たいえき》したとはいえ優《すぐ》れた軍人であったエリーナには一目瞭然《いちもくりょうぜん》である。

とはいえ、完全にオリジナルというわけでもないのだろう。部分的には光系統の中の既存魔法《きそんまほう》を、いくつか組み合わせているようなところもあった。だが、どちらかというと問題は、アリスが向かおうとしている〝この先〟である。

システィはもちろんだろうが、エリーナにもそれは朧《おぼろ》げに想像できてしまうのだ。先程アリスが放った【天空は灼厄《セレスティスト》】は、言わばその到達点《とうたつてん》を示す魔法の簡略版にすぎないのだろう、と。果たしてそれが完成に至った時には……どんな成果が生み出されてしまうのか。とても学院の一学生が保有していて良いレベルの力ではなくなってしまう可能性すらある。

実際、教師としては嬉《うれ》しい反面、管理者としては頭の痛い問題ではあった。システィは渋面《じゅうめん》を作りつつ、さりげなくエリーナに目を向けた。

「アルス君ったら、もしかしてあれを、解読しちゃったのかしら？」

「はい……四大難関レリックの一つのことですよね」

レリックとは誰《だれ》が残したのか不明な過去の遺物のことであり、7カ国併合《へいごう》以前の魔法式を指す。特に光系統には、長年多くの魔法研究者が挑戦《ちょうせん》しては挫折《ざせつ》を味わってきた魔法レリックが存在する。魔物《まもの》のものを真似て、人間の研究者達が作り出し体系化した現在の魔法とは違《ちが》い、誰が生み出したのかさえも定かではない古代魔法。

古書や秘本、はたまた石板の類に記載《きさい》があるのみで、システィですらはっきりした全体像は把握《はあく》できていないのだが、その一つが今、アリスの使った【天空は灼厄《セレスティスト》】と酷似《こくじ》しているように思えたのだ。そして、彼女にあの魔法を授《さず》けたのがアルスならば、もしやという疑念も湧《わ》いてくるが。

「ま、まあ、いずれ分かることよね、今はそうしておきましょう」

「〝隊長〟も大変ですね」

「もう、理事長って言いなさいよ。アルス君ったら本当に〝ちょうどいい程度〟ってものを知らないんだから。だいたい彼《かれ》の初期人格教育については、あなたたちにも少しは責任が……いえ、これ以上は愚痴《ぐち》になるわね。彼も彼で、今は大変だろうし」

システィは肩を竦めて付け加える程度にとどめた。

「せいぜい、こちらはこちらでちゃんと頑張るしかないわね。確実に蒔《ま》いた種の芽は出てきているんだし」

先程のアリスとシエルの姿と、あの出来事がどれくらい心底まで響いたかは分からないが、すっかり毒気を抜かれた様子のレナポルドの様子を思《おも》い浮かべて、システィはそっと微笑《ほほえ》んだ。

「そうですね、あとは〝外野〟が余計なことを企《くわだ》てないようにしないと」

エリーナの独り言が、システィの耳に届く。

「ああ、ベリック……アルス君のことになると、大概だしねぇ。息子の色恋沙汰《いろこいざた》に口を出すお節介親父《せっかいおやじ》にならないように、ちゃんと言っておかないと」

呆れたようなシスティの言葉通り、かつてベリックは、幼いアルスとテスフィアとの仲《なこ》人役《うどやく》を買って出るような真似をしたことすらあるようだ。

「ヴィザイスト卿《きょう》も、ですよ。こういったコトは、そもそもなるようにしかならないし、それでいいと思うんですが」

そう言って、ふふっと笑うエリーナ。ヴィザイストが娘《むすめ》のフェリネラとアルスの仲についてどう思っているのか、システィだけでなく、エリーナもとっくに察知しているようだ。

その胸の想《おも》いは母と姉、どちらに近いのかは分からない。ただ、彼女が一人の少年の未来の幸せを心の底から願っていることは変わらないはずだ。

とはいえ、こんな心配ができるうちは何も心配はないのだろう。なるべく早くアルス側の問題が片付くことを祈《いの》るしかない。

（アルス君には借りもあるからね。これで、少しは返せれば良いのだけど）

かつての部下の穏やかな横顔を眺めつつ、システィは内心でそう、一人ごちた。

第100章　「テンブラム開始」

アルス達《たち》がフェーヴェル家にやってきてから二週間あまりが過ぎ、ようやく【テンブラム】当日を迎えようとしていた。

ウームリュイナ家が保有する広大な敷地《しきち》には、近隣《きんりん》から多くの貴族達が詰《つ》めかけてきていた。これからその一角で始まろうとする【テンブラム】の行く末を見届けるために。

なにしろ結果如何《いかん》によって、アルファの貴族界の勢力図は大きく書き換《か》わるのだから。大貴族のみならず、大半の中流以下の貴族家も皆、身の振り方《かた》を考え直さなければならない。

「あぁ～、何やってるのよ。本当に来るのかしら」

そんな喧噪《けんそう》の中で、一際《ひときわ》苛立った声をあげたのはテスフィアだ。オーダー表はすでに提出されており、選ばれた者が試合開始時間に到着《とうちゃく》しなかった場合、欠場扱《あつか》いとされてしまう。そして今、フェーヴェル陣営《じんえい》の参加メンバーに一人、未だ姿を見せない者がいるのだ。

これは、さすがにマイペースなアルスですら予想外のことだった。まさか訓練に一度も参加しなかったばかりか、当日ギリギリになってもなお顔を出さない不心得者がいるとは。同じく〝最後の一人〟を待ち続けている当主フローゼが、臨界点に達した呆れから思わず口を開けた。

「まったく、敵よりもまず味方から焦らしていく作戦なのかしら。食えない年寄りらしく、まったくのんびりしたこと」

そんな中、ふと、セルバの声が響く。

「ようやく、ですな。フローゼ様、到着したようですぞ」

その言葉が終わるやいなや、一陣《いちじん》の風が巻き起こり、一同の前に小柄《こがら》な人影《ひとかげ》が降り立った。

降り立ったのは一人の老女——だが、その顔色は随分《ずいぶん》と不機嫌《ふきげん》そうだ。

「誰が老獪《ろうかい》だわさ。こんな年寄りをわざわざウームリュイナの敷地まで呼びつけてるんだ、悪口の前に、礼の一つも言うものだよ」

「当主様は、そこまでおっしゃってはおりませんよ。随分と難聴《なんちょう》が深刻化してるようですね、ミルトリア」

セルバがいつものように微笑みながら、珍しく軽口を叩く。

そんな彼の前に杖《つえ》をつきながら立っているのは、ミルトリア・トリステン。

セルバと並んで、かつて【アフェルカ】のツートップとして裏の世界で名を馳《は》せていた老女である。セルバが抜《ぬ》けてからは、最後の重鎮《じゅうちん》として組織を支えてきただけでなく、リリシャを教え導き、今も新生アフェルカの相談役として関わっている折り紙付きの実力者だ。

苦笑したフローゼは、旧友・システィの師匠《ししょう》でもある老女の前に、自ら歩み寄って一礼する。

「この度は、フェーヴェルにお力添《ちからぞ》え頂きありがとうございます。トリステン卿」

そう、これでもミルトリアは、貴族の肩書《かたがき》を持つ者の一人である。【アフェルカ】が以前の元首の片腕《かたうで》であった頃《ころ》に与えられた地位だが、彼女自身はずっと表に出ることを好まなかった故に、そのことを知る者は、アルファの中にも数えるほどしかいない。

そんな彼女が、フローゼの意を汲《く》んだシスティの頼《たの》みということもあり、煩雑《はんざつ》な手続きを済ませて一時的にフェーヴェルの傘下《さんか》へと加わってくれたのだ。

「ふん、弟子《でし》の頼みに応えてやっただけさね。それにリリシャの方も、あの坊主《ぼうず》に世話になったようだからね」

アルスをちらりと眺《なが》めやる眼光は鋭かったが、リリシャのことを語るその表情は、祖母が孫娘《まごむすめ》のことを話す時のように穏やかだ。

「やれやれ、少なからず恩義を感じているのでしたら、もっと早く駆《か》けつければいいものを」

肩を竦めるセルバであったが、口調は決して厳しいものではない。二人の間には、長年生死を共にしてきた者特有の、ある種の気安さに似た空気が漂《ただよ》っているようだ。セルバの足抜けと【アフェルカ】の血の掟《おきて》の経緯《けいい》もあり、かつては宿敵にも似た仲だったはずだが……いずれにせよ数奇《すうき》な運命に導かれた者同士というべきか、実に複雑で微妙《びみょう》な間柄《あいだがら》といってよい。セルバとミルトリアの関係性は、もはや一種の聖域にも似て、およそ余人が立ち入れるところではないのだろう。

「余計なお世話さ。それにしてもグリーヌス、あんたまだ生きてたとはね。足腰《あしこし》はまだ立つのかい？」

皮肉げに言うミルトリアに、あくまでも紳士的《しんしてき》に応じるセルバ。

「それはこちらの台詞《せりふ》です。たかが浅めの墓穴《ぼけつ》から這《は》い出てくるだけのことに、随分時間がかかったようですが」

「フンッ、こっちもいい加減、年寄りだからね。誤魔化《ごまか》しも効きやしない。しかしこともあろうに、こんな場へのお招きを受けることになるとはね。棺桶《かんおけ》に片足突っ込んでても長生きはするものだわさ」

そう言い捨てると、ミルトリアは値踏《ねぶ》みするような目を周囲に向けて、無造作に杖の先《せん》端《たん》をキケロ・ブロンシュに向けた。

「ええっと、そこの若いの、あんたがいいわさ。ちょっとこっちに来ておくれな」

「は、はい！」

指名されたキケロはテスフィア専属メイドのミナシャの父親であるが、すでに五十間近である。それなりに恰幅《かっぷく》もある初老の男だが、この怪物《かいぶつ》的老女にとっては若輩者《じゃくはいもの》も同然ということなのだろう。

一方、キケロの方は慌てて彼女に走り寄り、うやうやしくその手を取ると手近な椅子《いす》へと案内した。

「すまないね、お若いの。いやあ、役得というものだわさ」

「い、いえ。これぐらいは当然のことです！」

しゃちほこばるキケロに、セルバが呆れたように嘆息《たんそく》した。

「ブロンシュ卿、その老婆《ろうば》は見た目ほど老いぼれてはおりませんよ」

「おやおや、何十年ぶりに会ったたっていうのに容赦《ようしゃ》ないことだわさ、フェッフェッフェ」

「その胡散臭《うさんくさ》い笑い方も変わりませんね、あなたは」

周囲はすっかりミルトリアのペースに巻き込まれてしまった形だが、このままでは【テンブラム】が始まるまで、二人の昔話で終わってしまう。

改めて咳《せき》ばらいを一つすると、フローゼが再びおもむろに切り出す。

「ミルトリア老、この度は本当にありがとうございます。私としても、まさに百万の味方を得た思いですわ。深く御礼《おんれい》申し上げます」

これは心底からの本音であるが、実際のところこのミルトリアという老婆の実力に関して、フローゼはさほど深く見知っているわけではない。システィが太鼓判《たいこばん》を押《お》してくれてはいるが、セルバの口も珍しく重く、彼女に関する情報はそう多くは得られていないのが実情だ。

「へえ、フェーヴェルの当主、あの小娘《こむすめ》がねー。なかなか立派になったもんだ。ま、堅苦《かたくる》しい挨拶はそれくらいでいいよ、ぼちぼち本題に入るわさ」

片手をひらひらと振るミルトリアに対し、ならば、と軽い説明をし、最後にアルスに講師役を振るフローゼであった。

しばらく時間が過ぎ、いよいよ【テンブラム】の開始直前。

「それにしてもこの服、さすがにちょっと窮屈《きゅうくつ》なんだが」

アルスは、無駄《むだ》に豪奢《ごうしゃ》な素材で作られた服の袖《そで》をつまみながらぼやく。

「しょうがないでしょ、こんな場だもの。下手な服装じゃまずいのよ」

テスフィアが小声で返す。彼女とアルスを筆頭にしたフェーヴェル家チームは、いずれもこの一戦のためにあつらえられた専用服を着用している。元軍人のフローゼが用意しただけあって、高機能な上にデザインも凝《こ》っており、ほとんど貴族が着る戦時正装に近い。加えて、万が一の事故に備えて防具としての性能も高いというのだから仕方のないところか。

「そこは譲《ゆず》るとしても、少し野次馬《やじうま》が多すぎるんじゃないか」

詰めかけた貴族達を眺めて、うんざりしたように顔を顰《しか》める。7カ国親善魔法大会ほどではないが、貴族嫌《ぎら》いのアルスからすれば、どうにも鬱陶《うっとう》しいというのが正直なところだ。

「それも仕方ないわよ、フェーヴェル派閥《はばつ》だけでなく、ウームリュイナ側の貴族達にとっても、文字通り天下分け目の決戦なんだから」

テスフィアに続き、ロキがもっともらしく頷《うなず》いてみせる。

「そのようですね。彼らも今後の身の振り方が懸《か》かってるとあっては、居てもたってもいられなかったんでしょう」

ロキは競技に参加はしないまでも、開始ギリギリまでアルスに付き添《そ》うと主張して隣に立っているわけだが、そんな彼女に、アルスはこれみよがしに盛大《せいだい》な溜め息をついてみせた。

「応援《おうえん》合戦じゃあるまいし、くだらないな。こんな風に外見ばかりは派手に駆けつけて、保身のために忠義面とは」

「とにもかくにも、様式から入るのが貴族の流儀《りゅうぎ》ですから……さあ、そろそろ試合前の調印式が始まるようですよ」

なおもロキと二言三言交《か》わすうち、自軍リーダーのテスフィアが、緊張《きんちょう》した面持《おもも》ちで声をかけてくる。

「アル……ホントに大丈夫《だいじょうぶ》よね？　もしかして気が散ったりしてる？」

「心配無用だ。それに大丈夫じゃないと言ったら、ウームリュイナが試合を中断してくれるのか？　お前もいい加減、腹を決めろ」

「そ、そうよね。よし、一発かましてやるわ！」

「その意気だ。ほら、フローゼさんが呼んでる、さっさと調印に行くぞ」

調印式というのは、両軍のリーダーと主だった参加者が集まり、この【テンブラム】に賭《か》けられた条件および物品などについて、改めて最終確認《かくにん》をしあう儀式《ぎしき》である。正直面倒《めんどう》でしかないが、それが正式な手続きの一環《いっかん》である、と言われてしまえば、アルスも従うより他なかった。

◇　◇　◇

「二人とも、お久しぶりだね。今日は絶好の【テンブラム】日和《びより》で何よりだ」

無駄に厳《おごそ》かな調印式の場で、アイル・フォン・ウームリュイナが涼《すず》しげな表情で声をかけてきた。

ウームリュイナ側の介添え人《かいぞえにん》は、側近のシルシラにオルネウスだ。そしてこの場には、フェーヴェル側も知り得ない人物が一人加わっている。

真っ先にアルスは怪訝《けげん》にその者を見つめる。見た目は朗《ほが》らかな笑《え》みを浮《う》かべており、純白の法衣《ほうえ》を身に纏った初老の男だ。

「事前に通達したと思うけど、今回は二審判員制《しんぱんいんせい》を導入させてもらう。そもそも敷地がここで、審判《しんぱん》が最近ずいぶんと〝そちら寄り〟らしいフリュスエヴァン家だけじゃ、ウチにとって不平等だからさ。異存はないよね？」

アイルがもったいをつけるようにそう告げてきた。

審判を司《つかさど》るフリュスエヴァン家の代表として、中立者サイドにいるリリシャは苦々しい顔をしているが、アイルが言うことも事実ではあるので仕方のないところだろう。

そもそもリリシャには、以前フェーヴェル家から高級AWR【刻爪六道《マグダラ》】の一つ【天指】を贈《おく》られたといった一件もある。アイル側が知っているかは不明だが、下手に逆らって賄賂《わいろ》だの買収だのと騒《さわ》ぎ立てられてもつまらない。そういう経緯もあって、この条件は飲むしかなかったわけだが。

「で、こちらからはこのお方を――紹介《しょうかい》しておこう、エインヘミル教のシルベット大主教様だ」

シルベットは、好々爺然《こうこうや》とした微笑みを浮かべたまま、アイルの紹介に応じた。

「公子側からのご依頼《いらい》で立ち会わせていただきます、以後お見知りおきを。ご安心くださされ、我らが奉《ほう》ずる神の御名《ぎょめい》において、いかなる時でも公明正大かつ公平な審判を下す旨《むね》、お約束させていただきます」

彼の素性《すじょう》についてアルスは知る由もないが、フローゼの微妙な表情が全てを物語っている。少なくともそれなりの大物ではあるが、歓迎《かんげい》すべきではない人物らしい。

（エインヘミル教か、アルファじゃあまり聞き馴染《なじ》みのない名ではあるか。少なくとも裏の仕事ではほとんど聞かなかったしな。そもそもその手の団体は、最初は清廉潔白《せいれんけっぱく》だろうとトップの資質如何で簡単に変節、堕落《だらく》する。結果、まさに邪教《じゃきょう》が生まれてしまった例には事欠かないからな）

地上に初めて魔物が出現した折、人類は心底から恐怖《きょうふ》した。その後、魔物が勢力を伸長《しんちょう》するにあたって、人々の畏怖《いふ》の感情は捻《ね》じれに捻じれ、ついには魔物を神の使いとして崇《あが》め、生贄《いけにえ》を捧《ささ》げて社会に受け入れようとする狂《くる》った異端者《いたんしゃ》どもまでが現れたのだ。

彼らはたいていが危険団体と見做《みな》され、すぐに国家や巨大《きょだい》権力の厳重な管理下に置かれたが、裏の仕事を通じて様々な醜聞《しゅうぶん》や凄惨《せいさん》な事件を見知っているアルスとしては、どうにも胡散臭い気持ちが拭《ぬぐ》えない。

その指導者が真っ当に人を救おうとするならまだ良いのだろうが、人類の生存を賭けた反攻行為《はんこうこうい》すらも放棄《ほうき》し、奇跡《きせき》という名の救いと現実逃避《とうひ》だけを説くというのならば、ただ単に無責任な妄言《もうげん》を振りまく害毒でしかない、とまで考えているくらいだ。

（ろくでもない流れにならなければいいが。まあ、いざとなればリリシャが頑張《がんば》ってくれるかもだが）

アルスが内心でそんな風に思考を巡《めぐ》らせているうち、アイルが切り出す。

「紹介も終わったところで、さっさと調印を始めようか。楽しい【テンブラム】になると良いね……フィア？」

言い終えると同時、すっと静かな視線を飛ばしてくるアイル。

それを表面上は凛《りん》とした表情で受けとめたテスフィアだが、額に一筋の汗《あせ》が流れ落ちたのを、アイルは見逃《みのが》さなかったようだ。

「ふ～ん……やっぱり何か心境の変化があったのかな?」

彼女の内面について、それだけで詳細《しょうさい》に見抜《みぬ》いてしまったかのような口調。以前よりは逞《たくま》しくなっているが完全な強さには至っていない、という部分まで悟《さと》っているかのような……。

まるで人外の怪物か何かによって、じっと観察されているかのような悪寒《おかん》を感じる。我知らず震《ふる》えかけた足を必死で御《ぎょ》して、テスフィアは何とか言葉を絞《しぼ》りだす。

「どうだっていいでしょ!」

「うんうん、これから互いにやり合うんだ、試合前から気持ちで負けてちゃダメだよね。それにしても随分気合が入ってるみたいだね、子供みたいに高揚《こうよう》を感じてしまうよ。アルス殿《どの》もすまなかったね、いろいろと面倒をかけちゃったようでさ」

含《ふく》みのある言葉を投げかけてくるアイル。まさかアルスがテスフィアに様々なアドバイスをしただけでなく、魔力《まりょく》増強法を施《ほどこ》したりといったことまで知られているはずはないが……。

「こっちも面白《おもしろ》い経験をさせてもらったからな、本番が期待外れじゃなきゃ良いんだが」

「ハッハッハ、その物言いは流石《さすが》だね。いっそ賭け札なんて何もない方が、妙《みょう》な焦《あせ》りもなく純粋《じゅんすい》に楽しめたかもしれないね」

「そっちの尻《しり》に火がついてなきゃ、の間違《まちが》いだろ？」

お前の家の事情は全てお見通しだ、とばかりの返しをするアルス。アイルは一瞬《いっしゅん》やや驚《おどろ》いたようだったが、すぐにいつものにこやかな笑顔《えがお》を取り戻す。

「全くだよね。それでも幸か不幸か、こうして【テンブラム】は無事開催《かいさい》できる」

「あれだけ啖呵《たんか》を切っておいて、できませんじゃ恥の上塗《うわぬ》りだろ」

無礼な挑発《ちょうはつ》を重ねるアルスを、射殺さんばかりの視線でキッとシルシラが睨《にら》みつける。

肩越《かたご》しにチラリと視線を向けただけでそんな彼女を抑《おさ》えて、アイルは柔らかく微笑んだ。

「貴族でもないのになかなか上手い挑発だね、そういう煽《あお》りは嫌いじゃないよ。でも、熱くなるのは試合が始まってからでも十分かな」

おどけたように肩《かた》を竦《すく》めたアイルの仕草で、一触即発《いっしょくそくはつ》のムードがほんの少し和《やわ》らいだと思われた瞬間《しゅんかん》、すかさずリリシャが割って入る。

「お互いにそのへんで……それでは、互いの条件を再確認し、証書に捺印《なついん》をお願いします」

主審《しゅしん》の一人として普段《ふだん》見ない正装に身を包んだリリシャが、うやうやしく証書を小机に載せた。高級羊皮紙には、【テンブラム】の勝者が得られる権利について綴《つづ》った文章が書き込《こ》まれている。

リリシャが高々と読み上げていくその内容は――。

まず、テスフィア側は正式な婚約《こんやく》の破棄《はき》。アイル側はテスフィア・フェーヴェルとの婚《こん》姻《いん》の確定と、それに加えてアルスの自由の保障。

これは軍が彼に対する命令権・指揮権の類一切《いっさい》を放棄することを含む。アルスとしては表面上は願ったり叶《かな》ったりに見えるが、当然その条件には裏がある。つまりは自由になったアルスは、自主的にウームリュイナの傘下に入ることを強制される、という暗黙《あんもく》の了解《りょうかい》があるのだ。無論、アイルもそこまではアルスに望んでいないだろう。

それにアルスが形だけしか従わなかったとしても、結局は彼という切り札が、現総督であるベリックの指揮下から切り離されることには変わりはない。

ウームリュイナだけでなく、この家に肩入《かたい》れしている旧貴族派の筆頭・モルウェールドにとっても、政敵たるベリックを蹴落《けお》とす絶好のチャンスが訪《おとず》れる、というわけである。

一先《ひとま》ずはリリシャが互いの条件を読み終えた後、最終確認をするように視線を向けたその時。

ふと、アルスが片手を上げてこう切り出した。

「ああ、ちょっと忘れていた。賭けの条件が、こっちは一つに対してそっちが二つじゃ釣《つ》り合わないだろ。だから、そこに一つだけ付け足してもらいたいことがある」

ん、とさすがに不審《ふしん》げな表情を浮かべたアイルに、アルスはにこりともせず言い放った。

「こちらが勝ったら、二度と俺《おれ》に干渉してくるな。視界内をうろちょろされるだけでも目《め》障《ざわ》りだからな、確実に証書に書き込んだ上でしっかり誓《ちか》ってもらおう」

わざわざここで念押《ねんお》しするまでもない、これは先に学院でもアルスが直接伝えたことだ。アイルは一瞬呆《いっしゅんあき》れたようだったが、すぐに面白い、とでも言いたげな無邪気《むじゃき》な表情を見せると、黙《だま》ってリリシャへと頷きかけた。

リリシャも少々面食らったようだったが、仕方なく、というようにその場で手書きの文章を付け加える。それから改めて、テスフィアとアイルが指に調印専用の金の針を刺《さ》し、証書に血印を押した。

リリシャが慎重《しんちょう》に両家の押印《おういん》を確認すると、証書をかざして、高らかに宣言する。

「これにて両家の合意の下、【テンプラム】への誓いが成ったことを、リリシャ・ロン・ド・リムフジェ・フリュスエヴァンとエインヘミル教のシルベット大主教が承認致《しょうにんいた》します」

その後、両チームは互いの腕輪《うでわ》型競技用デバイスや宝珠《ほうじゅ》のチェックといった手続きに移る。

なお【テンプラム】が開催される敷地は全体が少し低い窪地《くぼち》になっている。周囲には階段状に連なった観客席が設けられているが、敷地自体は試合の場となる内側と外側を区切るように、鬱蒼《うっそう》と茂《しげ》った木々が周りを取り囲んでいる。そのため、内部と外側の視界は、互いにある程度制限されている形だ。加えて地形にはいくつかの高低もあり、身を隠《かく》すような木立も多い。

開催場所がウームリュイナの敷地ということもあり、周囲にはそれなりの数の使用人らが控《ひか》えている。だからこそ敵が何か仕掛《しか》けてくるとしたらそういった用具関連か、と踏《ふ》んでいたアルスだったが、意外にもアイル側はそういった手段を取るつもりはないようだ。

（審判役《しんぱんやく》には、魔力系統の仕込《しこ》みには敏感《びんかん》なリリシャもいるしな。ま、すぐにバレるような猿知恵《さるぢえ》には頼《たよ》らんか）

人一倍緊張している様子のテスフィアを見やりながら、アルスは一人心中で呟《つぶや》いた。

そして――いよいよ両軍が定められたエリアに陣取《じんど》り、競技が開始された。

【テンブラム】の【宝珠争奪戦《ほうじゅそうだつせん》】は、互いの指揮官を含めて21VS21の戦略ゲームである。

序盤《じょばん》の最重要項目《こうもく》は、相手の召喚宝珠《しょうかんほうじゅ》の位置と敵戦力を把握すること。そのため、指揮官は各メンバーとともにフィールドを探索《たんさく》して、得られた情報を所持する仮想液晶《えきしょう》にマッピングしていくことになる。

一度地図に印を落とせば、敵も宝珠も、各メンバー固有の索敵範囲《さくてきはんい》から出ない限りは見失うことはない。

号令一下、一斉《いっせい》にテスフィアチームが動き出す。彼らはまず一定の距離《きょり》を保ち、放射状に移動することで、効率的に索敵《さくてき》を始めた。

それと同時、テスフィアは事前に決められた通り、宝珠へ召喚魔法《しょうかんまほう》をかけるよう命じる。

何度も特訓した初期行動のパターンだけに迅速《じんそく》な連携《れんけい》が行われた。

最初の召喚《しょうかん》主に任命されたのはキケロだ。宝珠にストックされたデフォルトの疑《ぎ》似召喚《じしょうかん》獣《じゅう》――守護者《ガーディアン》――ならば、構成することは誰にでも可能だが、召喚主たる個々人の技量によって、性能に多少の違いが出る。もちろん適性系統外のものを呼び出したりすれば、その力は著しく低下してしまう傾向《けいこう》にある。

キケロが両手に輝《かがや》く魔法光とともに気合を込めると、宝珠は火の粉を巻き上げつつ、小さな炎鳥《えんちょう》へと姿を変えた。汎用性《はんようせい》の高いデフォルトの一体ではあるが、体内に宝珠を宿した鳥型のガーディアンである。訓練時よりも魔力消費を抑えているため、持続時間も伸《の》びていた。

「ブロンシュ卿は、魔力を消耗《しょうもう》しすぎないように気をつけてください」

「了解です、お嬢様《じょうさま》」

召喚主とガーディアンの距離が一定以上開くと自動的に魔法が解かれてしまうため、キケロ自身が常に宝珠の側にいなければならないが、彼がずっと守備に回っていれば、探索の手が一人ぶん欠けてしまう。

その点、機動性に優れる鳥型ならば、奇襲攻撃《きしゅうこうげき》を回避《かいひ》しやすいだけでなく、キケロとともに動き回るには最適だ。

今回、序盤の戦略としては守りではなく攻め寄《せ》り……キケロだけではなく指揮官のテスフィアも、ある程度探索に参加するからこその戦略である。

開始から五分と経《た》たずに、どうやら最前線で味方が数個の敵影《てきえい》を捉《とら》えることができたようで、デバイスの仮想液晶に反応があった。これは幸運といってよく、敵影の並びから陣《じん》容《よう》までもある程度予測し、先手を取ることが可能になった形だ。

「でも、まだ宝珠を確認できていない！」

ルール上、勝利条件である宝珠の奪取《だつしゅ》が何より優先される関係で、宝珠の位置を把握することは、序盤では最大のセオリーなのだ。

(宝珠および敵ガーディアンが誰かの感知範囲《はんい》にいないってことは、まだ、かなり離れてるってことね)

ならば、引き続き互《たが》いの距離を詰めることになる。索敵である程度状況《じょうきょう》を掴《つか》んだ後は、自然と両軍の編成は攻撃《こうげき》チームと防御《ぼうぎょ》チームに分かれ、互いのガーディアンすなわち宝珠をめぐる攻防《こうぼう》が試合展開の要となってくるのだ。

「お嬢様、合図です!!」

そうこうするうち、キケロが空を指さし、その先で火花が散るのを確認する。

「【火矢《ファイア・アロー》】ってことは……！」

宝珠の位置は未だ不明だが、一つの敵影の正体が判明したのだ。アイル側の重要な戦力、シルシラとオルネウスは、まさに双璧《そうへき》といえる存在であり、この合図はそのどちらかを発見したことを意味する。

テスフィアはその情報を急いで仮想液晶に落とし込み、まずは一つの光点が、敵の重要戦力を示す赤い色に染まっていく。それがオルネウスかシルシラかはまだはっきりしないが、トップクラスの敵戦力の位置が一つ判明したのは僥倖《ぎょうこう》だろう。

「ブロンシュ卿、始まりました！　ここからは時間との勝負です」

通信機器《コンセンサー》を通じて、キケロとガーディアンの防御に気を配りながら、テスフィアも敵の宝珠を探すべく、さらなる前線へと向かって駆けだしていった。

◇　◇　◇

一方その頃。アルスは探索を進めるチームメンバーから離《はな》れ、フィールドを回り込むようにして、一人敵陣《てきじん》の右翼側《うよくがわ》に先行していた。

この【宝珠争奪戦《ほうじゅそうだつ》】は、そもそも敵を削《けず》ることより宝珠をめぐる攻防を重んじる試合形式だ。そのため、ルール上使用できる魔法が限定されている上、専用デバイスにより対人魔法の威力《いりょく》が適度に調整されてしまう。

さらに、万が一の安全弁としてダメージを置換《ちかん》して受けとめる疑似《ぎじ》ＨＰシステムは、結果的にアルスにとっては、己《おのれ》と相手の隔絶《かくぜつ》した力量差を埋《う》めるものとして機能しかねない部分がある。何しろ本来なら戦力として一千、一万倍の差があろうとも、与《あた》えられるＨＰゲージは同じ一本なのだから。

つまるところ、たとえアルスであろうとあまり単独で突出《とっしゅつ》すると複数に囲まれ、不利な状況に陥《おちい》る可能性があるのだが……。

「早くも合図か、順調だな」

アルスは風のように移動しつつ、視界の端《はし》で打ち上げられた【ファイア・アロー】を確認し、移動方向を変えた。それと時同じくして、「アル！」というテスフィアの声が、コンセンサーを通じて飛び込んでくる。

「見つけた、向かって！」

通信による端的《たんてき》な連絡《れんらく》。この方法は指揮官からメンバー間への一方通行の形に限定されているため、アルスは返答せずに森の中をひたすら走り続ける。

アルス自身もその目で確認した通り、合図が【ファイア・アロー】だった以上、向かう先にいる相手はシルシラかオルネウスということになる。

果たして、会敵は数秒後に成った。

「わざわざ待っていてくれるとは、ご丁重《ていちょう》なことだ」

木立を抜け、足を止めたアルスを出迎《でむか》えたのは、ゆったりとした燕尾服《えんびふく》姿の一人の男。

アルスと一戦交えるためだろう、わざと見つかってみせた節すらあるオルネウスは、下草の擦《す》れる音すら立てずに、流れるようにいくつか歩を進めてから、軽く一礼する。

「はい、半ば予定調和の流れでしたが。それでも、ここまで早々に魔法《まほう》を交える機会があろうとは思いもよりませんでした」

オルネウスは顔に漂う高揚感を隠そうともせず、不敵な笑みを浮かべて言う。

「できれば、もう一人《シルシラ》か、そっちの大将も揃《そろ》っててくれたほうが嬉しかったんだがな。一人一人すり潰《つぶ》していくのは面倒だ」

「おやおや。ルール上、〝相手メンバーを削る〟戦略は酷《ひど》く非効率的だ、という事実はご存じだと思ってましたが。それでも力ずくとは流石ですね」

「少し手間ってだけで別に無理じゃない、と判断したからな」

「まあ、あなただからこそ、強引《ごういん》なやり方でくることも半ば予想していましたが。とはいえ我《わ》が主も、みすみす前線で、最強の駒《こま》たるあなたとぶつかって潰されてあげるほど甘《あま》くはないのですよ。それにこの競技における制限ルール下においては、私でもお相手には十分かと」

オルネウスは悠々《ゆうゆう》とそんな風に嘯《うそぶ》いてから白い絹手袋《てぶくろ》を外し、綺麗《きれい》に折りたたんでポケットにしまう。

「そうみたいだな。だが残念だ、そっちにもう一人くらいいれば、ちょうど良いハンデになったかもだが」

ここで初めて、面白い冗談《じょうだん》を聞いた、とでもいうようにオルネウスがはっきりと白い歯を見せ、次いで準備運動でもするように手首を回す。

「ではっ」と短く言い捨てると同時、オルネウスは戦闘《せんとう》の構えを取った。

——それは、アルスも初めて見る構えだ。

旧時代の武術、それも対人戦闘を想定したもの特有の雰囲気《ふんいき》がある。そして多分、無制限の魔法戦ならともかく、ルールで縛《しば》られる【テンプラム】ならば1対1《ワンオンワン》の戦いで有用な可能性は高い。

淀《よど》みない水流を思わせる上半身の滑《すべ》るような動きに呼応するように、オルネウスの魔力は実に滑《なめ》らかに手を覆《おお》う。

同時、敵の魔力に潜《ひそ》む荒々《あらあら》しさとその眼光の鋭《するど》さを感じ取り、アルスは顔を引き締《し》めた。

それはスムーズな所作とは相容《あいい》れない、まぎれもない闇《やみ》と凶悪《きょうあく》さの気配だ。

（やはりこいつ……相当な数を殺してるな）

その整然とした奇妙《きみょう》な殺気に応じるように、アルスも腰《こし》からAWRを抜き、魔力を通す。

刹那《せつな》――アルスの背後、うっそうとした樹上から僅《わず》かに覗《のぞ》く空に、魔法光が弾ける。何事が起きたのか、テスフィア陣営が放ったと思われる魔法がいくつも炸裂《さくれつ》し、周囲に轟音《ごうおん》が連続して響《ひび》き渡《わた》った。それはルールの制限内の上位級魔法にしては、かなり過剰《かじょう》な威力を有しているようだった。

だが、そうと察してもアルスは微動《びどう》だにせず、意識の全てを対峙《たいじ》する相手へと向けている。だがオルネウスのほうは、このイレギュラーを開戦の合図だと判断したようだ。

オルネウスがタンッと軽く地面を蹴《け》る。

その動作は、まるでアルスの警戒心《けいかいしん》すらもすり抜けるような、ごく自然な踏み出し。しかし次のステップで乗った加速は数段荒々しく、アルスの予想をも上回り一瞬で肉薄《にくはく》してくる。

(この距離でまだ抜かないか、ならば多分……!)

オルネウスはAWRを持たない、完全な武道派の可能性が高い。素手《すで》の相手ならばアルスの短剣《たんけん》型AWR【宵霧《よいぎり》】は接近戦でも優位なはずだが、それはあくまでも相手が並みの存在だった場合の話だ。しかも使用魔法が限定されているこの試合では……?

一瞬の疑念はあったが、迫《せま》る相手の勢いが小賢《こざか》しい思念を圧倒《あっとう》した。積み重ねてきた戦闘経験故に、ごく自然に身体が動いたと言ってもいいだろう。アルスは差し込まれてきたオルネウスの拳《こぶし》へと、反射的に【宵霧】を突《つ》き出していた。

「――!!」

驚いたことに、対するオルネウスは臆《おく》する様子もなく片手を動かしたのみ。そのまま撫《な》でるように軽く【宵霧】の側面に触《ふ》れた。するとそれだけで、まるで弾丸《だんがん》に弾かれたように【宵霧】の切っ先が跳《は》ね、勢いごと刃《やいば》が逸《そ》らされてしまう。

(これはッ!?)

魔力操作技術の一種だとしても、そのへんはアルスとて十分に警戒《けいかい》していたはず。なのに、オルネウスはいとも簡単にアルスの【宵霧】を素手で弾《はじ》き返してしまったのだ。

(魔法でもなく、ただの魔力操作とも異なる!?)

そんな思考に沈《しず》む間もなく、相手は更《さら》に一歩、するりと踏み込んできた。続いてアルスの腕《うで》を巧《たく》みに絡《から》め取り、肘《ひじ》を持ち上げるようにして絞《し》めあげてくる。次いで、一瞬の内に固定された肘を狙《ねら》って突き上げられる掌底《しょうてい》。

（ふん、次は絡め手で来るか）

敵が肘を折りに来たと見て取ったアルスは、相手の力に逆らわず、瞬時《しゅんじ》に身体を浮かして致命的《ちめいてき》な一打を防ぐ。そのまま空中で【宵霧】を引いて手首を返すと、腕を掴んでいる手を離させるように刃を一閃《いっせん》させる。

アルスの狙い通り、腕を放したオルネウスは間一髪《かんいっぱつ》【宵霧】を手の甲《こう》で弾き返した。今度は想定以上の衝撃《しょうげき》に、【宵霧】の柄ごとアルスの腕が後方へ弾かれる。

体勢が僅かに狂った隙《すき》に、オルネウスは二指で鉤爪《かぎつめ》のような貫手《ぬきて》の形を作って、アルスの喉口《のどくち》へと伸ばしてきた。

反撃《はんげき》の的確さと速度からして、オルネウスは完全に戦い慣れているのは間違いない。そして何よりも……。

（あの指の形……あえて魔力をまとわせず保護膜《バリアフィールド》の上からねじ込《こ》むつもりか！）

この一瞬のやり取りの間に、アルスは己の喉笛《のどぶえ》が完全に破壊《はかい》される結果を幻視《げんし》した。身体運動と魔力の練り上げに大事な呼吸を司る部位が、猛禽《もうきん》の嘴《くちばし》のような貫手に締め潰される未来を。

そう、オルネウスは【テンブラム】の新型競技ルールの盲点《もうてん》を突いた。疑似HPにより参加者を保護するバリアは、最先端技術の賜物《たまもの》だ。魔法攻撃《まほうこうげき》や衝撃および魔力を伴《ともな》った打《だ》撃《げき》には反応するが、互いの身体領域のレイヤーが複雑に重なり、曖昧《あいまい》になる密着状態では攻撃感知が弱いのだ。

そのため攻撃判定が出にくい継続的《けいぞくてき》な絞め技の類は本来禁止されているが、オルネウスが仕掛けた局部への極《き》め技はいずれも瞬発《しゅんぱつ》的なもの。身体がもつれあった弾《はず》みだとでも言い抜けされれば、それ以上は証拠《しょうこ》もない。

もしアルスが、これまでセオリー通りの戦いばかりを繰《く》り広げてきただけの学生だったなら、到底《とうてい》その邪悪《じゃあく》な意図は読み切れなかっただろう。

アルスは空中で【宵霧】の鎖《くさり》を操《あやつ》ると、恐《おそ》るべき貫手を受けとめようとする。ただの物理攻撃ならば、圧倒的《あっとうてき》な魔力操作により硬化《こうか》されている鎖を打ち破ることはできないはずだ。

が……水が川筋に応じて形を変えるように、またもオルネウスの攻勢《こうせい》が変化。一点攻撃たる二指を受けとめたはずの鎖は撓《たわ》むことすらなく、逆に広い鋼板を叩《たた》きつけられたような面の圧力を丸ごとアルスへと伝えてきた。

見るとオルネウスの貫手は、いつの間にか大きく五指を開いた掌底へと再び変化していた。そのまま繰り出された爆発的《ばくはつてき》な衝撃が、鎖による線の防御などものともしない広範《こうはん》な空間を覆う圧力となって、アルスを襲《おそ》った。

真っすぐに後ろへと吹《ふ》き飛んだアルスは、背後に迫る木の梢《こずえ》を利用し、空中で辛《かろ》うじて体勢を反転。次の瞬間、追撃《ついげき》体勢に移っていたはずのオルネウスの身体が、何かを察知して、ほとんど跳ね飛ぶようにして後退する。

両者の距離が再び離れたところで、オルネウスが、一つ息をついた。

顔面のすぐ側を鋭い蹴りが通り過ぎた衝撃を示すように、彼《かれ》の撫でつけられた前髪《まえがみ》から、数本の後《おく》れ毛が額に垂れ落ちていた。

元よりあそこまで肉薄した以上、反撃を貰《もら》うのは予想のうち。オルネウスとしては、アルスの喉を壊《こわ》す代わりに、お返しの一発程度は受け入れる覚悟《かくご》でいたのだろう。

だが、一瞬で己の意図を見抜いたアルスの反応を見て、咄嗟《とっさ》に攻めを正攻法《せいこうほう》に切り替《か》えざるを得なかった。加えて、予想外の速さで繰り出されたアルスの反撃が、顔や首でそのまま受けとめるには、あまりに鋭すぎたのだ。疑似HPがあるとはいえ、さすがに致命傷《クリティカル》に相当するダメージは、今後の戦いに影響《えいきょう》しかねない。緊急回避的《きんきゅうかいひてき》な行動を取ったことで、オルネウスの攻勢は中断してしまったのである。

「そうそう甘くはありませんか。ですが、お生憎様《あいにくさま》。〝自損事故〟による脱臼《だっきゅう》までは、さすがにバリアでも保護されないですからね」

　オルネウスの視線の先、アルスの腕は肩からだらりと垂れ下がっていた。オルネウスに一矢報《いっしむく》いるべく、強引に身体を捻《ひね》って蹴りを放ったアルスだったが、その拍子《ひょうし》に跳ね飛ばされてきた鎖が絡んで、腕を締め付けられた。アルスはそれを無理やりに引き抜《ぬ》いたが、その結果、肩の関節が抜けてしまったのだ。その服は片袖《かたそで》が爆《は》ぜ破れて、鎖の環《わ》の跡《あと》がくっきりと腕に青黒い傷を刻んでいる。

「反撃の代償《だいしょう》としては想定外のものだったのでは？　疑似ＨＰが減少しないとはいえ、実質かなり手痛いところでしょう」

　全ては想定通りだ、というようにオルネウスは低く嗤《わら》うと、乱れた髪《かみ》を整えることもせず、再び構え直す。

　一方のアルスもすぐさま自由になる片腕《かたうで》を使って肩を戻《もど》すと、軽く拳を握《にぎ》り込んでみる。関節が上手《うま》く接合したことを確認してから、オルネウスに応じるように腕を上げて戦闘体勢に入った。

（チッ、実に嫌《いや》らしいやり口だな。反則すれすれの手段も気にせず仕掛けてくる。当たれば不慮《ふりょ》の事故、外れそうなら動きを変えて、その隙に〝正当攻撃〟に切《き》り替《か》えてくる。攻

防をかなり計算してるな）

腕極《うでき》めと喉笛狙《のどぶえねら》いの攻撃は邪道《じゃどう》だったが、その次の魔力を伴う爆発的な掌打《しょうだ》は違《ちが》う。つまりは魔力をまとわせた攻撃だったため、有効打としてアルスの疑似ＨＰゲージに損傷を与えているのだ。ちらっと視線を走らせたデバイスに示された残量は、76％となっていた。

（こいつ、ネチネチした技だけかと思ったが、案外〝一発〟もある……ダメージが思ったよりでかい）

さらに一方で、オルネウスの奇怪《きかい》な技は、アルスの攻撃を問答無用で弾き返している。アリスが使う【反射《リフレクション》】に近いが、それだけではない。魔法のレベルとしては試合の制限内ではあるのかもしれないが、その性質がおよそ普通《ふつう》ではないのだ。

（コイツの防御技術には、得体のしれないところがある。それに、奴《やつ》の場慣れっぷりと合わせれば、ここでの近接戦闘は少し分が悪いか）

ふとアルスの脳裏《のうり》によぎったのは、先程《さきほど》オルネウスとの戦いの皮切りとなった、上空で不意に乱れ撃《う》ちのように飛び交った魔法光のことだ。こちらの陣営《じんえい》から撃ち出されたものだと思うが、あの規模だと、何らかの異変が起きている可能性がある。

（魔力光の具合と系統から察するに、多分あれを使ったのは単独の魔法師、それも風系統だ。で、あそこまで無茶《むちゃ》がやれる使い手となると……）

　テスフィアやテレシアの系統は氷である上、既知《きち》のメンバーでは到底無理な力技である。自然、推測結果は実力未知数のたった一人の人物――つまりはミルトリア女老ということになる。加えてあれだけの火力をぶつけたのだ、合図こそ確認できなかったが、恐らく相手はもう一人の要注意戦力であるシルシラの可能性は高い。

（それにしても、本当に出鱈目《でたらめ》な数だったな）

　アルスが視覚に頼らずギリギリ認識《にんしき》できた範囲だけでも、その風の魔法矢の物量は圧倒的で、個々の動きの制御《せいぎょ》も凄《すさ》まじいものがあった。

　それぞれに違う方向を狙ってばら撒《ま》いたり追尾《ついび》したりと、ほぼ自由自在の神業《かみわざ》と言ってよい。それを全て避《さ》け切っているのだとしたらシルシラのほうも大概《たいがい》なのだが、少なくともミルトリアの実力は疑いようもないだろう。何よりこと【テンブラム】において、これほど頼《たの》もしい戦力もいない。

　それら全てを一瞬で考慮《こうりょ》に入れ、アルスは決断したように小さく呟く。

「なら、こうだな」

　次の瞬間、風を巻いてとある方向に駆《か》けだすアルスに、オルネウスの声が付いてくる。

「おや、今度は逃《に》げの一手ですか？　狙いがなんであれ、振《ふ》り切れませんよ」

（ちっ、それぐらい分かってる）

内心で悪態をつくのみに留め、アルスはひたすらに全力疾走《しっそう》する。オルネウスのいる背後から乱れ飛んでくる追撃の魔法を回避しつつ、コンセンサーにも耳を澄《す》ますが、響いてくるのは雑多な戦闘音だけでテスフィアの声は聞こえなかった。

（どうやら……あちらも、乱戦模様か）

着実に迫るオルネウスの殺気を感じ取りながら、アルスは一人、心中で呟いた。

◇◇◇

「さぁて、どう出るかなフィアは……」

アルスがオルネウスと対峙する少し前。

先に待機場所と決めていた窪地の中に、自軍の宝珠と数人の部下を引き連れて陣取ったアイルは、突き出た岩に腰かけて眼前の仮想液晶を眺《なが》めつつ、ゲームを楽しむ子供のように無邪気な笑みを浮かべていた。

驚くべきことに、彼らは運搬役《うんぱんやく》のガーディアンすらすぐに引っ込めてしまい、今は宝珠は完全に無防備な状態だ。

（ふふ、こっちの切り札のためには、魔力の節約が大事だからね。最初から飛ばしちゃ、

召喚役が保たなくなってしまう）

　ほくそ笑むアイルだが、そうする間にも、次々に敵兵の座標が光点として表示されていく。その配列から陣形《じんけい》を想定し、残りの兵の場所を——相手の戦略図を推測する。何より最重要項目として、ピタリと足を止めたオルネウスの動きから、彼の対峙者がアルスであること——すなわち、相手側最大の手駒《てごま》の位置が把握《はあく》できたのが大きい。

　この試合、オルネウスがそこまで腰を据《す》えて戦う相手は、アルスのみと決まっているのだから。

　彼がそんな風に願い出てきたのは、これが初めてのことだった。ひたすらに血と強者を求める生来の殺戮《さつりく》者たるオルネウスなればこそ、アルスほどのシングル魔法師と相まみえられる場は、ここ以外になかったのだろう。

　だが、アイルはあくまでも冷静にして冷徹《れいてつ》だ。競技ルールの縛りがあるとはいえ、シングルの第一位、文字通り最強たるアルスが相手なのだ。どうせ裏技《うらわざ》も駆使《くし》するのだろうとは思っているが、それでもオルネウスの必勝を信じているわけではない。

（オルネウスとしては不本意だろうけど、これはあくまでも【テンプラム】だからね。情報戦じゃ、動ける駒を多く残したほうが勝ちだ）

　アイルからすれば、彼の役目は足止めだけでも十分。何しろアイル陣営にはもう一人、シルシラがいる。

（やる気になったオルネウスのことだ、相当に食い下がってくれるだろうさ。その間に、こっちは時間が稼《かせ》げる……ふふっ、フィアは戦略を誤ったね。オルネウスには最上級戦力《アルス》を差し向けるべきじゃない。逆に食《く》らいつかれないよう、工夫《くふう》しなければならなかったんだ。僕《ぼく》なら、機動力に優《すぐ》れるアルス殿を探索担当に当てていただろうね。そして宝珠を見つけた瞬間、一気にガーディアンを叩く役を担《にな》ってもらう。こちらの切り札……〝アレ〟を破るには、それしかないはずなんだから）

アイルの思考は、ある意味で的を射ている。【宝珠争奪戦】は単なる潰しあいではなく、宝珠の位置を探《さぐ》ることこそが肝要《かんよう》なのだ。

（ほら、またこっちの斥候《せっこう》役がそちらの兵を見つけたぞ。でもフィア、そちらはどうかな……宝珠の居場所について、手掛《てが》かりさえもなくて焦っているころじゃないか？）

アイルはそう考えて、内心でほくそ笑む。ここは大きな窪地の中だ。あえてしばらくガーディアンを召喚しないという奇策《きさく》は、召喚主の魔力温存という他にも、視覚や魔力的にもその存在を捉えづらくする効果がある。

「それにしてもオルネウスは、随分《ずいぶん》派手にやり合う気みたいだったね。手出し無用って雰囲気だったからなぁ……下手をすればこっちが噛《か》まれかねないんだけど、ん～無理に加勢するのは悪手だな」

　そもそもアイルは魔法戦における己の力量などとっくに弁《わきま》えている。だからこそ自ら出向く気などないのだが。

（それはそうと、場所が良くないね。あの辺で派手にやられると、万が一の時や作戦のために動けるルートが狭《せば》まってしまうんだけど）

　アルスがオルネウスに追尾される形で足を踏み入れつつあるのは、森の多いフィールド東側エリア一帯だ。何かと遮蔽《しゃへい》物があるそこに試合上の注目が集まってしまうのは、アイルとしては避けたかったのだが。これればかりは想定外だが、戦闘狂《せんとうきょう》のオルネウスに求められる類の配慮《はいりょ》ではないだろう。

「それでもフィア、アルス殿が猟犬《りょうけん》の相手で手一杯《ていっぱい》な以上、君達《たち》が取れる戦略は限られているからね。こちらにもう一人のシルシラがいる以上、そちらの宝珠とガーディアンの発見は時間の問題だ……できるだけ耐《た》えてもらいたいね。あんまり一方的じゃつまらない」

　そう呟いた直後、少し離れた上空で、乱れ飛ぶ魔法光が目に入る。それは先程、アルスとオルネウスの激闘《げきとう》の合図代わりになったものだが。

「は？　何あれ？」

　副官といった風貌《ふうぼう》の部下に尋《たず》ねると、その壮年《そうねん》の男は目を丸くしながらもこう返答した。

「公子様、おそらくあれは初位級魔法の複数展開だと思います」

「いや、どう見ても複数って数じゃないでしょ。戦闘魔法師《せんとうまほうし》の一個師団でも連れてきたのかってくらいだけど」

「いえ、系統と魔力光の様子から見て、単独で行なっているようで……どっちにせよ各魔法自体は初位級である以上、ルール上は合法かと。とはいえ、同時に魔力消費も多大であるはずで、そう長く続けられるとは思えませんが」

「あそこって、シルシラがいる場所に近そうかな。オルネウスの対応で手一杯なアルス殿でないとすると、相手は誰《だれ》だろう？」

アイルの誰にともなく発した問いに男は恭《うやうや》しく口を開いた。

「察するにミルトリア・トリステンではないでしょうか。かの女老は魔法の同時発現についての研究をしていたと聞いたことがあります」

「ああそうか、でも、正直あそこまでとは……まったくご老人が元気なことだね。しかし、ミルトリア女老が【テンブラム】に手を貸すとは思いもしなかったけど」

大方、【アフェルカ】を足抜けしたセルバ・グリーヌスがかの家の執事《しつじ》になったことに端を発する諸問題を、アルスが解決したことへの恩返しなのだろう。こじれにこじれた【アフェルカ】とフェーヴェルをめぐる因縁《いんねん》は、アルスの介入《かいにゅう》で、アイルにとっては面白くない形で解決してしまった。

それどころか、それに連なる一連の陰謀《いんぼう》さえも……結局回り回って得をしたのはあの女《め》狐《ぎつね》、シセルニアだ。彼女《かのじょ》はアルスというカードを巧みに動かし、自分の暗殺計画すらダシにして、【アフェルカ】を手中に収めてしまったのだから。

ミルトリアの参戦は、その意外な副産物と言っていい。それにしても【アフェルカ】と執事セルバの浅からぬ因縁が、そこまで綺麗に清算されていたとは……さすがのアイルも、思いもかけなかったことだ。

「は～、こういう不確定要素が入るのって、歓迎《かんげい》すべきなのかな？　それとも不運と嘆《なげ》くべきか、悩《なや》みどころだよね。でも、ちょっと楽しくはなってきたかな」

誰にともなく独白するアイルに、先程の男と数人の配下達は、あえて愚考《ぐこう》を差し挟《はさ》むまいとするかのように、口を閉ざすのみだった。

その後も、アイルが指揮する自軍メンバーは、続々とフェーヴェル側の兵を捕捉《ほそく》していった。

「そろそろかな……ほら、ついに本命が見つかった」

味方から上がった魔法光の合図を見て、アイルは満足そうに頷《うなず》いた。相手側の陣形から宝珠のだいたいの位置を推測して探らせてみれば、一発目で大当たりだ。しかも指揮官たるテスフィアもそのすぐ側にいるようだ。

「なるほど、探索範囲《たんさくはんい》を最大まで広く取った横列陣《じん》だな。自陣奥地《じじんおくち》でガーディアンと召喚主が孤立《こりつ》することを避けると同時に、大将自ら前線に出て、探索効率を上げるとともに味方を鼓舞《こぶ》するのか……というより、戦力不足を補うためにもフィアが前線に出なきゃいけない感じかな。随分と前のめりな戦略だ。面白《おもしろ》くなってきた」

無邪気な愉悦《ゆえつ》の表情を見せながら、「でも」とアイルはニンマリと笑《え》みを一際濃《ひときわこ》くする。

「やる気があるのに焦らされた相手ほど、罠《わな》には嵌《は》めやすいものさ。目の前に待ちに待ったご馳走《ちそう》が現れるやいなや、涎《よだれ》を垂らして一気に集まってくれるんだから」

そう、果敢《かかん》な攻勢を見せるテスフィア達の思惑《おもわく》が外れた時……全てが決するはずだ。

「それにしても……」

仮想液晶に映るシルシラの動きがどうも芳しくない。相手はミルトリア・トリステンだと思うが、相当に手強《てごわ》いようだ。

（まあ、あの手数の多さだし、シルシラでも苦労するか。けど）

現状、あちらのエースたるアルスにはオルネウスが執拗《しつよう》な追跡《ついせき》を続け、さらなる攻勢をかけ続けている。ならば、こちらのシルシラの動きが多少鈍《にぶ》ったところで、大勢に影響は

ない。見方によっては、予想外の伏兵《ふくへい》だったミルトリアを、シルシラが足止めしていると
も取れるのだから。こう見えて、アイルはシルシラに絶大な信頼《しんらい》を寄せている。生真面目《きまじめ》
すぎるところが玉に瑕だと思ってはいるが、忠誠心なら無比と言っていいだろう。アイル
の真意を察しているならば、早々に脱落《だつらく》するようなヘマはしないはずだ。
「さて、あちらの本命の居場所も陣形も見えた。そろそろ僕も仕事をしよう」
アイルは立ち上がり、軽く身体をほぐしてから、側に控える副官風の男へと目を向けた。
「まぁ、ミルトリア・トリステンは思わぬ伏兵だったけど、シルシラはシルシラなりに何
とかするだろうから心配はいらないよ。それよりもアルス殿《どの》がオルネウスに絡みつかれて
る今がチャンスだ、もう少ししたら〝アレ〟を出してくれ」
「はい、その点はお任せください。そのために節約した召喚用魔力《まりょく》ですから」
壮年の副官と数人のメンバーが慇懃《いんぎん》に頷く。
「ふふっ、フィア達は驚《おどろ》くだろうね。けど万が一ということもある、僕も念のための仕掛《しか》
けをしながら見守ることにするよ」
部下達に向け、アイルは余裕《よゆう》たっぷりの態度で笑って見せた。

◇　◇　◇

一方のテスフィア陣営の観覧席――フローゼとセルバは、緊張《きんちょう》した面持《おもも》ちで戦況《せんきょう》を見守っていた。ひやひやしているのは同席しているロキも同じだが、彼女はアルスの言い付け通り、万が一に備えて周囲への警戒は決して怠《おこた》らない。

今のところ不審者《ふしんしゃ》が紛《まぎ》れ込《こ》んでいる気配はないし、場所が場所なので探知魔法を使うわけにもいかないが、いざという時にいつでも動ける心づもりはしている。

その横で、フィールド全体を模した巨大《きょだい》地図のようなモニターを前に、フローゼとセルバが声を少しひそめて会話を交《か》わしている。この特注モニターは、軍指令室同様の機密情報保持システムを採用している。従って、試合中の両軍選手にはいかなる情報も伝わらない仕組みだ。

「フィアの積極的な戦術で、前線のラインがだいぶ上がってきたわね」

「しかしお嬢様側は、まだ宝珠を見つけられていないようですな」

「それに引《ひ》き換《か》え、ウームリュイナ側は多分……不味《まず》いかもしれないわね」

「事前にあちらから、開催《かいさい》場所の地図は提供されていましたからな。地形的な不利はさほどないように見えて、意外にあちら側に、隠れた利があるのやもしれません」

「事前にデバイスはチェックしたし、露骨《ろこつ》な仕掛けはないはずだけど。でも宝珠《ほうじゅ》の配置については、目に見えていなかった地形的な有利・不利があるのかもしれないわね」

「そうですな。それと、こう言ってはなんですがメンバー構成も多少気にはなっておりました。総力では、そこまで負けていないはずなのですが」

「ええ、バランス面よね。助《すけ》っ人《と》のミルトリア女老は大当たりだったと思うけど、こっちはやっぱり、頭でっかちなのは否《いな》めないものねぇ」

フェーヴェル側のチーム陣容的には、ミルトリアという例外を除けば、エースのアルスが群を抜いて光るバランスだ。彼に比べれば、テスフィア、テレシア、ローデリヒらは、どうしても頭一つ足りていない印象がある。ましてや他のメンバーとなれば、オルネウス、シルシラの両翼《りょうよく》を擁《よう》する上に平均値に優れるウームリュイナ陣営と比較《ひかく》すれば、少々心もとないかもしれない。宝珠を守る手札としてアルスが事前に封入《ふうにゅう》したいくつかのガーディアン召喚式も、メンバーの平均的な力量に合わせることが優先され、尖《とが》った能力を持つものはない。

さらにエース格のアルスが、それなりの実力者ではあれど素では1位に及《およ》ばないはずのオルネウスに予想外に食い下がられている。このことでも分かる通り、ルールの制限・縛《し》りもあり、この【宝珠争奪戦《ほうじゅそうだつせん》】は、アルス一人で無双《むそう》できるような競技ではないのだ。

「フィアの敷いた陣形も、いつまで保っていられるかしらね。ちゃんと動いてくれるかしら、トリステン卿《きょう》は」

その言葉にセルバは惚《とぼ》けるように顎《あご》を摩った。

「耄碌《もうろく》しかけた老婆《ろうば》には、最新ルールによる【テンブラム】は、やや小難しかったのでしようかな」

「とはいえ、あの遠距離魔法《えんきよりまほう》の猛攻《もうこう》は凄《すご》いわよ。相手もかなりの実力者でしょうに間合いも自在で、とてもあんなご老人の技とは思えないわ。思ったよりも全然息切れもしてないようだし。彼女がこうして参加してくれたのは、本当に僥倖ね」

そう、セルバとの恩讐《おんしゅう》関係を抱《かか》え、世捨て人めいた生活をしていたはずのミルトリアが、この場にいることは奇妙な縁《えん》のつながりによるものだ。

ミルトリアにとって、弟子《でし》であり孫娘《まごむすめ》のような年のリリシャがアルスに救われ、そのアルスが通う学院の理事長を務めるのがシスティであり、システィはミルトリアとは昔からの師弟《してい》関係にある上、フローゼの旧知の戦友という間柄《あいだがら》だったのだから。

本当に今回の【テンブラム】では多くの人達の助けを借りてしまった、と感謝とともに思いをめぐらし、フローゼは深く嘆息《たんそく》する。だからこそ、この戦いには負けることができないのだ。フローゼは混戦の中にいるはずの一人娘《ひとりむすめ》に向けて、一際強く念じる。

（頑張《がんば》りなさい、フィア！）

そして、フローゼが目を開いたのとほぼ同時。

「む、動きがありましたぞ！」

セルバが片目を大きく見開いて、呟《つぶや》くように言った。同じく変化を察したフローゼも思わず立ち上がり、特注モニターに示されたフィールド上の魔力の動きを詳細《しょうさい》に察知するべく、目を細める。

「ようやく、敵宝珠の位置を炙《あぶ》り出したみたいね！　でも、あれは……!?」

二つの宝珠の位置が判明したことで、試合は情報戦の段階から、ついに宝珠をめぐっての両軍がぶつかり合う本格的な攻防へとシフトしたようだ。

テスフィア達の宝珠からは、アイル勢の攻勢に耐えるために、何度かのローテーションを経て、再びキケロの手による【炎亀《えんき》】のガーディアンが出現した。対してアイル側は……。

「えっ、【万樹雷《ジュライ》】!?　まさか……！」

「フローゼ様、ご存じなのですか!?」

最初こそ冷静さを保っていたが、もはや辛抱《しんぼう》たまらなくなったのだろう。ロキが駆け寄ってくるや、食い入るようにモニターを見つめつつ、問いかけるようにフローゼを見つめる。

「ええ、あれは雷系統の召喚魔法《しょうかんまほう》。いいえ、今の場合は、宝珠に仕込《しこ》んだ疑似召喚獣《ガーディアン》ね。でも、どうみても普通じゃないサイズ感ね」

「それって、どういう……？」

ロキの疑問に答えるかのように、セルバが補う。

「文字通り、大きさが通常とは違いすぎるのです。宝珠の中に封入できる各ガーディアンには召喚《しょうかん》必要魔力の大小こそあれ、全体を合計した魔力総量はルール上で厳しく制限されているのですよ。なのに、あの【ジュライ】の巨大さは尋常《じんじょう》ではない」

「大きすぎる……。あんなのをガーディアンとして呼び出せるなんて、レギュレーションはどうなってるの」

フローゼの焦《あせ》った声が響く中、アイル側の陣中《じんちゅう》に突如《とつじょ》として聳《そび》え立った雷の巨木《きょぼく》は、涼《すず》しげに枝葉を広げ、まるで大規模放電現象のように周囲へと魔力の雷をスパークさせる。するとたちまち、まるで雷でできた傘《かさ》のようなフィールドが発生したかと思うと、それは巨木の梢から根本、果ては周囲の小エリア全体を覆っていく。

「宝珠の守護役というより、それ自体が雷のバリアを持ってる要塞《ようさい》よ!?　あれじゃあ、下手なアタッカーだと近づくことすらできない」

「遠距離《えんきょり》から狙ったとしても、魔法自体が相殺《そうさい》されかねませんな。それに、お気づきになられましたか？　その有効範囲《はんい》の広さを活《い》かし、あちらの指揮官と召喚主自体もまた、【ジュライ】が発する守りの傘の中に入ってしまっております」

「えっ！　それじゃ……！」

渋《しぶ》い顔になったフローゼの隣《となり》で、焦り顔のロキが代弁するかのように叫《さけ》ぶ。

「召喚主の方を削ることはおろか、大将を狙って指揮系統を断《た》つこともできないのですかっ⁉　なら、もはや敵宝珠の攻略《こうりゃく》は……」

この疑問に、表面上は冷静なセルバも、難しげに眉《まゆ》をしかめている。

「してやられましたな。指揮官および宝珠と召喚主を後方に孤立させても【ジュライ】による護《まも》りが万全《ばんぜん》というならば、もはや敵本陣には護衛要員すら不要です。そうなれば、攻《せ》めに回せる人数が違いすぎる」

セルバの言葉通り、アイル側の【ジュライ】はとにかくどっしりと構えており、攻略の手掛かりすら掴《つか》めそうにない。一方、テスフィア側の炎亀にはもう敵のアタッカーが迫りつつある上、味方の数は大幅《おおはば》に不利だ。なにしろアイル側は防御《ぼうぎょ》に人数を割《さ》く必要がない。対してテスフィア陣営は、【ジュライ】の召喚魔力《しょうかんまりょく》が尽《つ》きるまでは、敵軍の宝珠はもちろん指揮官すら叩けない。加えて強引に召喚主を倒《たお》し、宝珠との距離《きょり》を引き離《はな》すことすら難しいのだから。

「フィア……！」と小さく呟いたフローゼの顔色が、少し青くなりかけたその時。

「おいおい、何を泡《あわ》を食ってる。子は言うまでもなく宝だが、親からの信頼があってこそより光《ひか》り輝《かがや》くものだぞ。自分の娘《むすめ》だ、ちょっとは信じてやれんのか」

突如としての一喝《いっかつ》。野太く威厳《いげん》ある声音《こわね》が響き、周囲のやや浮《うわ》ついた空気を、その存在感で一気に制圧した。

フローゼははっとした表情を浮《う》かべた後、そっと手近な椅子《いす》に座《すわ》り直す。それから気持ち鬱陶《うっとう》しげに、モニターが載った大テーブルの端《はし》に頬杖《ほおづえ》をついて、じろりとその大男に、鋭い視線を飛ばした。

「あら、珍客《ちんきゃく》だこと。あなたが来るとは思わなかったわ、ヴィザイスト」

先程のノワールとの一戦で腹に大怪我《おおけが》を負い、今も入院しているはずのヴィザイストが、そこに立っていた。

噂《うわさ》に聞いた通りの怪我《けが》なら本来あり得ないが、体力と回復力は並外れているこの巨漢《きょかん》のことだ。松葉杖《まつばづえ》めいたものを抱えてはいるが、どうせ病院を抜け出してきたのだろう、と一瞬《いっしゅん》でフローゼにも察しはついた。

その当人たるヴィザイストは、当たり前だとばかりに鼻息を荒《あら》くして応じる。

「なんだ、随分な歓迎ぶりだな。まったく、娘一人でも心配だというのに、将来の息子《むすこ》の方も面倒《めんどう》ごとに巻き込まれてるとあっちゃ、おちおち病院のベッドなんざで寝《ね》ておれんだろうに」

息子という言葉に引っ掛《か》かりを覚えつつも、フローゼはあえてスルーして顔を戻す。

「邪魔《じやま》しにきたなら、そこで寝てなさい。終わったら起こしてあげるわ、セルバがね」

だが、きまり悪げな当主の八つ当たりめいた態度に反して、巧みに場の空気を読んだセルバが用意したのは、一脚《きやく》の大きな椅子であった。

のしのしと歩み寄り、そこにどっしりと掛けたヴィザイストに、そっと一礼するのはロキだ。彼はそんな彼女を制するように軽く手を上げ、松葉杖をセルバに預ける。

そこに、フローゼがもはや視線も向けず、呆《あき》れたような声を投げかける。

「あなたも歳《とし》で丸くなったと思ってたけど、利《き》かん坊《ぼう》は健在だったのね」

「上に立つ者ならばこそ、ときには前線で多少の無茶もする。が、今回ばかりは、少しヘマ打ってな」

「へえ」

ヴィザイストとフローゼは、共に大貴族の当主であり三巨頭《きよとう》と呼ばれる国家の重鎮《じゆうちん》の一人同士でもあるが、実は意外にお互《たが》いズブズブな関係でもない。それというのも軍時代、指揮官として全体指揮を執《と》ることが多かったフローゼは、前線で勝手気ままに大暴れするこの男に、いつも手を焼かされていたからだ。それでもある意味、腐《くさ》れ縁と言ってもいい仲であるのだが。

「で、今回はどういったご用件かしら」

「相変わらずつれないな、お前は」

口調は呆れ気味《ぎみ》ながらも、このやりとりに多少の懐《なつ》かしさを見出《みいだ》したのか。ヴィザイストはやや破顔すると、豪快《ごうかい》に酒盃《しゆはい》でも傾《かたむ》けるように、セルバが差し出した紅茶のカップを呷《あお》った。

「こう見えても、火急の用というヤツに出くわすかもしれんのだ。どっかの旧貴族派筆頭の馬鹿少将が、腹を決めて暴発しそうなんでな。奴がアヤをつけてくるとしたら、競技終了《しゆうりよう》後のこの場だろう」

「――派手な〝戦争〟に備えてってわけ？　相変わらず軍人根性《こんじよう》が抜けないのね」

フローゼの視線を受けてヴィザイストは無理にでも諸手《もろて》を挙げる。

「今日は非番だ。こんな状態じゃどうにも満足に動けんが、いざとなればな」

そうは言っても、すでに松葉杖を手放しても平然としているあたり、傷口が多少開いても全く大丈夫《だいじようぶ》そうではある。

「俺《おれ》も【テンブラム】について詳《くわ》しくはなかったんだが、どんな裏技を使ったんだ」

「なんのことかしら？」

「アルスだよ。貴族嫌《ぎら》いの上に面倒くさがりのあいつを、どうやってこんな場に担《かつ》ぎだした？　まさかと思うが……」

いかつい顔に似合わぬ不安を浮かべて、探るように切り出すヴィザイスト。

「ええ、彼にはフィアと婚約《こんやく》してもらいました」

しれっと返すフローゼに、ヴィザイストは目を丸くして叫ぶ。

「――おまっ！　抜け駆《が》けは許さんぞ！　い、いや、その……ゴホッ」

彼なりに察してはいる乙女心《おとめごころ》を重んじたのか、チラリと斜向《はすむ》かいの銀髪《ぎんぱつ》少女の様子を窺《うかが》うヴィザイスト。

そんなところにセルバがにこやかに割って入って。

「いえ、フローゼ様のご冗談《じょうだん》です。今回はウームリュイナ側からの提案もあり、アルス殿の参加が事前からの流れで確定していたような次第《しだい》で」

なんだ、とばかり大きく安堵《あんど》したヴィザイストに、フローゼが皮肉げに言う。

「残念ながら、セルバの言った通りよ。まあ、私としてはそうなっても全く問題ないのだけど。とはいえ、フィアは色仕掛《そういったの》けはてんで下手だし、ライバルだって多そうだしね。いずれにせよ【テンブラム】に勝ってからの話よ」

「そうだったな。状況《じょうきょう》はちょっとマズそうだが、大丈夫だ。きっとなんとかする。そういう奴だ。そもそもミルトリアの婆《ばあ》さんまで引っ張り出してきたんだ、万が一があっちゃ引っ込みがつかんだろ」

気楽に言ってくれる、と鼻を鳴らすフローゼ。ヴィザイストは、この競技に何が懸《か》かっているか知らないのだろうか。

「それにしてもウームリュイナの倅《せがれ》は……やっぱりこうなったか」

「……………」

「ありゃ、親父《おやじ》を悪い意味で越《こ》えてきたな。兄の方は、まだ可愛《かわい》げがある馬鹿だったんだが。モロテオンは、頭の切れる弟の方についちゃ、教育方針をさらに間違《まちが》えたようだな」

他人事のように言うが、実に大した慧眼《けいがん》ぶりではあった。ある意味異端者《いたんしゃ》であるアルスを長く見てきただけに、アイルを一目見たときから、ヴィザイストは彼の本質に気付いていたということだ。それは三大貴族として、多少ではあるがウームリュイナ家とも交流があった故に、分かったことでもある。

傲慢《ごうまん》で不遜《ふそん》で野心家……少年でありながら、かつてのアイルには、狡猾《こうかつ》な老王のような風格があった。駆け引きがとにかく巧《うま》く、権力という手札を最適の使いどころで遠慮《えんりょ》なく行使し、隙《すき》あらば人心すらも自在に操ろうとする。幼いアイルを取り巻く環境《かんきょう》は、ヴィザイストの目に奇妙《きみょう》な光景として映っていた。元王族の家柄《いえがら》故に周囲が謙《へりくだ》り、担ぎ上げているのかと思えばそうではなさそうで。まさかこんな子供が、と思いはしたが、ぼんやりと嫌な予感めいたものを抱《だ》いたのを、ヴィザイストは今でも覚えているのだ。

（それはそうと……）

同じ観客席の向こう、ウームリュイナ側の席にちらりと視線を走らせながら、ヴィザイストは油断なく表情を引き締《し》めた。

さっきフローゼに伝えたことは、別に大げさな誇張《こちょう》ではない。この【テンブラム】の結末如何《いかん》によっては、ウームリュイナ家の権威《けんい》が大幅に失墜《しっつい》する。後ろ盾《うしだて》が弱まったと感じれば、勝手に煮詰《につ》まったモルウェールドが、何かしらのアクションを起こす可能性は十二分にあるのだ。

（奴は今のところ、さすがに観客としては顔を出していないようだが、何を企《たくら》んでいるか分かったものじゃないからな。それにしても、あの屋敷《やしき》で俺を追い詰《つ》めたあの女。奴が雇《やと》った護衛か何かだろうが、いったい何者だったのか）

モルウェールドの尻尾《しっぽ》を掴むため潜入《せんにゅう》した邸宅《ていたく》で、思わぬ遭遇《そうぐう》戦を繰《く》り広げる羽目になったあの少女。その銀月のような冷たい顔を思い出し、うずいた腹の傷の痛みに、ヴィザイストは再び渋い顔になった。

◇　◇　◇

「シルベット様！　こ、これは主審《しゅしん》サイドとしては、看過できない状況ではないでしょうか⁉　ウームリュイナ陣営の【ジュライ】は、規定に違反《いはん》している可能性があります！」

高台に造られた主審席で、動揺《どうよう》を隠《かく》せない様子で大きく叫んだのはリリシャだ。

そんな彼女とは対照的に、シルベット大主教はあくまで穏《おだ》やかに、はて、というように首を傾《かし》げてみせた。

「リリシャ殿が言うならば協議には賛同しますが、そもそもどういう疑義をお持ちかな？　試合前の宝珠および各デバイスのチェックでは、特に問題など出なかったと記憶《きおく》しておりますが」

「そ、それはその通りです！　宝珠に封入された魔力総量は、確かに規定《きてい》の範囲内《はんいない》に収まっていたはずで……」

両軍の宝珠には事前に定められた魔力総量上限があり、それは封《ふう》じられた全てのガーディアンの持つ必要召喚魔力量を足し合わせて算出される。

卓越《たくえつ》した術者が強力なガーディアンを無制限に詰め込むことができるのなら、そもそもこの【宝珠争奪戦】が成り立たないからだ。

だが、アイル陣営によって先程呼び出され、窪地《くぼち》の中に聳《そび》え立った雷の大樹、【ジュライ】はあまりにも巨大で、強力過ぎる懸念《けねん》がある。

眉を寄せて考《かんが》え込むリリシャに、シルベットがあくまで穏やかに言った。

「私が事前に読み込んだルール規定では、宝珠に封入されるガーディアンの数自体には、特に規定はなかったかと。つまり、そういうことでは？」

あっ、と目を丸くしたのはリリシャだ。

「もしかして、ウームリュイナ側の宝珠に仕込まれたガーディアンの数は極端《きよくたん》に少ない……？　その分の魔力枠《まりよくわく》を、全てあの特大の【ジュライ】に⁉」

「ええ、その通りです。私が見たところ、恐《おそ》らく魔力総量上限のうち、8、9割ほどがアレに割り当てられているのではないですかな。召喚主も雷系統の者を揃《そろ》えて対応し、たぶん一人ではないはずです」

「あくまで規定には反していない、ということですか」

リリシャが唖然《あぜん》としてしまったのも当然だ。この【宝珠争奪戦】は多人数によるチーム戦でもあり、フィールドの広さもあって状況がとにかく変わりやすい。いざとなれば誰にでもガーディアンの召喚役が回ってくる可能性があるため、手札とでもいうべきガーディアンの属性系統は散らし、数も多めに用意しておくのがセオリーなのだ。

思考がフリーズしたように固まってしまったリリシャに、あくまで穏やかな笑顔《えがお》とともにシルベットは補足する。

「確かに、既存《きそん》の戦略とは全く異なりましょう。しかし戦いとは常に、より斬新《ざんしん》な発想と奇策を生み出せた側が有利になるべきもの。主審側としても、この新たな戦略は認めざるを得ないのではないですかな」

態度こそ柔和《にゅうわ》だが、その言葉にはどこか有無《うむ》を言わせぬ力がある。対するリリシャは、まるでその無形の圧力に飲まれまいとするように、冷《ひ》や汗《あせ》とともに返した。

「確かにシルベット様の仰《おっしゃ》る通りですね。ですが、少なくとも規定違反を疑われかねない動きですから、フィールド内の参加者にも観客席にも少なからず混乱があるはずです。ならばやはり、ここは主審側の判断と、その根拠《こんきょ》をきっちりアナウンスすべきかと」

「……ふむ。ですが【テンブラム】は、聖儀《ぎしき》式の一面もある競技。ならばこそ、全ては神の思《おぼ》し召《め》しとも言える。所詮《しょせん》は定命《じょうみょう》の人間に過ぎぬ我らの小賢《こざか》しい判断で、展開に水を差すようなことは必要ないかとも思いますが」

ごく自然体だが、やんわりとリリシャの提案を拒否《きょひ》する流れを見せるシルベット。リリシャは一瞬言葉を探す様子を見せたが、それでも必死で食い下がる。

「お言葉ですが！　その……か、神がそこまで万能《ばんのう》自在ならば、そもそも何もせずとも、あらゆる事象において神意は自《おの》ずと明らかとなるはずではないでしょうか！　だとするなら、そもそもこうして【テンプラム】の形で、人が神意の是非《ぜひ》を問うことすら必要ないはず」

「大いなる神は、常に我々を試《ため》しておられる。それだけではないですかな」

「ですね。ならば神意に全てを委ねるだけでなく、自ら努めて何かを為《な》すことも重要かと」

「……ふむ」

やや揚《あ》げ足を取られた形のシルベットが、初めて小さく唸《うな》った。リリシャは好機とばかり言葉を続ける。

「私は神はおろか、エインヘミル教の教えにも詳しくない若輩者《じゃくはいもの》ですが、こうして主審を司《つかさど》っているからには責任というものがあります。だからこそこういった状況下では、どこまでも己《おのれ》の意志で公正な判断を下すとともに、それを万人《ばんにん》に伝える義務があると判断します！」

リリシャはここまで一息に捲《まく》し立てると、一際強い視線をシルベットの老顔に向ける。

シルベットの柔和な笑みの中に一瞬《いっしゅん》僅《わず》かに硬い反応が見られたが、次の瞬間《しゅんかん》には元の好々《こうこう》爺《や》然とした笑顔に戻《もど》り、頷いて見せる。

「確かに、もう一人の主審たるリリシャ殿がそうおっしゃるのでしたら、やむを得ませんな。直ちに場内全体に、主審側の共同声明を出しましょう」

リリシャは黙《だま》ってコクリと首を振ると、再び密《ひそ》かに思考を巡《めぐ》らせ始める。

(とはいえ、あれは本来ならかなりグレーな戦略のはず。私が宝珠の魔力総量だけでなく、ガーディアンの魔力量配分まで目配りしていれば、事前に不審点《ふしんてん》として見咎《みとが》められたかもしれないのに……経験の差が出た)

シルベットは、ウームリュイナ側の意向で付けられた主審である。彼《かれ》はそのことを知っていたか、薄々《うすうす》察していながらもあえて見逃《みのが》し、隙あらば握《にぎ》りつぶそうと考えていたに違《ちが》いない。こうして〝仕掛《しか》け〟を半ば公表する流れにしたことでその思惑は防げたが、だからといって、競技の行方《ゆくえ》にさほど影響《えいきょう》はないだろう。なにしろ、声明を出すといっても結果的にはその行為《こうい》の追認《ついにん》に近く、明確な不正の告発というまでには至っていないのだから。

内心、リリシャには忸怩《じくじ》たる思いがある。

(せめて、せめて何か私にできることはっ!)


やがて、ざわついていた観客席には、厳《おごそ》かなリリシャの声とともに【ジュライ】に関する主審側の判断とその根拠が伝えられていく。同時に、それらはすぐにテキストメッセージの形で、競技への参加者にも届けられる手はずとなっていた。

「先程《さきほど》のウームリュイナ側の【ジュライ】の召喚について、主審サイドよりご説明します。まずこの大型ガーディアンの召喚ですが、試合規定に反するわけではありません。理由はウームリュイナ側の宝珠はガーディアンの数が極端に絞《しぼ》られている、という状況にあるためです。事前のチェックでも、宝珠に封入された魔力総量がその上限を超えていないことは確認《かくにん》されており……」

出来る限り冷静にアナウンスしながら、主審席のリリシャは、最後にチラリと棘《とげ》を含《ふく》んだ言葉を続ける。

「とはいえ、あくまで『宝珠の争奪《そうだつ》』を主軸《しゅじく》とする競技の意味を考えれば、ルールのやや歪《ゆが》んだ解釈《かいしゃく》であり、疑問を差し挟む余地は大いにあると考えます。今後は確実に慎《つつし》むべき行為に当たるかと……」

会場のざわつきが鎮《しず》まっていくのを察しながら、リリシャは内心で呟く。

（精一杯《せいいっぱい》の非難は込めたつもりだけど。ウームリュイナは多分、こういったやり口には手慣れてるはず。せいぜい多少クギを刺《さ》して、会場の空気をコントロールした程度にすぎないわね）

そこまで考えたところで、ふと脳裏《のうり》に閃《ひらめ》いたことがある。

（ルールの抜《ぬ》け道《みち》……でも、宝珠自体の性能は変わらないわけだから、そもそも【ジュラ

イ】を維持《いじ》するにしても、通常より遥《はる》かに損耗《そんもう》が激しいはずだよね……んっ⁉）

リリシャはハッとして、改めて主審席からこう付け加える。

「繰り返しになりますが【ジュライ】の召喚自体は、複数のガーディアンを代償《だいしょう》に相応のキャパシティを消費しています。もちろん、維持するにも、同様に複数人による維持が求められるため、明確にレギュレーション違反を犯《おか》しているわけではないと判断します。また不規則な魔力雷により、大気の乱れ、強風の発生が予想されますのでご注意ください」

せめてもの抵抗《ていこう》というほどでもないが、リリシャは「会場全体への説明」という体裁《ていさい》で、ウームリュイナ側が特大の【ジュライ】召喚を成立させている仕組みをテスフィア達に明かしたのだ。さらにもう一つ……実のところ、注意喚起《かんき》に見せかけた最後の一文は、リリシャが暗に組《く》み込んだ精いっぱいの助言だ。慎重《しんちょう》に選んだ言葉を言い終えた後、ちらりとシルベットの顔を盗《ぬす》み見るが、彼が気付いたり横やりを入れてくる様子はなかった。リリシャはほっと安堵するとともに、そっと肩《かた》の力を抜いた。

（上手《うま》く伝わるといいんだけど。でも、ウームリュイナ側もそこまでキッチリ読んで警戒《けいかい》してるかもしれない。いずれにしても私の立場じゃ、今はここまでが限界だわ。あとは現場で何とかしてもらうしかないわね）

第101章「魔女の中の魔女」

ウームリュイナ陣営《じんえい》に【ジュライ】の威容《いよう》が出現するよりも少し前。

ミルトリアは、フィールドの左翼《さよく》エリアで、独《ひと》り言ちていた。

「フェッフェッフェ、【テンブラム】なんて何年ぶりかねぇ。この緊張感、随分《ずいぶん》と懐かしい感覚だわさ。たまには不肖の弟子《システィ》のお願いでも聞いて、こんな場に引っ張り出されてみるのも悪かないねぇ」

しわがれた声はどこか愉《たの》しそうで、枯《か》れ枝《えだ》のような腕《うで》には同じく枯れ枝めいた杖《つえ》が握られている。上空には対峙《たいじ》するシルシラを攻撃《こうげき》すべく、今も激しい風の魔法《まほう》矢が無数に飛び交っている。だが一見しただけでは、まさか足元もおぼつかなさそうなこの老女が、その全てを操《あやつ》っているとはとても信じられまい。

「ほれっ、コイツはちょっとばかし〝とっておき〟だよ」

一際魔力を込めた大き目の魔法矢を打ち出すや、少しふらついたミルトリアは「どっこいしょ」と掛け声を一つ。そのまま近場に生えた巨木の根に腰《こし》を下ろすと同時、ぼさぼさに伸《の》びきった彼女の眉が、片方だけピクリと持ちあがった。

「へえ、あれもかわすのかい。若さって本当に眩《まぶ》しいもんだわさ。でも、まだまだ青いねえ」

ミルトリアがそっと新たな魔力を放つ。それだけで、シルシラによって弾かれたらしい巨大な魔法矢は、直ちに追尾《ついび》式に切り替《か》えられ、再び目標に向けて襲《おそ》いかかっていく。

もともとミルトリアは独学で魔法を磨《みが》いてきた研究者肌《はだ》の人物だ。後学の者達《たち》の指導のため、一時的に請《こ》われて軍にいたこともあるが、それも比較的《ひかくてき》短い時間に過ぎない。

とはいえ、結果的に彼女もまた最新の魔法学の成果を吸収できたことは大きく、特に魔力操作における分散管理の分野については、他の追随《ついずい》を許さないレベルにある。一切無駄《いっさいむだ》のない緻密《ちみつ》な魔法管理力は年老いても遺憾《いかん》なく発揮されており、今でも初位級魔法程度ならば、一度に百以上発現させることすら可能だった。

そして何より、彼女の得意な風系統は【空間探知《エアマップ》】その他、広域情報把握《はあく》に適した魔法をいくつも有している点が、こういった状況では大きなアドバンテージとなる。

「お相手の小娘《こむすめ》は、この飛び道具には随分戸惑《ずいぶんとまど》っているだろうねぇ。ま、実際はそんなに離れてるわけでもないが、フェッフェッフェ」

一方のシルシラは、ミルトリアの予想通り、かなりの苦戦を強《し》いられていた。

(くっ、キリがない……あんな長距離《ちょうきより》から、一体どうやってこんな大量の魔法矢を⁉)

シルシラは驚愕《きょうがく》とともに回避《かいひ》するので精一杯だが、実際はそこまで両者の間に距離はない。ミルトリアは単に、常に適度な間隔《かんかく》を維持しつつ森や木立の中に身を隠しているだけなのだ。

ただ、シルシラがそれを超《ちょう》長距離からの攻撃だと誤認《ごにん》したとしても仕方のないことではある。それほどまでに、ミルトリアの操る風の矢は自由自在なのだ。飛んでくる距離もスピードも一つ一つがバラバラな上、文字通り縦横無尽《じゅうおうむじん》な軌道《きどう》を描《えが》くため、出元を推測することすら困難だった。

シルシラからすれば、行く先々で足止めするかのように猛攻が襲いかかってくるため、思ったように動くことができない。かなりの混乱とともに、ほとんど四角い一定エリアの中に閉《と》じ込められているかのような感覚に陥《おちい》っている。

本来ならば敵の指揮官たるテスフィアの位置をざっくりとでも把握しておきたかったし、敵の数も数人は削《けず》るつもりだったというのに。

それこそが主人たるアイルに望まれている役割だと分かっているが故に、嫌《いや》でも苛立《いらだ》ちが募《つの》っていく。それが彼女《かのじょ》の動きを僅《わず》かずつ狂《くる》わせていき、それがついに致命的《ちめいてき》なレベルまで達した時——。

「——ッ！」

避《さ》けきれず肩を掠《かす》めた魔法矢に、バリアフィールドが警告めいた光を発した。見れば、疑似《ぎじ》ＨＰの残量ゲージがまたも削られている。

（くっ）

瞬時《しゅんじ》に迫《せま》りくる矢を見据《みす》えては紙一重で回避し続けるが、その数は増すばかり。あるいは間一髪《かんいっぱつ》で跳躍《ちょうやく》し、地に片手をついては体操選手のように身体をひねり、シルシラの矢を回避する動きも、次第にほとんど曲芸じみたものになっていく。

（これ以上は……仕方ないっ！）

シルシラは咄嗟《とっさ》に決断し、迫りくる矢を魔力を纏《まと》った腕で叩《たた》き落としていく。それは完全回避とは異なり魔力を消費するが故に、結局はいわゆるジリ貧《ひん》になる戦略だ。それを重々理解していながら、半ば強制的にその選択《せんたく》を選ばされている。

その実感が、さらにシルシラの精神に重圧を与《あた》えてくる。だというのに、額に滲《にじ》む嫌な汗を拭《ふ》き取る暇《ひま》もなく、攻撃は途切《とぎ》れることがない。

もう、こんな気づまりな展開が五分以上も続いていた。そして、ようやく攻撃の一つの波が落ち着いたかに見えたその時。

シルシラは、溜《た》めに溜めていたこれまでのストレスを解き放つように、一つの対抗手段《たいこう》を発現させる。

彼女の身体から広がり、霧《きり》のように周囲を覆《おお》う魔法……【濃霧瞬結《ノーヴル・リリィ》】。

この霧の中においては、みだりに動くものは全て凍結《とうけつ》されてしまう。

本来なら非常に広範囲《こうはんい》に有効な最上位級の魔法だが、シルシラはそれをあえて簡易的な構成で発現することで、この競技における制限ルールに適合させて放ったのだ。

結果、初位級の魔法矢ですら完全に動きは止められないレベルにまで弱体化はしているが、それでもこの状況下なら効果覿面《こうかてきめん》といえる。

なぜなら――。

耳を澄《す》ませたシルシラは、さっきまでの焦りが嘘《うそ》だったような余裕ある動きで、再び魔法矢の一群を回避することに成功していた。

空間ごと動きを凍結させようとする【ノーヴル・リリィ】の力――適度に弱まったそれを魔法矢が強引《ごういん》にこじ開けようとする刹那《せつな》、空間が鳴る。まるで枯れ木《き》か霜柱《しもばしら》を押《お》し折ったような、パキッという乾《かわ》いた音が絶妙《ぜつみょう》な警告音となっているのだ。

シルシラは、いわば【ノーヴル・リリィ】の効果範囲の広さを活かし、それを知覚器官の延長上として利用することで攻撃察知の死角をなくしたのだ。

ミルトリアはそんな対策を見て、内心で感嘆《かんたん》していた。

(ほう、なかなか優秀《ゆうしゅう》だわさ。対応が上手いし判断も早いようだねぇ)

だが、それでもミルトリアが焦って動くことはない。理由はたった一つ――それが、戦略上で彼女に与えられた役目だからだ。

(ま、全てはテスフィア嬢《じょう》ちゃんとあの小僧《アルス》の作戦だってことだからね。若い者が描いた絵図上の役割を、年寄りが真っ先にしくじっちゃマズいってもんだ)

とはいえ。

「少しばかり見くびっていたようだわさ。耄碌セルバやシスティに衰《おとろ》えたと嗤《わら》われるのも癪《しゃく》だし、久しぶりに俗世《ぞくせ》と関わったんだ。どれ、鈍《にぶ》ってないところを見せるわさ」

曲がった腰を二度ほど叩き、老婆は枯れ木のような腕を杖ごと、まるで天に雨乞《あまご》いでもするように掲《かか》げた。

するとたちまち、落ち葉が踊《おど》るように地を舞《ま》って、くるくると渦《うず》を巻いた。一枚、また一枚……次第にその数は増えていく。そんな微風《びふう》の舞踏会然《ぶとうかい》とした動きの後、何かが弾けたように、彼女の周囲にどっと風が集まってくる。

ミルトリアは掌《てのひら》を掲げ、指をオーケストラの指揮者のように動かした。それに操られるように、風はさらに激しさを増しますます踊り狂う。

そして不意に彼女が指を止め、代わりにピンと空中に立てた時。

風は一瞬にして動きを止めたかと思うと、透明《とうめい》な蛇《へび》が身体を絞るようにして無数の矢が形成される。その数は優に千を超《こ》えているだろうか。

「これはあっち、こっちはそっち、さて、それはどっちにしようかね」

嬉々《きき》とした表情のミルトリアは、童歌《わらべうた》めいた奇妙なリズムとともに、生成された魔法矢を次々と気流に乗せていく。

その態度は、まるで猫《ねこ》が鼠《ねずみ》か何かを弄《もてあそ》ぶかのようですらある。こういうところが弟子のシスティに苦い顔をされる所以《ゆえん》だと分かっているのだが、いつになっても止められないのだ。

凄《すさ》まじい勢いで魔法の射出を終えると、ミルトリアは最後に残った一本の矢のみをピンッと指で弾く。その切っ先は他の無数の矢とは違う軌道を描いて、勢いよく大空に飲《の》み込《こ》まれていった。

「……!?」

周囲に油断なく【ノーヴル・リリィ】を張り巡らせたシルシラが、不気味な〝予兆〟を感じたのはその直後である。見上げると、空を無数の風の矢が飛んでいくのが目に入る。しかしそれらの向かう先はいずれも、今、自分のいる場所ではなかった。

（まさか……！）

シルシラの心中で、急に不安が首をもたげてくる。敵は遠距離《えんきょり》魔法《まほう》の相当な使い手で、非常な風系統の術者だ。ならば、先程の妙策《みょうさく》は失策でもあったかもしれない、と思い当たる。

自分が下手に【ノーヴル・リリィ】で守りを固めてしまった故に、相手は攻略を諦《あきら》め、その強大な火力の対象を変えてしまったのではないか。

地形や情報把握にも優《すぐ》れる風魔法《かざまほう》の探知力をもってすれば、アイルの居場所に気づいてしまった可能性もある。そうでなくても、敵方の指揮官から何か指示が出たかもしれないのだ。仮に現在の居場所をピンポイントで把握できなかったとしても、あの数であれば絨《じゅう》毯爆撃《たんばくげき》には十分だ。アイルがいると推測されたエリア一帯が、凄まじい猛攻《もうこう》に晒《さら》されることになるだろう。

（いけない！　アイル様の〝本当の力〟はっ！）

厚い忠義心とともに、側近として彼のことをよく知るシルシラだからこそ焦りが出たと言えるだろう。

脚に魔力《まりょく》を込め、急ぎ離脱《りだつ》してアイルの元に駆《か》けつけようとした、まさにその時。

風を切って落ちてきたそれは、まるで吸《す》い込まれるように彼女の背中を襲った。

「グッ……バ、バカな!?」

たった一本の矢が超高空《ちょうこうくう》から落下してきて、シルシラの背を射抜《いぬ》いたのだ。僅か一撃《いちげき》だというのに、恐ろしいほど高密度の魔力が込められている。

疑似HPが大きく減り、シルシラが何かに躓《つまず》いたようにたたらを踏《ふ》んだ直後。

まるで目の利く偵察兵《ていさつへい》が後続部隊に着弾《ちゃくだん》目標を知らせたかのように、空を飛んでいた無数の矢が、くるりと向きを変えた。

（す、全てがフェイントだった……!?）

ギリリと歯を食いしばり、天を見上げるシルシラ。そこに、数えきれないほどの矢が一《いっ》斉《せい》に降り注いでいく。たちまち炸裂《さくれつ》した無数の魔法光が、全てを灼《や》くかのように一帯を輝きで覆い尽くした。

「フェッフェッフェ、ウームリュイナの小倅《こせがれ》は生まれついての人たらしだというが、案の定、上手くいったわさ」

少し離れた森の中、ミルトリアは木の根に腰かけて休みながら、にんまりと皺顔《しわがお》をほころばせる。この恐るべき老婆《ろうば》は、事前に得た情報と敵の布陣《ふじん》から、シルシラの心理を巧《たく》みに見抜《みぬ》いていた。彼女のアイルへの忠誠心すら囮《おとり》に使って、シルシラの撃破《げきは》に成功したのだ。もちろん老練さ故に、抜け目《め》なくルール範囲内に弱めた風系統の【エアマップ】を使い、相手の状況確認《じょうきょうかくにん》も怠《おこた》らない。

「直撃《ちょくげき》だね。ふむ、腕輪《うでわ》デバイスの疑似HPとやらは全損……確実に仕留《しと》めたか。ま、失神くらいはしてるかもだが、介抱《かいほう》してやる義理もないさね」

もはや興味が失《う》せた、とでも言いたげに呟《つぶや》くミルトリア。すぐに探知をも打ち切ってしまったが、これは油断でもなんでもない。何しろこれは実戦とは違うのだ。シルシラに意識があろうとなかろうと、一度HPを消失させてしまった以上、もはや彼女は競技に復帰することは不可能なのだから。

「それにしても、小娘一匹《ぴき》すり潰《つぶ》すのにこの手間とはねぇ。まったく、この妙《みょう》な腕輪と最新ルールとやらに甘《あま》えた【テンブラム】は面倒だわさ。昔なら手足の一本二本、それこそ死人の一人くらいは出ても気にしなかったもんだが」

ミルトリアは肩を揉《も》みながら独りごちる。

「それはそうと、敵さんもやはり女だのぅ。腕はなかなかだが、如何せんまだまだ若いわさ。もう少し歳を重ねれば、もっとよく見えることもあるだろうに」

そもそも【宝珠争奪戦《ほうじゅそうだつせん》】では、指揮官を攻撃することがそのまま勝ちにはつながらない。もちろん指揮系統を断《た》ち切られれば不利にはなるが、あくまでも勝利条件は敵宝珠《ほうじゅ》を奪取《だつしゅ》し、一定時間確保することだ。そして同時に自軍側の魔力コードを流し続け、奪《うば》った宝珠の機能全てを封印《ふういん》して初めて、勝利条件を満たしたことになるのだから。

「さて、これでシスティへの面目《めんぼく》も保てたというもんだ。老体を痛めつけるのはこれくらいにしておこうかね。まったく、たまに頼《たよ》ってきたと思えば、厄介《やっかい》ごとばかり持ち込んできてからに……」

口調とは裏腹に楽しげな様子で、ミルトリアは地に杖をつくと、ゆっくりと自陣《じじん》の方へと向かって歩き出した。

後は若い者にでも譲《ゆず》ろうというのか、それとも自軍宝珠の防衛に徹《てっ》するつもりなのか。それはミルトリアにしか分からないことだ。そもそもこの老女には最初から、【テンプラム】の場においてすら、緊迫《きんぱく》感というものがあまり感じられない。もしかしたら、せいぜい若者達の村祭りに顔を出した程度の意識でいるのかもしれなかった。

「む……？」

そんな時、ふとその顔が怪訝《けげん》そうに歪められ、上空を見たミルトリアはしばしば目をしばたたかせる。

彼女の下僕《げぼく》たる風が、何かの気配を察して知らせてきたのだろうか。続いて彼女は目を落とし、腕輪型のデバイスが同時に空中照射して示したメッセージへと、チラリと目を走らせる。

「ほう……これはもしやリリシャかね？　感心感心、あの子も主審としての仕事はきっちり果たしているようだねぇ。なになに、え～っと……？」

続くテキストが示したのは、例のリリシャが会場全体に発したアナウンスである。

「ほうほう、特大サイズの【ジュライ】か……さっきの気配はやはりそうだったかね。ウームリュイナの小倅も、大人に叱《しか》られないギリギリの範囲内で可愛らしいズルをするもんだ。で、えっと……。ふ～む、最後のはあの子からのちょっとしたヒントだね。それにしても、良い助言ではあるんだろうけど」

リリシャのアナウンスの最後にあった『強風』とは風系統を指す。それも卓越した風魔法師による【ジュライ】の打破手段について示唆《しさ》している。つまるところ大気中の雷《かみなり》を操る【ジュライ】の隙を生み出せるとしたら、空気を操る風魔法しかないということ。ここで老婆はふぅ、と小さく息をついて呟く。

「ま、あの子も立場があるんだろうが、ちっとばかし奥《おく》ゆかしすぎるというか何というか。これだと〝気づける〟のはあの小僧くらいか。ふぅ、どうやらまだまだ、休めないようだわさ」

パチリと指を鳴らすや、今度はふわりと手近にやってきた風に乗っかり、ミルトリアは一気にスピードを上げると、その場から飛び去っていった。

◇　◇　◇

同じ頃《ころ》、フィールドの右翼側《うよくがわ》。

そこでは、アルスがオルネウスと対峙していた。この戦場では、状況はシルシラとミルトリアの場合の真逆と言っていい。互いに肉薄《にくはく》しての接近戦は、他の誰《だれ》をも寄せ付けないほどの異様な迫力《はくりょく》と熱を放っていた。

今、オルネウスの猛攻を躱《かわ》すべく、アルスは手近な木の幹を足場に大きく跳躍する。まさに間一髪というところで、オルネウスの拳《こぶし》が鋼鉄のドリルでもあるかのように木の幹を粉砕《ふんさい》していった。だが、その破壊《はかい》のされ方はいかにも不自然だった。外からの衝撃《しょうげき》ではなく、ほとんど内部から爆散したように木片《もくへん》が舞い散っている。

（やはり、普通《ふつう》の魔法や魔力操作じゃないな）

アルスが直感的に悟《さと》ると同時、背筋に嫌な予感が走り、空中で体勢を整える。

オルネウスの脚力《きゃくりょく》はアルスから見ても驚異的《きょういてき》だ。幹を打ち砕《くだ》いた後、アルスを追うように跳躍した彼が、すぐ近くの空中に迫っていた。

逆さまになったアルスの視界の端《はし》、オルネウスが腕を振《ふ》るう体勢を取り、ニヤリと嗜虐《しぎゃく》的な笑《え》みを漏《も》らす。

刹那——アルスの【宵霧《よいぎり》】が遠心力を乗せて振《ふる》われる。その先端《せんたん》からは魔力で造った刃《やいば》が伸び、すでに大剣《たいけん》と呼べる代物《しろもの》となっていた。

対してオルネウスは、何かを摘《つま》むように軽く握った指で、刃の側面を叩いたのみ。

「——ッ！」

ガギィン、と周囲に轟《とどろ》く鈍い音。ハンマーでも打ち付けられたような衝撃にアルスの【宵霧】を握る手が痺《しび》れたが、単にそれだけではない。唐突《とうとつ》に刃が何百倍にも重たくなったような感触《かんしょく》があり、空中のアルスは再び体勢を崩《くず》しかける。

腕が下方に引っ張られ、たまらず手を離《はな》した【宵霧】は、鎖《くさり》ごと地面へと落下していった。

武器を失った形のアルスは、一先《ひとま》ず、というように蹴《け》りを放つ。だが、とりあえず置いただけ、といった風なその一撃は、当然のようにオルネウスの腕に防がれてしまった。

そしてこれも必然というように、今度はアルスへと敵の重い反撃《はんげき》が迫る。

　空中で身体を捻《ひね》ったオルネウスの脚が、アルスへ向けて薙《な》ぎ払《はら》われた。この蹴りには魔力が纏われているため、鉄槌《てっつい》のような強度でありながら、鞭《むち》のようなしなりをも合わせ持つ。その威力《いりょく》は、アルスが腕を十字に交差させて防いだ上からですら激しい衝撃を伝わらせてくるほど。なんとか堪《た》え切ったアルスだったが、代わりに身体は、軽々と森の木立の中を吹《ふ》き飛ばされていく。

　すぐさまオルネウスも後を追おうとする……が。

「――――!!」

　何かを察した彼は、上半身を捻ると、腕を思い切り真後ろへと振り抜いた。

　背後へと迫っていたのはアルスが取り落としたはずの【宵霧】だ。波打つ鎖ごと魔力で覆われて巧みにコントロールされた刃が、オルネウスの背後から襲いかかっていた。

　刃と拳がぶつかっているというのに、次の瞬間に響《ひび》いた衝突音《しょうとつおん》は、まるで金属同士のようだった。激しく弾かれた【宵霧】は地面に突《つ》き刺さったが、すぐさま引かれた鎖ごと、先程アルスが吹き飛ばされた森の奥へと消えていく。

　それを忌々《いまいま》しそうに見ながら、オルネウスは舌打ちを一つ……それからすぐさま、彼は獲物《えもの》の血の跡《あと》を追う猟犬《りょうけん》のように、再び森の奥へと駆けこんでいった。

場所を少し変えての、二度目の対峙。今度はアルスのほうがオルネウスを迎《むか》え撃《う》つ形となった。

「おや？　わざわざ待っていて頂けるとは、光栄ですね」

早速《さっそく》皮肉を放ったオルネウスに対し、あくまで不敵な表情で、アルスは言葉を返す。

「ま、手品のタネは割れたからな。腕で魔力を弾くとは、妙な技だったが」

「さすがに悟られましたか。ですが、その原理まではどうでしょう？」

「斥力《せきりょく》だろ」

オルネウスは無言で微笑《ほほえ》んだだけだったが、それは、まさしくアルスの指摘《してき》を肯定《こうてい》していると言っていい。

これが、オルネウスが【狩人《かりゅうど》】と呼ばれる所以である。いわゆる魔法師殺しには最適の能力と言えるだろう。

つまるところ、魔力同士が反発しあう性質を極限まで高めて利用する力である。それに熟達しているオルネウスは、指からごく軽く、せいぜい皮膚《ひふ》を弾く程度に流《なが》し込まれた魔力ですら、相手を身体ごと吹き飛ばすほどの反発力に変えることができる。

これは彼の持って生まれた資質とでもいうべきものだが、当然代償はある。彼は魔力を反発させられるというのみで、己の魔力を魔法へと昇華《しょうか》させることが決してできない。いや、魔法どころかAWRを有効に扱《あつか》うことも不可能なのだ。

魔《ま》法全盛《ほうぜんせい》の現代においてはあまりに大きなハンデだが、それがかえって、彼の異質な体術を練り上げることにつながったのは非常な皮肉であったと言えるだろう。

ちなみにその魔斥力《ませきりょく》とでもいうべき代物は足先でも操ることは多少可能だが、やはり真《しん》髄《ずい》は、この異質な戦闘《せんとう》技術を極《きわ》めた両腕《りょううで》にある。

「この力を、私は【ギルティ・ギフト】と呼んでいます」

「厄介な異能だな」

異能の代表格といえばまず【魔眼】だろうが、それに限らず、この世界には既存の魔法体系から外れた先天的な能力が様々に存在している。そういった力は既存の火・土・風・水・氷・雷の六系統や光・闇の二極系統《エレメント》にすら属さず、全て大雑把《おおざっぱ》にまとめられて「異能」と呼ばれているのだ。かつてアルスが倒《たお》したダンテが操っていた重力などもそれに当たるが、異能の使い手が全体に希少な存在なのは間違《まちが》いない。

「それに、盲点《もうてん》でもある。まさか【テンプラム】で、肉弾戦《にくだんせん》がメインになるとは誰も思わんからな」

オルネウスは、そんなアルスの言葉に小さく微笑んだ。

「お褒《ほ》めの言葉と取らせてもらいます。ですが、種が分かったところで対処できなければ意味はない。【宝珠争奪戦】のルールでは、派手な魔法が禁じられている。だからこそ、近接戦闘なら私でも十分やれる、というのは先にお伝えした通りですが」

「……かもな」

やや挑発的《ちょうはつてき》な物言いだったが、アルスは小さく肩を竦《すく》めて見せたのみ。

「どうもあなたは、のらりくらりとしていますね。私が事前に聞いていた人物像とは違うようだが。多少疲《つか》れてきていませんか？　このままではジリ貧ですよ」

「……」

オルネウスが目を細めたその時。両者の腕輪型デバイスが小さな反応を示す。

「ほら、そうこうしているうちに、我《わ》が主の切り札が出たようですね。これで、時間が過ぎるごとに形勢は我が方に傾《かたむ》いていく」

「このために調整した特別製の【ジュライ】か。確かに奇策《きさく》だが、わざわざ雷系統の術者を揃えて、複数で呼び出しているな？　ご大層なことだ」

アルスは、次いで腕輪が発してきたメッセージにちらりと目を走らせる。

「ふん、『強風』に注意、か。なるほどな」

参加者に等しく送られた同じメッセージを目にしたオルネウスが、小馬鹿にしたように嗤った。

「ふふっ、リリシャさんと言いましたか。確かにそちら側寄りの主審《しゅしん》なのでしょうが、【ジュライ】召喚《しょうかん》の種明かしなど今更無駄《いまさらむだ》なことだ。ルール上、あれが不正でないのは、彼女自身が実質的に認めている通りなのですから」

「さて、どうだろうな」

ここでついに、アルスがずっと待っていた合図が訪《おとず》れた。コンセンサーから発せられたテスフィアの声……それを聴《き》くや、アルスの様子が変わる。

「ッ!?」

それを見て、オルネウスの表情がさっと引き締《し》められた。その眼前で、アルスの身体を覆う魔力圧が、急激に変化していく。

「頃合《ころあ》いだ。ぼちぼち、終わりにしよう」

「……！」

顔をやや歪めたオルネウスの前で、アルスが平然と肩を撫《な》でながら言う。

「お前らが小狡《こずる》いことには変わらんだろ。なら腹の底の底まで、手札は全てさらけ出してもらわないと安心できんからな。腕輪型デバイスへの小細工じゃなければ、どうせ別のやり方で仕掛けてくると思ってたんだ。それに俺《おれ》が目の前にいちゃ、アイルも奥の手《て》を切りづらいだろ？」

切り札たるガーディアンに、オルネウスの異能の秘密。敵の手札二つが出揃《でそろ》ったなら、もはやここで最大戦力の一端《いったん》たる彼を釘付《くぎづ》けにし、アイル側の動きを誘《さそ》う必要はない。

「はあ～、わざと手心を？　それはお互《たが》い様《さま》でしょう。こんなルールのせいで……まったくくだらない、ですねっ！」

　一瞬《いっしゅん》で跳躍し、踊りかかってくるオルネウスの腕を躱すや、アルスの身体が空中に踊る。そのまま彼の腕を極めると、アルスは相手の肩と首に膝裏《ひざうら》を絡《から》めて絞《し》め付けた。

「ぐぅっ……⁉」

「人間を壊《こわ》すだけなら、こういう魔力を流さないやり方もある。さっきお前が証明してくれただろ？　反則技《ラフファイト》なら、こっちも腕に覚えがあるんだよ。身体がもつれた弾《はず》みでうっかり折れちまうかもしれんが、痛いのは一瞬だ。我慢《がまん》しろよ」

「ふっ！」

　一声吼《ほ》えたオルネウスが、身体に力を込める。だが彼の意図を察したアルスは絞めを緩《ゆる》め、ひらりと離れたかと思うと、すとんと軽い足音を立て、少し隔《へだ》たった地面へと降り立った。

オルネウスはそんなアルスに視線をやり、静かに言う。

「流石《さすが》です。今のは十分な殺気を感じるものでしたよ。そう、結局のところ、こんなお遊びでは私もあなたも全力にはなれない。いっそ、お互い腕輪を取って再戦というのは？」

「抜けたこと言ってんな。外したきゃお前が外せばいいだろ」

「そうですか、一方的に殺してしまうのは、どうも惜《お》しいですが」

「即時《そくじ》失格だぞ、それ」

「【テンプラム】は、何があるか分かりませんからね」

言い終えるや、何かを飲み下したオルネウスが、こくりと小さく喉《のど》を鳴らす。

猛禽《もうきん》のような鋭《するど》い眼が嗜虐的な光を灯《とも》すと同時、彼の腕が小刻みに震《ふる》えはじめた。指の関節がパキパキと音を立てるほどに奇怪《きかい》に曲げられ、手の甲《こう》には血管が浮《う》き出てきている。

「ケミカル・ブーストか……手段を選ばないな、ホントに」

眉《まゆ》を寄せながら言うアルス。

それは【アンブロージア】の成分の一部とも囁《ささや》かれる、魔力の生成を強制的に促《うなが》す違法《いほう》薬物である。手軽に魔力増強ができるとあって魔法師の中にも手を染める者が多く、近年問題視されているものだ。

「ご安心を、私なら特にマズい成分は後ほど自らの異能で体内分離《ぶんり》できます。ごく短期的な使用ならば残滓《ざんし》も魔力とともに放出されて、後の検査にも引っかかりませんので」

「斥力か……なるほど、ものは使いようだな」

「それに今時、これほど良質なものは手に入りづらいのですよ？　強者と拳を交えるせっかくの機会だ、もう少し付き合ってもらいましょうか」

「こっちの都合は考えないのか？　無粋《ぶすい》な引き止めはご遠慮《えんりょ》願いたいな」

アルスは【宵霧】を、背後まで半円を描くように一閃《いっせん》させた。手近な巨木《きょぼく》の幹に切れ目が入り、ゆっくりと梢《こずえ》ごと傾き始める。

「これも反発できるか？」

オルネウスはその言葉を挑戦《ちょうせん》と取ったのか、微動《びどう》だにせず、ただ両腕を突き上げる。その上に落ちかかった大木は、だが、彼《かれ》の身体を圧し潰すことはなかった。

何かを射出するようなドンッという音が連続で鳴り響く。その度に幹には穴が穿《うが》たれ、最後は粉々になった木片が宙を舞って、全てが爆散してしまった。

（やっぱりか……）

さっきアルスが必殺の絞め技を解いたのは、この結果を半ば予想していたからだ。オルネウスが操る斥力の異能は、魔力同士の反発を利用するもの。その理屈《りくつ》で言えば無機物――魔力を持たない物体に対しては有効に機能しないはずだ。

だが先程の応酬《おうしゅう》の間にも、彼の拳によって樹木が内部から爆散したことは何度かあった。そしてさっきの絞め技や、大木落としに対する対応を見れば結論は自《おの》ずと出る。つまりは他者の魔力だけでなく、オルネウスの魔力そのものも反発という効果を生み出せるのだろう。

（あのまま絞め落としにかかれば、やられていた可能性があるな）

アルスが極めていた彼の身体を通して逆に魔力を流されれば、おそらく強い反発力が生まれていたはず。そうなれば、アルスのほうが吹き飛ばされていただろう。

やはり一筋縄ではいかない異能だが、加えて今のオルネウスは、ケミカル・ブーストの状態にある。これまでの攻防《こうぼう》でアルスの疑似ＨＰもそれなりに削られているため、思い切った手段にも出にくい。このまま行けば、長期戦は必至だろう。

（ちっ……フィアと合流するのは、少し遅《おく》れるかもな）

やや渋《しぶ》い表情になったアルスの眼前、嵐《あらし》のような踏み込みとともにオルネウスが一気に肉薄し、猛然《もうぜん》と襲いかかった。

そして——互いに攻《せ》め手を繰《く》り出し、激しくぶつかり合う熱戦が続くこと十数分。

幕切れは呆気《あっけ》ないものだった。

ふと、オルネウスの足が止まったのだ。

まるで、吹き荒《あ》れていた嵐がピタリと止んでしまったような調子である。

怪訝な表情をしながらも警戒を緩めないアルスの前で、オルネウスは吐《は》き捨てるように呟く。

「むっ、このタイミングで、ですか……？　はぁ～、せっかく血がたぎってきたというのに、まったく間が悪い」

ぶつぶつと不満めいたものをこぼしたかと思うと、オルネウスの身体から急激に戦意が消えていく。

「どうした、燃料切れには早過ぎるぞ」

挑発《ちょうはつ》気味に言うアルスに、オルネウスはあくまで平然と返す。

「残念ですが、タイムリミットのようです。少しばかり別の用事ができまして。実はさっき、仲間からの連絡《れんらく》でしてがありましてね。加えて、あまり手の内を見せすぎるとまずい、ようですし」

「仲間？　お前んとこの大将からのお呼び出しか？」

「さあ、どうでしょうか。一つだけ付け加えるなら、まずいというのはアルス・レーギン、あなたに対してではありません。どちらかというと……」

故意にオルネウスは視線を明後日の方向へとそれとなく向ける。その先の主審席にいるのは――。

「あの胡散臭《うさんくさ》い大主教サマのことか？　あいつはお前らの仲間じゃないのか、なぜお前が気にする？」

「ふっ、これ以上は口を噤《つぐ》んでおきましょうか。裏の世界では、回りすぎる舌の持ち主は長生きできないものですから」

そう言って、オルネウスは意味深に微笑んだ。

「あなた同様、私にもいろいろ事情というものがありましてね。それでは一端、お先に失礼いたします。いずれ、あなたとは本当に生命を懸《か》けた戦いをしてみたいものです」

「は？　行かせると思うのか？」

「ついてきたければ構いません。一緒《いっしょ》に失格になりたければ、ですが。この邪魔《じゃま》な玩具《おもちゃ》も、もう不要ですね」

そう言ってから突然《とつぜん》、オルネウスは高々と腕を掲げたと思うと、反対側の手を断ち切るように一閃。一瞬で自ら腕輪型デバイスを破壊する。

「⁉」

もちろんルール上、即時失格に相当する行為《こうい》である。しかし彼はもはやそんなことを気にする素振《そぶ》りもなく、くるりとアルスに背を向けると脱兎《だっと》の如く走り出した。そしてフィールドの端にある境界壁《へき》を乗り越《こ》えたかと思うと、そのまま姿を消してしまったのだ。

「……？」

一人取り残された形のアルスは、ただ憮然《ぶぜん》とするのみ。

それもそうだろう、さすがにこれは想定外に過ぎる。こともあろうに敵方最大戦力の片《かた》翼《よく》なはずのオルネウスが、自ら失格になってしまったのだ。裏を読もうにも、このことでアイル側にどんな有利も生まれるはずはなく、目の前で起きた出来事以上のことはどうにも汲《く》み取れなかった。

結局――気を取り直したアルスが、次に自分のすべきことを思い出すまでは、多少の時間を要することになった。

第102章 「無垢《むく》なる氷の女王」

(い、いよいよ今度は総力戦だと思ってたのにっ!)

フィールドの中心近く。そこでテスフィアは、額に玉の汗《あせ》を浮かべて一際《ひときわ》焦《あせ》った表情を浮かべていた。

だが、それは無理もない。敵と味方、双方《そうほう》の宝珠の位置が明らかになった以上、【宝珠争奪戦】の次の展開は、互いの戦力のぶつかり合いになるのがセオリーなはずなのだ。

だが、アイル側のガーディアンである【ジュライ】の出現により、全てが狂ってしまった。それが張り巡《めぐ》らせる雷の傘《かさ》は、あらゆる小賢《こざか》しい攻防を無効化してしまうほどの鉄壁《てっぺき》ぶりを発揮しているのだから。

加えてアイル側は、大将と召喚者のみを完全に【ジュライ】の防護下に置き、護衛役すら付けないという奇策に打って出た。そうしておいて他の全メンバーを攻撃《こうげき》に回す、という横紙破りの戦術である。

もちろんテスフィア達《たち》も、アイル側が何か仕掛《しか》けてくることは予想していた。だからこその正体不明な彼の秘策を引き出すために、あえて最大戦力のアルスとポテンシャルが未知数なミルトリアを遊撃《ゆうげき》担当にしていたのだが……。

その目論見《もくろみ》は、あまりに想定外で強力すぎる【ジュライ】の前に、呆気なく破綻《はたん》しようとしている。

（あんなのが、ルール上はガーディアンの許容範囲内《はんいない》だなんてっ！　いったい、一つでガーディアン何体ぶんなのよ⁉）

敵陣《てきじん》に現れた雷の要塞樹《ようさいじゅ》ともいうべき【ジュライ】の姿を見つめながら、テスフィアは歯噛《はが》みする。

リリシャのアナウンスにより、敵方がこんな無茶《むちゃ》を成立させたカラクリは理解できたもののの、心中は信じられない思いでいっぱいだ。【ジュライ】の威容《いよう》はそれほどに凄まじい。こちらのメンバーの力量に合わせ、汎用性《はんようせい》重視でアルスに用意してもらった自軍のガーディアン達が、ほとんど紙の兵隊にすら見えてきてしまうほどだ。

「お嬢様《じょうさま》、敵の猛攻で……！　こちらのガーディアンが、もう保ちません！」

「分かってる、もう少しだけ耐《た》えて！　ローデリヒ隊は前へ、再召喚制限が解除され次第《しだい》、新たな召喚者を立てて、ガーディアンを切り替《か》えて！」

キケロ・ブロンシュの焦った声に、努めて冷静に応じようとするテスフィア。【テンプラム】についてそれなりに勉強はしたつもりだったが、所詮《しょせん》は付け焼き刃《ば》にすぎない。ましてやまだ学生の身であるテスフィアには、優秀な軍指揮官だった母・フローゼ並みの名采配が振るえるはずもなかった。

そうこうするうちに、ガーディアンを必死で守っていた護衛役の疑似《ぎじ》ＨＰ残量が目の前で消失し、また二人ほどがガクリと膝をつき、味方戦力の表示から除外されていく。

（アルッ！　……まだ、まだ戻《もど》れないのっ⁉）

アルスはオルネウスと交戦中のはずだが、その復帰が予想より随分《ずいぶん》と遅《おそ》い。敵の切り札を見極《みきわ》めた後は、速《すみ》やかにオルネウスを倒すか振り切って前線に戻る手筈《てはず》だったのだ。

この【宝珠争奪戦】は、本質的に守りより攻めの方が有利な試合形式だ。それ故にアルスにテスフィアのお守りをさせず自由に動いてもらうというのは、彼女《かのじょ》が自分から言い出したことだ。だが……やはりどこか考えが甘かったのだろう。腕輪型デバイスの疑似ＨＰを用いた特殊《とくしゅ》ルールにより、外では無双《むそう》なはずのアルスの力さえ、この競技では制限されてしまっている。その枷《かせ》は、彼女が思っていたよりずっと重かったのかもしれない。

（無自覚のうちに、頼りすぎてた⁉　ふぅーそうね、アルだってやっぱり人間だもの。私が踏ん張らなくてどうするってのよ！　ちゃんとやってやるんだから）

オルネウスの隠《かく》し持っていた異能やケミカル・ブーストの事実を知らないが故に、テスフィアはそんな風に自分を責めた。

気づけば競技は一方的な展開になり始め、味方はだんだん総崩《そうくず》れになりつつある。

「ブロンシュ卿《きょう》はもう限界よ、一人を新たな召喚担当に回して！」

やや前方で、防衛陣《じん》の一端を担《にな》っているローデリヒ隊に合図を出す。返事はないが、代わりに比較的疲労《ひかくてきひろう》の色が薄《うす》い一人が、自軍宝珠の側へと下がってきた。

「今っ！」

叫《さけ》んだテスフィアの目の前で敵の魔法《まほう》が着弾、最後のHPを削《けず》り取られた炎《ほのお》の大亀《おおがめ》が消失し、宝珠が地面に転がる。

宝珠に定められた再召喚制限時間《クールタイム》に次の召喚魔法《しょうかんまほう》構成に必要な時間を合わせ、約数十秒といったところか。その間、宝珠は完全に無防備な状態になる。

「し、しゅ……」

死守、と口に出したその時、ちょうど計ったように押《お》し寄せてくる敵の攻勢《こうせい》が目に入る。ローデリヒ隊が囲まれ、殲滅《せんめつ》されようとしていた。

「ローデリヒ、下がって!!」

テスフィアは宝刀【詭懼人《キクリ》】を強く握《にぎ》りしめて、真《ま》っ直《す》ぐ掲げる。意識せずともすでに魔力はＡＷＲへ十二分に注がれていた。

「【アイシクル・ソード】」

たちまち巨大《きょだい》な氷剣《ひょうけん》が上空から出現し、敵とローデリヒ隊を隔てる壁のように、地面に突き立つ。

「「【フレイム・バースト】！！！」」

そうと察した敵も、さすがにただの雑兵ではない。同一系統で組んだ敵魔法師の集団が詠唱一閃《えいしょういっせん》、凄まじい勢いで中位級魔法による紅蓮《ぐれん》の炎が吐き出されてくる。

ローデリヒ隊は【アイシクル・ソード】の陰《かげ》に隠れるようにして躱そうとするが、猛火《もうか》を完全にシャットアウトするには至らない。数人のＨＰゲージがごっそり削られ、デバイスが放つ光が危険領域を示して赤く点滅《てんめつ》する。それと時を同じくして、【アイシクル・ソード】の蒼刃もまた、豪炎《ごうえん》に溶《と》かし削られるかのように、氷の力を失っていく。

続いてニヤリと笑みを浮かべた敵魔法師の一団が、今度はテスフィアに向けて再び詠唱《えいしょう》を始める。

「……!!」

駄目《だめ》だ、そう思った瞬間《しゅんかん》――振り向いたローデリヒが大きく叫んだ。

「お嬢様、これが僕《ぼく》の最後の一手となることを、どうかお許しください！　ここが正念場です！」

彼は両腕を天に掲《かか》げ、腕輪型デバイスの制限ギリギリまでの魔力を一気に注《そそ》ぎ込《こ》む。次いで両手を勢いよく大地に叩《たた》きつけた。

「【解放の土流波《グランド・ヴェレ》】!!」

【アイシクル・ソード】の崩壊《ほうかい》と同時、まだ勢いも衰《おとろ》えぬ敵の炎に覆《おお》い被《かぶ》さるように、巨大な土壁《つちかべ》が立ち上がった。間一髪《かんいっぱつ》ローデリヒ達を護《まも》ったそれはたちまちぐんと広がり、テスフィアと宝珠をも、手堅《てがた》い城壁《じょうへき》のように押し包む。

「【霜柱の咎杭《フロスト・ピラー》】!」

二系統が使える己《おのれ》の特性を活《い》かし、続いてローデリヒが詠唱したのは氷系統の魔法だ。敵魔法師の一団の足元から突き立った複数の氷土の槍《やり》が、テスフィアを狙《ねら》って二の矢を放とうとしていた彼らを、まとめて吹き飛ばしていく。

次いでローデリヒは肩《かた》で息をつきながら、青白い顔でテスフィアに告げる。

「ハァ、ハァ、ハァ……お、お嬢様、ここは」

お退《ひ》きを、と言い終えぬうち、彼の身体を天から滑《すべ》り降《お》りてきた落雷《らくらい》が直撃した。一瞬で残量ゲージ全てを消失《ロスト》し、ローデリヒはばたりと倒れこむ。

この雷系の魔法はテスフィアもよく知っている。ロキが使う【大轟雷《ライトニング・レイ》】と同じものだ。無論デバイスの制限もあり威力は弱められているが、魔力枯渇《まりょくこかつ》の影響《えいきょう》もあって、ローデリヒを気絶させるには十分な一撃だったらしい。それを放ったのは、敵の攻撃部隊の隊長らしい風格のある男だ。近づいてくる彼の不敵な表情を見て、テスフィアは即時決断する。

「くっ……一旦撤退《いったんてったい》！　距離《きょり》を空けて時間を稼《かせ》ぐわ！」

体勢を立て直す必要があったのはもちろんだが、それ以外にも理由はある。彼女は、味方の最大の切り札《エース》――アルスの帰還《きかん》に一縷《いちる》の望みを託《たく》したのだ。だがテスフィアがそんな指示を出した瞬間、傍《かたわ》らでガーディアンを呼び出そうとしていた味方の女性魔法師が悲鳴とともに吹き飛ぶ。

見ると、あの攻撃部隊長が片手を伸《の》ばしている。その掌《てのひら》から放たれたのは、強力な雷弾だろうか。今や、まったく猶予《ゆうよ》はない。追《お》い詰《つ》められたテスフィアは、倒れた女性魔法師の代わりに、宝珠へと手をかざす。

幸い再召喚制限だけは解けていたようで、次の瞬間、直ちにガーディアンの召喚が成った。現れたのは、逃避行動《とうひこうどう》のみに特化した風系統、兎《うさぎ》型の疑似召喚獣《ぎじしょうかんじゅう》である。

耐久値《たいきゅう》は最弱レベル、属性はテスフィアの得意な氷系統ですらない。正直、かなり頼りない存在だが、この状況《じょうきょう》下、テスフィアの魔力でも瞬間的《しゅんかんてき》に呼び出せるガーディアンは限られていたため、苦渋《くじゅう》の選択《せんたく》である。

続いてのテスフィアのアイコンタクトで、ブロンシュ卿を筆頭に数人が殿《しんがり》の位置に付く。彼らに謝罪するかのような視線をちらりと送り、後《うし》ろ髪《がみ》を引かれる思いで、テスフィアはガーディアンとともに駆《か》けだした。


森や木立を抜《ぬ》けて、どれくらい走っただろう。

(そろそろ、自軍のフィールドに戻れたはずだわ。近くに敵の気配はないし、追跡《ついせき》されていたにせよ、きっともう撒《ま》けたはず……)

肩で息をつくテスフィア。

その時、カサリと下草が小さく鳴る音とともに、手近で〝誰か〟の気配がした。

「あ……アルッ⁉」

顔を輝《かがや》かせて振り向いたテスフィアに、あくまで冷徹《れいてつ》な少年の声が投げかけられた。

「ようやく会えたね、フィア。ま、時間稼ぎをするなら、こっちに戻ってくると思ってさ。ちょっと待ちくたびれたけど」

「あ……⁉」

絶句してしまうテスフィア。その前にすっと現れたのは【テンブラム】用の戦時衣装《いしょう》に身を包み、貴公子然としたアイル・フォン・ウームリュイナであった。

「ア、アイル！　なんであんたがここにいるの⁉　だって……」

「そう、ここは君達の陣地《じんち》の奥深《おくふか》くだ。そして君らは指揮官までが前線に加わって、探索《たんさく》範囲《はんい》を最大まで広げた横列陣で進んできたんだもんね。普通なら敵方の僕が、誰にも発見されずにここまで潜《もぐ》り込めるはずはない」

　アイルは薄っすらと余裕《よゆう》の笑みを浮かべている。

「でも、現実に僕はここにいる。答えはごくシンプルさ、実際に僕は未《いま》だ、君のチームの誰にも発見されていないんだ」

「ど、どういうことなの……？　私達が、いえ、アルやミルトリアさんまでが見落としたってこと⁉　まさか、秘密の抜け道《みち》でも！」

「いいや。ただアルス殿はフィールドの右翼《うよく》、ミルトリア女老は左翼《さよく》で、それぞれ僕の腹心のオルネウスとシルシラを相手にしてただろ。だから、僕は堂々と真ん中を通ってきたってだけだよ」

「だ、だって、真ん中には私達が！」

　眉根《まゆね》を寄せたテスフィアに対し、アイルは事もなげに言った。

「僕は今、とても気分がいい。だから、特別に教えてあげよう。この腕輪《うでわ》の発信源は、持ち主の魔力《まりょく》だ。居場所を映すマッピング機能も、それを探知のベースにしているわけだけど……魔法師ですらない一般人《いっぱんじん》が腕輪を着けてたら、どうなるかな」

「なっ⁉　そ、そんなハズは……」

「それが、あるんだなぁ。【テンプラム】の参加者は全員魔法師か、それに準ずる魔力を操《あやつ》れる者というのが常識だ。だけど僕は、それに反する唯一《ゆいいつ》の存在なのさ。多分、この栄《は》えある【テンプラム】の歴代参加者の中じゃ、僕が初の〝非魔法師にして一般人〟だと思うよ」

　絶句するテスフィア。それはどうにも衝撃的《しょうげきてき》な告白だった。出席頻度《ひんど》はどうあれ、アイルは確かに第2魔法学院の学生で、ウームリュイナというアルファ随一《ずいいち》の名門貴族の子弟《してい》なのだ。その彼が、魔法師の資質を持ち合わせていない……そんなことがあり得るだろうか。

　だが、それは事実である。テスフィアは知る由もないが、理事長たるシスティには内密で試験官や教員を買収し、アイルは学院の入学試験も適性検査も、全てを替え玉《だま》や偽造《ぎぞう》データによってクリアしてきた。そんな風だから、もちろん学院の卒業資格などは箔付《はく》け程度にしか考えておらず、実際に病弱という体裁《ていさい》で、学院の授業にはほとんど顔を出していないくらいだ。

「自分で言うのもなんだけど、僕の発する魔力は小さすぎて、デバイスにはごく微弱《びじゃく》な光

として しか表示されない。魔法戦のベテランであればあるほど、混戦中に出たノイズとして見逃《みのが》してしまうレベルなのさ。ま、自慢《じまん》にはならないけど。でもこうして誰にも気づかれず君の元まで辿《たど》り着けてしまう」

ハッとしたように手元のデバイスを見て、テスフィアは叫んだ。

「で、でも！　そっちの指揮官の光点は全く別のトコに！　あんたはまだ、【ジュライ】の護りの中にいるはずなのにっ⁉」

「それは正しいよ、でもそこに僕はいないんだ。だって、ほら……」

言葉を切ったアイルがひょいと片手を挙げ、そこに着けた腕輪を無造作に掲げてみせる。するとテスフィアの瞳《ひとみ》が、たちまち驚《おどろ》きで丸くなった。アイルのそれは、特別な意匠《いしょう》が彫《ほ》りこまれた指揮官のものではなく、一兵士に相当する最低ランクのものだったからだ。

「分かったろ、こっちの指揮官は別の優秀《ゆうしゅう》な人材に任せて、僕は気楽な散歩がてらここまでやってきたってわけ。もちろん誤魔化《ごまか》せるのは魔力探知だけで、普通に見つかっちゃ元も子もないけど、幸いこのフィールドには身を隠す低木や茂《しげ》みは沢山《たくさん》あるからね。なかなかのスリルが味わえたよ」

「……」

もはやテスフィアは、絶句するしかなかった。言われてみれば確かに筋は通っているが、やり方が実に大胆《だいたん》というべきか、普通《ふつう》の心臓でやれることではない。だが混乱する頭をなんとかまとめ、強がりのようにテスフィアは言い放つ。

「た、確かに驚いたけど……さすがにちょっと舐《な》め過《す》ぎじゃないっ⁉ だって、要は私がここであんたを倒しちゃえばいいってことでしょ！ 【テンブラム】参加者の中じゃ、史上最弱らしいあんたをね！」

彼女らしく状況を割り切り、さっとＡＷＲを構え直したテスフィアに、アイルはあくまで冷静に言う。

「まあ、そうかもね。でも、無駄《むだ》さ……君には僕を倒せないよ」

その声音《こわね》に不吉《ふきつ》なものを感じ、テスフィアは反射的に刀の柄を握る手に力をこめた。味方の戦列は壊滅《かいめつ》状態かもしれないが、テスフィア自身は猛攻《もうこう》を浴びたわけでもないため、疑似ＨＰも魔力も十分残っている。だというのに、一方のアイルからは確かに魔力の気配を感じないのだ。

（魔法の資質がないっていうのは、フェイクかと思ったけど、本当らしいわね。なのに、何故《なぜ》？ どうしてそんなに平然としていられるの⁉）

刀を向けたテスフィアに怯《ひる》む気配さえなく、アイルはどんどん歩を進めてくる。一歩、三歩、そして四歩……。だが、警戒《けいかい》するテスフィアからちょうど四メートルほどに距離が詰まった時、彼はピタリと足を止めた。

その一瞬、テスフィアはアイルの瞳が不気味な紫色《むらさきいろ》に輝いたような錯覚《さっかく》を覚えた。かと思うと、次には彼の指がぱちりと鳴った音が、どこか遠い異界から届くもののようにくぐもって耳朶《じだ》を打つ。

（あっ……!?）

視界が奇妙《きみょう》に揺《ゆ》らいだと感じた瞬間、テスフィアの脳裏《のうり》に何か霞《かすみ》のようなものが覆い被さってくる。二回、三回と続けてアイルが指を弾くたび、己の意識がどんどんと混濁《こんだく》してくるのが分かった。

「これって……催眠術《さいみんじゅつ》か何か!?　フンッ、あんたにお似合いのチャチな技ね！」

自分を襲《おそ》った異変に、歯を食いしばり耐えようとするテスフィア。強がる少女の台詞《せりふ》に、アイルは微笑《びしょう》し、囁くように言う。

「まぁ、催眠術といえばそうだね。でも、こいつは文字通り根深いよ。以前、君に密《ひそ》かに植えた種子は、もうずっと心の奥底《おくそこ》まで届いてるはずだから」

そう嘯《うそぶ》きながら、再び歩いてくるアイル。彼を近づかせまいと、テスフィアは魔法を使うことも忘れ、まるで子供が獣を威嚇《いかく》するように刀の切先を向ける。

「僕には魔法師としての資質がないからね。だから、卑怯《ひきょう》だろうとなんだろうと使えるものは徹底的《てっていてき》に使う。覇道《はどう》を征《い》く者が持つべき合理性にして王者の知恵《ちえ》というものだ。でも、君はどうなんだろう？　君が得た力は、一体何の役に立ったのかな？」

そんな言葉の一つ一つがテスフィアの鼓膜《こまく》にゆっくり染《し》み込んでいき、脳内で不気味に反響《はんきょう》する。今にも塗《ぬ》りつぶされそうになる意識を保とうと、テスフィアは必死に顔を歪《ゆが》めて抵抗《ていこう》を続けた。

「ん？　思ったよりも根が浅い……へぇ、寧《むし》ろ起動句《トリガーワード》の効力が弱まってるのか？」

その抵抗ぶりに、眉をひそめたアイルは小さく独りごちた。今、アイルが彼女に仕掛けているのは、独学で学んだ異端《いたん》の催眠術である。ずっと以前、幼いテスフィアに会った時から少しずつ仕掛けていたもので、起動句一つで、直ちに深い催眠《さいみん》状態に相手を陥《おとしい》れるというものだ。

「確かに術は完成していたはずなのに、どうもおかしいなぁ」

そう言って首を傾《かし》げるが、全てはアルスが原因である。具体的には彼が以前、アイルと再会した直後のテスフィアの異常に気づき、その種を彼女の内部から排除《はいじょ》してしまったせいなのだが……さすがのアイルもそこまでは悟《さと》れなかった。

そして、その直後。

「ん？　なんだ？」

怪訝《けげん》な声と同時、一瞬だけアイルの催眠支配が揺らぎ、ハッとするテスフィア。色を取り戻した瞳に飛び込んできたのは、不快そうに顔を歪めたアイルの姿だ。

「はぁ？　【ジュライ】の護りが破られたって⁉　まさか！」

飛び込んできた指揮官からの緊急《きんきゆう》通話に、彼はずいぶんと驚いているらしい。

「でも、一体どうやって……？　アルス・レーギンの仕業《しわざ》じゃないのか⁉　なら、一体誰《だれ》が」

ルール上、コンセンサーによる伝達が一方通行なのは敵も同じだ。だからこそ詳細《しようさい》が分からず、アイルは少し混乱しているらしい。術が解けかかったのも、そのせいだろう。

（今ならっ！）

全身から抜けかけていた力を振《ふ》り絞《しぼ》って、テスフィアはアイルへと刀を振りかぶる、だがそれをかいくぐったアイルは、そのままスルリとテスフィアの懐《ふところ》に滑り込んできた。

「っ⁉」

次の瞬間、アイルの細く白い指が、テスフィアの額にピタリと合わせられた。

「こうなっちゃ仕方ない。ちょっと面倒《めんどう》だけれど君にはもう一度、種を植えさせてもらう。急ぎだから手加減はできない、多少〝壊れ〟ちゃっても許してくれよ」

「う……あっ……⁉」

まるで指先から、黒い靄《もや》が直接頭蓋《ずがい》に挿入《そうにゅう》されてくるような奇妙な感覚。さして力を込められたわけでもないのに、それだけでもう、テスフィアの身体の自由がほとんど奪《うば》われていた。続いてテスフィアの瞳から、すっと意志の光が失われていく。

「幸い、まだ根は完全に消え去ったわけじゃないようだな。この分なら、改めて暗示を加えれば……」

呟《つぶや》きと同時、アイルによる精神侵入《しんにゅう》が再開された。

「ねえ、フィア。その力は誰を殺すためのものなのかな。振り下ろした刃《やいば》は、必ず大切な誰かに跳《は》ね返ってくるものさ。それはだれかな？」

テスフィアの瞳が、どんどん空虚《くうきょ》な色に塗りつぶされていく。膝はがくがくと震え、刀は握りしめるのがやっと……だらりと腕《うで》ごと垂れさがりそうになるのを必死で堪《た》えているが、取り落とすのも時間の問題だろう。アイルは術を緩めず、さらに魔《ま》の囁きを彼女の脳裏に忍《しの》び込ませていく。

「誰が死ぬだろうか、誰が死ぬかな？　君は誰が死ぬと思う？　でもそれは仕方がない、力を持つということはそういうことだから。ほら、君の母親が無惨《むざん》に斬《き》り殺されてしまったね、あぁ、あの執事《しつじ》も四肢《しし》を切り落とされて血塗《ちまみ》れだ。フェーヴェル家の人達は不幸だ。でも、それも仕方がない、君がすることを誰も止められなかったんだから、テスフィア……君のせいだ」

「あ……ああっ……」

ついに膝から崩《くず》れ落ちたテスフィアの頬《ほお》を、温《ぬく》い涙《なみだ》が伝っていく。

改めてテスフィアの深層心理を暴《あば》き、そこに潜《ひそ》む恐怖《きょうふ》の種を見つけ出した上で、心の保《ほ》護膜《ごまく》を破壊《はかい》するトリガーとして利用する——それがアイルの思惑《おもわく》である。その上で、無防備になった心を改めて絶対支配しようというのだ。

「何が見える？　君が殺した人達だよ。たとえ直接手にかけた数は少なくとも、君が蒔《ま》いた種によって皆《みな》に破滅《はめつ》が降りかかっていくんだ。あぁ、アリス・ティレイクが男達に組《く》み伏《ふ》せられているね。馬乗りで弄《もてあそ》ばれて……胸に粗悪《そあく》なナイフが刺《さ》さる。血が溢《あふ》れてきた、止まらない、止まらない、誰も助けてくれない。君はただ突《つ》っ立って見ているしかない……」

アイルの言葉に導かれて、心の底に潜む恐《おそ》れと絶望的な光景を幻視《げんし》させられるテスフィア。目は大きく見開かれ、唯一の武器であるAWRを持つ手の力が抜けていく。

「さぁ、フィア、君が救われるたった一つの方法を教えよう。僕だけが君の重圧と絶望を打《う》ち払《はら》ってあげられる。さあ言うんだ……『負けました』と」

アイルが狙ったのは、まさにこれだった。【テンブラム】の特殊ルール……敗北宣言《サレンダー》である。

模擬《もぎ》戦ならともかく正式競技ではほぼ形骸化《けいがいか》していて、現在は半ば八百長《やおちょう》めいた試合だけで使われるものだ。だがそれでも、ルールとしてはまだ生きている。

やがてテスフィアの口から細く唾液《だえき》の糸が垂れたかと思うと、一切《いっさい》の表情と眼の光が消え去った。そのままアイルの指示に従って、彼女の震える指が指揮官用の腕輪型デバイスを操作していく。

敗北宣言は、その腕輪にある特殊なボタンに触《ふ》れながら発さなければならない。

「ま、ま……け………」

唇《くちびる》から紡《つむ》がれていくその言葉に、満足げに笑うアイル。だが、その笑《え》みは次第に醒《さ》めていき、焦りの色へと変わっていった。あと一言……あと一言だというのに、テスフィアの口からは、その決定的な最後の言葉が出てこない。

アイルはグイと手を伸ばし、テスフィアの細い頤《おとがい》を右手で掴《つか》むようにして、改めて命じる。

「どうした？　さあ言うんだ、フィア……『負けました』と！」

二度、三度と強い言葉で促すが、テスフィアの唇は、ただ引き攣《つ》るように震えているだけ。ひゅうひゅうと空気の音はするが、腕輪が感知できるような具体的な言葉が発せられることは一切ない。

「……僕の暗示でも、最後の壁が破れないのか!?」

アイルとしても、想定外のことだ。先に再会した時は、彼女は魔法師として成長はしていても心的にはまだどこか脆《もろ》く、内心の怯《おび》えを隠して強がっているばかりの少女だったはずだ。だからこそ自分の暗示でも、たやすく心を折ることができたというのに。

この僅《わず》かな間に、彼女に何が起こったのだろう。何が彼女を急激に成長させてしまったのだろう。

「言えよ、最後の言葉だ！　一言、口にするだけでいいんだ！」

苛立《いらだ》ったアイルはついに貴公子然とした態度をかなぐり捨て、テスフィアの髪《かみ》を掴み、乱暴に頭を揺する。

「ア……アル……」

苦し気に漏《も》れ出てきた言葉に、アイルは愕然《がくぜん》とした。そう……思えば当然のことだった。最初から、原因は一つしかない。

「アルス・レーギンかっ！」

そう口にした瞬間、テスフィアの瞼《まぶた》が微《かす》かに反応したのを、アイルは見逃さない。

アイルはここで、初めての感情を含《ふく》んだ複雑な笑みを浮《う》かべた。それは下卑《げび》た笑いだったが、だからこそ彼にしては非常に珍《めずら》しいもの。実に人間らしい感情の発露《はつろ》とでもいうべき代物《しろもの》である。

「アルス殿も罪なことだ。まあいい、それが君の最後の鍵《かぎ》だったというなら、別のやり方がある」

ニヤリと再びほくそ笑んだアイルは、奇妙な呪文《じゅもん》のように、テスフィアに投げかける新たな言葉を紡ぎ始めた。

「ふふっ……死ぬよ。もうじき、アルス・レーギンも。それは非業《ひごう》の死になるだろう。血を吐き、腹に空いた大穴を自らの眼で見ることになるんだ。もう助からないだろうね。フィア、君の目の前で大事な人が死んでいく。見るんだ、彼らの死に顔を……苦しみもがきながら死んでいく。もう君にできることは何もない。アルス・レーギンの死に顔はどうだ、い……!?」

「あ……ああ……！」

テスフィアが呻《うめ》くが、もはやアイルが力の発動を緩《ゆる》めることはない。いつもに似ず力ずくともいえる荒々《あらあら》しいやり方で、アイルはどんどん彼女の精神を侵食《しんしょく》し、支配の根で全てを絡《から》み取っていく。

（もう少しだ……もうじき、君の最深部に手が届く。そら、最後の扉《とびら》が開くぞ……！）

アイルが笑みを一際濃《こ》くしたその瞬間。

ひゅうっ、と。

テスフィアの喉《のど》から、か細い息が漏れた。

同時、一陣の冷風が巻き起こり、アイルの頬を打つ。

「これは、水滴《すいてき》……いや、氷片《ひょうへん》か？」

頬に指を這《は》わせ、ハッとしたように口にした直後。テスフィアの全身から、何かがどっと吹《ふ》き出した。

周囲に突然雪嵐《とつぜんゆきあらし》が呼び出されたような、凄《すさ》まじい吹雪《ふぶき》と凍気。もろに直撃《ちょくげき》を受けて一気に吹き飛ばされたアイルは、何度か地面を転がり、よろよろと立ち上がる。

「い、いったい、何がっ……⁉　ぐっ……！」

身体ごと転がった拍子《ひょうし》に腕を酷《ひど》くねじったらしく、肩の痛みに顔をしかめながら、アイルはテスフィアへと視線を向ける。

荒《あら》ぶる魔力と冷気の渦《うず》の中で、不可視の精霊《せいれい》の従者に支えられた眠《ねむ》り姫《ひめ》のように、テスフィアが倒《たお》れかけていた身体を起こす。

見ると、彼女の特徴的《とくちょうてき》な紅の髪は、霜《しも》が降りたように白く染まっていた。

「あ……⁉」

彼女の身に起きている明確な異変に、目を丸くするアイル。次いで、ふと気づく——周囲の大気が、異常なほど冷え込んでいる。

すでにアイルの吐《は》く息はすっかり白くなっており、痛いほどの冷気が身体中《からだじゅう》を突き刺してくる。そんな中、夢遊病の患者《かんじゃ》のように虚《うつ》ろな目をしたテスフィアの腕が、操り人形《にんぎょう》のごとくゆっくり持ち上がって、すっと前へと伸びた。

(ん、腕輪が……？)

彼女の腕から、いつの間にか制御《せいぎょ》デバイスが失われている。

(自分で外した……？　いや、勝手に破壊されたのかっ！)

そう気づいた時、すっとテスフィアの指がこちらに差し向けられた。その指先に青白い魔力光が輝くのと同時、アイルの背筋に、文字通り凍《こお》りつくような悪寒《おかん》が走る。

(マズい……！　何かは分からないが!!　うっ……！)

咄嗟《とっさ》に攻撃を回避《かいひ》しようとした時、腕に走った痛みが動きを一瞬鈍《いっしゅんにぶ》らせた。直後、テスフィアの指先から氷柱《つらら》のように細くなった蒼白《あおじろ》い冷気が、全てを貫《つらぬ》くように射出される。

「ぐあっ!!」

細く鋭《するど》い氷の矢が腕を掠《かす》めるや、アイルの腕輪が凍りつき、バラバラに粉砕《ふんさい》される。たまらず倒れこんだところに、無感情なテスフィアの視線が向けられた。そして、まるで照準を付けるように、再び無造作に持ち上がった細い指が、罰《ばっ》すべき不心得者を指し示す。

「アイル様っ！」

間一髪、横から柔《やわ》らかい身体が飛び込んできて、アイルを抱《かか》えざまに危地から助け出した。

それは、横っ飛びするようにしてこの場に介入《かいにゅう》してきたシルシラだった。だが彼女は、先にミルトリアに敗れてＨＰを全損した身。腕輪はとっくに機能しておらず、競技からも除外されているはずだ。

「……ルール違反《いはん》だぞ、まったく。退場者は直ちにフィールドから出る決まりだろ」

シルシラの姿を見てそうと察したアイルが苦い顔で言うが、シルシラは、至極真面目《しごくまじめ》な顔で答える。

「面目ありません。なんとか意識を取り戻した後、嫌《いや》な胸騒《むなさわ》ぎを感じてやってきたのですが……ただ、そんなことはどうでもいいんです！」

シルシラは焦った表情で、チラリとテスフィアを見やってから続ける。

「もはや、競技どころではありませんよ。一歩間違《まちが》えば、アイル様は……」

さっきまでアイルが倒れこんでいた地面は、完全に凍りつき割れ砕《くだ》けてしまっている。

まるで冷気の爆弾《ばくだん》が炸裂《さくれつ》したかのような、異様な有様だ。

「それはそう、か、ありがとう、助かったよ」

「いえ、ご無事で何よりです。心底、ほっといたしました」

「でも、一体何なんだ？　まあ、特大の地雷《じらい》を踏《ふ》み抜いたらしいってことだけは分かるけど」

幾分《いくぶん》か冷静さを取り戻したアイルは、シルシラに問う。

「一種の魔力暴走でしょうか？　いや、それにしては標的が明確過ぎます」

一先《ひとま》ずはそんな推論を口にするや、シルシラはそれを自らあっさり否定する。テスフィアの様子からは確かに魔力暴走に近しい症状《しょうじょう》が見て取れるが、周囲にまき散らす威圧《いあつ》感や重圧が、並みのそれとは全く異なる。

そう、あれは本質的には、もっと近寄りがたく畏《おそ》るべきもの。

テスフィアと同じ、氷系統の優秀な魔法師であるシルシラの勘《かん》が、はっきりと告げていた。

「早くここを離《はな》れませんと！　〝アレ〟が本気になったとしたら、私でもアイル様を守りきれるかどうかっ！」

そう言っている間にも、テスフィアから発される冷気は容赦《ようしゃ》なく二人に吹き付け、体温をどんどん奪っていく。睫毛《まつげ》が凍りつき、唯一保たれている口中の温かさだけが、一際強く感じられる。

「はぁっ！」

とりあえず防壁《ぼうへき》だけでも、と前方に魔法を放ったシルシラが、目を丸くして息を飲んだ。

魔力そのものが、目の前で凍りついて輝く霧《きり》となり、そのまま砕け落ちていく。

いわば、周囲の空間自体が凍結《とうけつ》の聖域と化そうとしていることを、シルシラは一瞬《いっしゅん》にして悟った。

こうなれば、シルシラでもどうすることもできなかった。魔力暴走は大抵《たいてい》の場合、術者の精神の異常がトリガーになるわけだが、それでもこれほどの力を発揮することは稀《まれ》だ。つまるところ、目の前で起きている現象は、明らかに魔力暴走をも遥《はる》かに超《こ》えた何かなのだ。

「本格的にマズいみたいだね。ハハッ、まさか神意を問う【テンブラム】の場に、本物の神罰《しんばつ》の化身《けしん》が舞《ま》い降りたってわけか」

負傷した腕をかばいながら冷や汗《あせ》をかくアイル。

視線の向こうでは、全身に冷気のヴェールをまとって、心なしか青白く見えるテスフィアの顔。頬には無意識に流れ出たのであろう涙の筋が、戦化粧《いくさげしょう》のような霜の意匠となって貼《は》りついている。その瞳の色は、深い深い青。だがその青色は虚無《きょむ》の色そのもので、実質的に何も映してはいない。

何もかもが、かつてのテスフィアではなくなっていた。

凍《こご》えるような視線が、アイルを見据《みす》える。何かを招くように彼女の手が動いた瞬間——

パキパキ、という異音がアイルの耳に入った。

「!!」

気づけば、一瞬で地面が凍りついている。足が大地に張り付き、感覚が体熱ごと奪われていく。逃《に》げなければ、と本能が叫ぶが、テスフィアが発する強烈《きょうれつ》なプレッシャーのためか凄まじい凍気のためか、すでに彫像《ちょうぞう》と化した身体は竦《すく》み上がって思うように操れない。

(こんな、決着とは、ね……ざまぁ、ないか)

アイルが苦々しく心中で呟いたその時、確かな温かさをもった何かが全身を覆い包む。

それは、シルシラの身体だった——親鳥が凍えた雛《ひな》を抱《だ》きしめるように、すっかり硬直《こうちょく》したアイルの身体を抱き、生命の熱で包み込む。

「アイル様だけは！　あなたが、ここで、こんなところで終わるようなことがあってはなりません！　どうか、どうか……！」

「……シルシラ」

かすんでいく意識の端《はし》で、アイルは小さく笑った。まったくこの女は……愚《おろ》かしいまでの忠誠心だ、と思った。一人だけでも逃げ延《の》びようとすれば、まだ可能だったはずなのに。

そんな時、ふと、傍らに立った誰かの気配。

同時に、声がする。どこか呆《あき》れたようなその少年の声は、この緊急事態に似合わぬ妙《みょう》に落ち着いた雰囲気《ふんいき》をまとっていた。

「まったく、これはどういう状況だ？　クライマックスが殺し合いとは聞いてないが」

〝彼《かれ》〟だ。ついにやってきた。

そう察した瞬間、周囲が少し温められる。魔法の炎だと思うが、それだけではない気もする。彼の存在により、人外の何かと化したテスフィアが展開する冷気の波動すらも、少しだけ変わったような気がした。いや、それはもしかしたら気のせいだったかもしれない。

とにかく、アイル・フォン・ウームリュイナは英雄《えいゆう》の帰還を察した瞬間、何故か即座《そくざ》に己の敗北をも悟り、そのまま意識を失った。

一先ず炎の障壁魔法《しょうへきまほう》を展開し、死の凍気からシルシラとアイルを解放したアルスは、眉《まゆ》を小さく寄せてからぶっきらぼうに言う。

「いいから行け」

目線だけで感謝を告げると、気を失ったアイルを抱え、最後の力を振り絞って脱兎《だっと》のように駆けていくシルシラ。それをチラリと見送って、アルスは真っすぐ、正面の存在に向き直る。

（フィア……）

銀と見まごうごとくに白く染まった髪。いつもの溌剌《はつらつ》とした瞳はすっかり生命力を失っていて、文字通りあらゆる感情を凍らせてしまったかのようだ。今の彼女《かのじょ》は人ならざる何かの憑依《ひょうい》を思わせるような、異教の巫女《みこ》めいた不思議な気配をまとっていた。

（一種のトランス状態と見るべきか？　少なくともただの魔力暴走とかの領域《レベル》じゃないな）

思考の合間に、アルスが吐き出す息すらもたちまち白くなり、霜の粉となって吹き落ちていく。

（これじゃ、魔力のスムーズな移動や魔法《まほう》構築にも影響があるな）

強烈な冷気に体内の魔力までも凍らされているかのようで、全ての魔法関連事象の発動が鈍《にぶ》くなっている。

焦点《しょうてん》の定まらないテスフィアの視線が、何気なく、というようにアルスに向いた。

「おい……」

彼女の自我《じが》がどれくらい残っているのか、声をかけて確かめようとした瞬間。

「ッツ！」

アルスの腕が、一瞬で白く凍りついていく。まるで【凍魔の触手《コキュートス》】使用後の反動に似た、凍傷《とうしょう》の一歩手前といった感触《かんしょく》だ。

（目の動きだけで魔法を⁉　しかも発現までのラグが一切ない！）

完全にラグのない魔法発現は、アルスですら不可能なレベルだ。魔法式や構築の手続きをいくら極限まで短縮しても、それがゼロになることはあり得ない。魔法は高度なマシンプログラムに似たものだからこそ、発動に至るまでには必ず何かしらの工程が必要だ。それは、屋上に行くのに階段を一歩一歩確かめつつ登るように、魔法をいちいち段階認識《にんしき》して操らねばならないという、人間だからこその限界なのだ。

なのに、今のテスフィアはそれを必要としていないように思える。

「……‼」

アルスはテスフィアが握《にぎ》っている刀のＡＷＲ【詭懼人《キクリ》】に、素早《すばや》く視線を走らせた。

よく見ると【キクリ】の柄が砕けて茎《なかご》が露出《ろしゅつ》している。そして同時に、そこに刻まれている文字列が淡《あわ》く発光していた。どうも刃ではなく【キクリ】の茎に隠《かく》すように存在していた魔法式が、何かの拍子に機能してしまっているようだ。

（【キクリ】の隠された力……だとすると、この現象は継承魔法《けいしょうまほう》が原因か？）

そこまで考えて、アルスはハッとした。

もしかするとテスフィアは、以前聞いたフェーヴェル家の継承魔法の最終段階に入っているのではないか。その完全な形がどういうものであるかは分からないが、その極意《ごくい》はもしや、何らかの物理現象を引き起こすのではなく「術者の状態」を導き出すというものだったのでは……？

「いずれにせよ、面倒なことをしてくれたもんだ」

この状況のトリガーになったのは多分、アイルの催眠術に違《ちが》いない。以前その術を解いたことがあるからこそ、今度はかなり強引《ごういん》な手を使ったのだろう、とすぐにアルスは察する。藪蛇《やぶへび》どころではない、彼は恐らくフェーヴェル家が代々秘《ひ》めてきた神秘の聖域をつついて、眠れる何かを呼び醒ましてしまったのだろう。

ただの蛇《へび》で済めば良かったものを、不運にも邪竜《じゃりゅう》に匹敵《ひってき》する厄介《やっかい》事を招いてしまったらしい。

さっきのアイルではないが、こうなってはもはや【テンブラム】どころではないだろう。

アルスは魔力を発して腕を一振《ひとふ》りすると、先程《さきほど》冷気に凍らされかけた腕の表面の氷を砕き、片手の自由を取り戻《もど》す。

「こいつも、もうお役御免《ごめん》だろ」

ついでとばかり、これまでずっと己《おのれ》を縛《しば》ってきた【テンプラム】用の腕輪型デバイスを容易《たやす》く破壊し、手首にまとわりつく残骸《ざんがい》を振り捨てた。それからおもむろに、アルスは首と肩《かた》をコキリ、と二度鳴らす。

（あいつ、きっとAWRに使われてるな）

ほとんど直感で原因を推測してのけた直後、アルスは素早くこの場に最適の手段を決め、魔法構築のため指を弾く。

選んだのは、威力《いりょく》を調整した【爆轟《デトネーション》】だ。もちろんレティが使うような無茶《むちゃ》な魔力量ではなく、適度な量を注《そそ》ぎ込《こ》む。

たちまち、視線の死角を突くかのように、テスフィアの背中側に爆発《ばくはつ》の起点となる光点が生まれる。あっという間に膨《ふく》らんだそれは今にも爆《は》ぜる、かに思えたが。

「――!!」

次の瞬間《しゅんかん》、奇妙な現象が起きた。まるで巻き戻しのトリック映像のように、たっぷりの炎《ほのお》と熱を秘めていたはずの光点は、拳《こぶし》ほどの大きさに圧縮された氷の球体に変えられる。

それからその氷球は、最初から何事もなかったかのように、溶《と》け落ちて消えてしまった。

上位級魔法の中でもトップクラスの威力を誇《ほこ》る【デトネーション】までが凍結されてし

まうとは、さすがにアルスでも予想外だった。テスフィア……いや、彼女を操る【キクリ】が支配するこの氷の神域では、人の意志で起こせる奇跡《まほう》など、容易く捻《ね》じ曲げられてしまうらしい。

「厄介なことになった」

（以前、魔力器拡張訓練で、あいつを魔力領域に触れさせたのが仇《あだ》になったか？　魔法の発動形式が現実世界の法則を超越《ちょうえつ》して、ほとんど魔力深域のものに置き換《か》わっている）

それは、魔法本来の操り手であるという、原初の魔物《まもの》が持つとされる力に近い。

「それにしても、魔法を１００％の完成度で使う、か。ハッ、人間には不可能だと言われていたことを、お前がやってのけるんだから世の中分からんな」

そう呟きながらも、目の前で得た情報から思考を整理するうち、アルスには徐々《じょじょ》に理解できつつあった。テスフィアの身に何が起き、彼女がなぜ、原初の魔物に匹敵する魔法の力を再現しえているのかを。

（つまり――感情を、意識を、凍結する魔法）

それは、ちょっとした皮肉だった。魔法は人間が持つ感情によって一時的にその力を大きく発揮することがあるが、逆にそれゆえに、人間は魔法本来の力を１００％引き出すことができていない。感情等が魔法に対してノイズになるのではないか、という学説はほぼ立証されたに等しいのだろう。

　プログラムはときにバグによって思わぬ結果を生み出すことがあるが、そもそも世界に完璧《かんぺき》なプログラムがあるとすれば、偶然《ぐうぜん》に頼《たよ》った成果などは必要ない。それは常に最大最良の結果のみを導き、上振《うわぶ》れも下振《したぶ》れも起こさない――つまりは、ただそこに在るだけで究極完全な成果を出し続けるはずなのだ。

（しかし、目の前のフィア《あいつ》は……）

　そう、アルスからすれば、今の彼女は完全完璧な存在というにはほど遠い。言ってみれば、ただの操り人形にすぎないのだ。

（これがフェーヴェル家の完成形継承魔法、か。禁忌《きんき》同然のイカれた魔法だな）

　だが、おおよその原理を把握《はあく》したところで、それだけではどうすることもできない。

（ほとんど、氷系統魔法の究極自律砲台《ほうだい》だな。周囲の敵対者や魔力を持つものを、自動排除しようとするのか）

　そう考えている間にも、スッとテスフィアがアルスに向けて手を差し伸《の》ばす。

「――!!」

　身体を捻《ひね》り、【宵霧《よいぎり》】の鎖《くさり》を引いて、テスフィアが繰《く》り出した魔法を弾《はじ》き返す。発動の兆候すら感じさせず、その氷の矢は唐突《とうとつ》に飛んできた。なんとか一本を弾くと、続いて十本ほどが一斉《いっせい》に出現したかと思うと、どっと襲いかかってくる。

アルスはそれらをなんとか回避し、躱《かわ》しきれないものだけを鎖で防ぐが、その度に砲弾《ほうだん》でもぶち当たったかのような衝撃《しょうげき》で腕が痺《しび》れる。

アルスに防がれた氷の矢が砕けるたび、雹《ひょう》のような大粒《おおつぶ》の欠片《かけら》が宙に舞い散った。続いてふと、それらが結集して霧のようになったかと思うと、まるで生きているかのようにアルスの腕にまとわりついてくる。

アルスがハッとして見るや、ＡＷＲを握る右手が、たちまちパキパキと音を立てて凍りついていくのが分かった。

「手を焼かせやがって。後で一発ぶん殴《なぐ》ってやりたいが」

自由になる左腕《ひだりうで》から炎の魔法を発し、凍《い》てついた右腕《みぎうで》を〝解凍《かいとう》〟しようとするが、それなりの魔力《まりょく》が込められているらしく、すぐには上手《うま》くいかない。

【桎梏の凍羊《ガーブ・シープ》】もフェーヴェルの継承魔法らしいが、この完成形継承魔法にも同様の事象改変が見られる。いや、正確にはそれを普段《ふだん》より遥かに容易に為《な》しうるほどの、極度の魔力供給状態を、術者に与《あた》えているのだ。

（魔力深域に触れた影響《えいきょう》で、フィアの深層意識とあそこの境界が一部曖昧《あいまい》になっている可能性があるな。フィアの存在自体が、見えないパイプであの世界と繋《つな》がってしまった形か

……期せずして、発動条件が揃《そろ》ってしまったわけだ)

人と魔力深域を直接的にリンクさせる。そういった意味ではまさにフェーヴェル家に伝わる秘技、継承魔法の頂点にあるのがこの魔法なのだろう。

(古代魔法級の超技術《ちょうぎじゅつ》だ、すぐには信じ難《がた》いが)

自身が第一級の魔法研究者でもあり、広範《こうはん》な知識を持つアルスから見ても、こんな魔法が半世紀以上前に作られていたというのは驚き以外の何物でもない。

(しかし、人間を世界と魔法のパイプ役にするとは。スケールのでかい発想だが、寧ろおぞましくもある)

この魔法を実験的に生み出したのであろう者は、おそらく人間という存在そのものに対する悪意があったのではないかと疑いたくもなる。テスフィアが意識を乗っ取られたようになって暴走しているのがその証だ。

舌打ちしたいような気分だったが、そもそもテスフィアを魔力深域に触れさせてしまったのは、アルスにも責任の一端《いったん》がある。

「はあ……ったく、今は助けてやる」

苦々しげに、そんな風に決意を口にするアルス。だがそんな彼の思惑をよそに、テスフィアは今度は、魔力を宿した両手を空中へと掲《かか》げた。

それだけで巨大《きょだい》な氷剣《ひょうけん》が瞬《まばた》きの合間に構築され、弾丸《だんがん》の速度をもって飛来する。彼女が普段得意とする【アイシクル・ソード】と同様のものだろうが、今のテスフィアは継承魔法発動状態故に、その強度は言わずもがな。通常のものとは比較《ひかく》にならない情報強度を持っている。

アルスは高速で迫《せま》る飛翔《ひしょう》体をチラリと目で捕捉《ほそく》し、対抗《たいこう》するべく魔法を選ぶ。

（【次元断層《ディメンション・スラスト》】）

防御《ぼうぎょ》不可の一閃《いっせん》でなんとか【アイシクル・ソード】は両断されたが、その手ごたえで、アルスは己の選択《せんたく》が正しかったことを実感する。

（確かにフィアの得意魔法ではあるが、通常ではあり得ない完成度だ。まさに、完全な魔法というわけか。これを苦もなく連発されると、かなり……）

厄介だな、と呟いた後、改めてテスフィアへと向き直る。あれほどの完成度の【アイシクル・ソード】を放ったにも拘わらず、彼女は涼《すず》しげな表情で、息一つ乱していない。

（いっそ【暴食なる捕食者《グラ・イーター》】で魔力そのものを喰《く》らい尽《つ》くすか？）

ちらりとよぎったそんな考えを、即座に否定する。あの異能は万能《ばんのう》に見えて、実は使い勝手がそこまで良くない。広大な魔力深域に由来する魔力を全て喰らい尽くそうとするのは、大海の水をたった一人で飲み干そうとするようなもの。引き受けるアルスの身がもつまい。第一、慈悲《じひ》も遠慮《えんりょ》も一切ない【グラ・イーター】にかかれば、少なくともテスフィアの方が、ただでは済まないだろう。

しばし考え込《かんが》むアルスの前で、テスフィアが二の矢、三の矢とでもいうように新たな魔法を連続発動する。

「は、誰がお前にそんな魔法を教えたんだよ」

呆れたように言うアルス。その眼前、テスフィアの左右には、氷で作られた美麗《びれい》な長剣《ちょうけん》と神々《こうごう》しい斧《おの》が浮いていた。

「【氷麗剣《ユビキタス》】と【厳凍斧《イストール》】。どっちも今は遺失したはずの古代魔法だぞ？」

いずれも【最古の記述《レリック》】に刻まれていたという、現代では名前だけが伝えられているものだ。新たに生み出された二つの氷の神器の造形には、いずれにも【アイシクル・ソード】に似た特徴《とくちょう》がうかがえる。テスフィアの地力もまた、少なからず反映されているのだろう。

（よりにもよってこの二本か。なら、もしやあと一本にも手が届いているか……？）

アルスがそんな疑念を持つや、早くもそれが的中。異質な魔力とともに三本目の神器が形成され始めるが、それを黙《だま》って見ていられるほど余裕《よゆう》はない。

「これがお前の純粋《じゅんすい》な成長の結果なら、いっそ誇らしいんだがな」

そう呟いたアルスには、テスフィアの頬に浮かぶ凍った涙の跡《あと》が、ふと切なげに見えた。ときに少々がさつで迂闊《うかつ》ではあっても、根は誰よりも努力家で真っすぐなテスフィア――誰よりも気高くありながら名門の地位に驕《おご》らず、魔法師の道を自力で歩むことを選んだのは他ならぬ彼女なのだ。魔法を使うのではなく、逆に使われる。こんな操《あやつ》り人形のような姿で力を極《きわ》めることが、テスフィアにとっての本願であるはずがない。

「楽な方法は取れんが、勘弁《かんべん》しろ。そもそも師匠《ししょう》の俺《おれ》が、そんな裏道を認めるわけにはいかんしな」

アルスは目を閉じて、二つの氷の神器が放つ冷気を一気に払いのけるべくその名を唱える。

「ダモクレス」

たちまち現れる巨大な黒剣【ダモクレスの剣】。アルスがそれを掲げるや、凶悪《きょうあく》なまでの魔力が吹き荒《あ》れ、冷気を飲《の》み込んでいく。

次いでアルスは地面を蹴《け》り、一瞬でテスフィアの元まで肉薄《にくはく》した。すると先程まで冷気を放っていた神器が生き物のように動き出す。

それらは不可視の衛兵が振るう一撃《いちげき》のように宙を切り裂《さ》き、直接アルスへと襲《おそ》いかかってくる。だが全てを見越《みこ》していたアルスは、手にした【ダモクレスの剣】を振りかぶり、一刀の下にそれらを叩《たた》き折った。そして、続いて現れ出ようとしていた〝第三の神器〟に向けて最後の一撃を振り下ろす。

【ダモクレスの剣】特有の空間を裂いた異音とともに三本目の神器の完成を阻止《そし》――。

なんとか、発動させずに済んだようだ。周囲の冷気が急激に収まり、吹き荒れていた吹雪が嘘《うそ》のように晴《は》れ渡《わた》っていく。

アルスはそっと、崩れ落ちようとするテスフィアに寄り添《そ》った。背中に手を回すようにして支えるが、アルスの肩に身体を押《お》し付けたまま、テスフィアは微動《びどう》だにしない。眼球すら全く動かず、未《いま》だに彼女を支配している強い凍気による肌《はだ》の冷たさだけが、妙にアルスの身に染《し》みた。

「そこは寒いだろ……さっさと戻ってこい」

ふと、少女の身体がピクリと動いた。続いて、その奥《おく》に潜む凍気がアルスの熱を奪い取ろうとするかのように、最後の氷呪《ひょうじゅ》の浸潤《しんじゅん》が始まった。それはアルスの四肢の先から始まり、やがて肉体を這い上がる蛇のように、氷棺《ひょうかん》めいた薄板《うすいた》がアルスの全身を覆《おお》っていく。

しかしアルスは一切動じない。胸元《むなもと》、首、ついには頬にまで到達《とうたつ》しようとする凍結の呪《のろ》いを無視して、かえって落ち着かせるように、テスフィアの後頭部を優《やさ》しく叩いてやる。

「……全く、お前は飽《あ》きさせないな」

アルスが静かに呟き、唇がふっと微笑《ほほえ》むような形を作った瞬間。

その身体から、どっと膨大《ぼうだい》な魔力がほとばしる。なおもテスフィアを捕《と》らえている冷気やアルスを覆う氷そのものを消し飛ばし、周囲一帯までも埋《う》めつくすような凄まじい魔力量だ。それは魔法師一人が持ち得る限界など容易く超え、ほとんど小太陽の爆発を思わせるほどに、圧倒的《あっとうてき》で驚異的《きょういてき》で規格外――。

そして、数秒後。テスフィアの目から血のような涙が流れたかと思うと、顔に張り付いていた氷が残滓《ざんし》に還《かえ》っていく。テスフィアの手からするりと【キクリ】が抜《ぬ》け落ちて、地面に突き立った。剥《む》き出しの茎には薄《うす》く掌《てのひら》の皮膚《ひふ》が張り付いていた。

同時、彼女の髪を覆っていた白は見る見るうちに色褪《いろあ》せ、雪解けの跡のように、彼女本来の赤い髪が表出した。その唇は生命そのもののような紅を取り戻し、ほうっと少女の小さな息が漏れて、最後の冷気が空中に漂《ただよ》う煙《けむり》のように消えていった。

そっとアルスが腕《うで》の下から肩を差し入れるようにして、テスフィアを持ち上げる。改めて少女を背負い直した瞬間、その身体が小さく揺《ゆ》れ、テスフィアはハッと瞼を開いた。

「ア、アル……？」

夢から醒めたばかりのような小声での呟《つぶや》きに、アルスはフィールド外へ向かう足を止めず、一言だけ返す。

「随分《ずいぶん》悪い夢だったな。掌の皮を持ってかれてるから、あまり動かすと痛むぞ」

「へ？」と一瞬顔を顰《しか》めながら、グロテスクなものでも見るようにテスフィアは自分の手を返した。案の定というべきか、目を細めつつ視線を背《そむ》け、「今のところあまり痛みは感じないけど、痛い」と顔をしかめる。

「んで、お前はどれくらい覚えてる？」

「なんとなく……私、アイルの術に嵌《はま》っちゃったのよ、ね？　で、その中でアルが、えっと血を流してて、そ、それから……」

「俺はピンピンしてる。もっとも腕輪《うでわ》は二人ともぶっ壊《こわ》れて、【テンブラム】は揃って失格だろうがな」

「そ、そうなの⁉　じゃ、ア、アイルの方はっ⁉」

テスフィアは今さら焦《あせ》ったように叫《さけ》んだが、アルスが首を振《ふ》って。

「あっちも同様だ。シルシラとかいう側近はミルトリアにやられて、オルネウスは何故《なぜ》かは知らんが自分から消えた。あと、アイルはお前がやったんだ、覚えてないだろうがな」

「う、うん……」

「それにしても、双方《そうほう》の指揮官と最有力参加者がほぼ全員失格なんて【テンブラム】でも前代未聞《ぜんだいみもん》だろう。結果がどうなるかは知らんが、今は休んどけ。万が一続行にしたって、俺にはもう出場資格がないし、お前は使い物にならん」

「そ、そうよね、ううっ……はぁ〜、なんだかどっと疲《つか》れちゃったみたい」

「それを言うなら、俺の方がもっと疲れた」

「うん、アル、本当にありがとう。言ったでしょ、なんとなくは覚えてるって」

はにかんだテスフィアは、続いて悪戯《いたずら》っぽく笑って。

「あと、アルの台詞《せりふ》もね。お前は全く飽きさせないな、とか、なんとか」

静かに眉を寄せるアルス。テスフィアが未だ眠ったままだと思っていたため、何とはなしに発した言葉だったが、人の口から聞くと、キザで気恥《きは》ずかしい台詞だったような気がする。

「チッ、言うんじゃなかった」

「もう一度リピートしてあげよっか？」

「それ以上続けたら、振り落とすぞ」

きゃあ、とわざとらしい声とともに、グッとテスフィアが身体を密着させて、肩に頬《ほお》をつけたのが分かった。

空元気にせよ、どこにそんな余力があるのかアルスでも解明できない疑問が湧《わ》いてくる。

そもそもあれだけ高位の魔法を使っていながらもテスフィアの魔力は僅かに残っていることと自体おかしいのだ。予想は立てられても、俄《にわ》かに信じがたい現象といえよう。

「嬉《うれ》しかったから、ちゃんと見てくれてるのがね。だから、一言だって忘れてやんないんだから」

囁《ささや》くような声が耳に届く。けれどそこにはどうも浮かれた調子があって、大きな溜《た》め息《いき》がアルスの口から漏れる。

「はぁ～、寝言《ねごと》は寝《ね》てから言うもんだ。てっきり少しは成長したか、と思ったんだが」

「……？　あっ！」

アルスの言葉をどう曲解したのか、テスフィアがさっとアルスの背から身体ごと胸を浮かすようにして、顔を真っ赤にして叫ぶ。

「そ、その、前よりはおっきくなったからね、これでも！　アリスには負けるけど、ロキには圧勝！」

「誤解を招く言い方をするな」

「だ、だって……！　当たっちゃったんでしょ、思春期の男の子が考えることくらい、大体想像がつくわよ！」

「だから、違うというんだ」

「へ、へぇ～……じゃ、じゃあどういう意味よ？　簡潔に説明しなさいよ」

唇《くちびる》を尖《とが》らせたテスフィアに対し、調子が狂《くる》い言葉に詰《つ》まるアルス。そう、さっき流れで口にした言葉は、間違いなくアルスの実感だった。テスフィアは、確実に……一人の魔法師として成長している。多分、一人の女性としても。

けれど何故か、それを改めて口にするのも、認めるのも、気恥しいというかためらわれた。

だから――。

「まあ、良くやったよ。お前は」

返答にもなっていない言葉だったが、背中から嬉々《きき》とした気配だけは伝わってくる。

「でしょ？　よっしゃっ！」

子供のように両手を突《つ》き上げてはしゃぐテスフィア。次の瞬間、彼女はうわっ、とバランスを崩《くず》してたちまちアルスの背から落ちかかり、慌《あわ》てて体勢を立て直したようだった。

そんな慌てた声を聞きつつ、アルスは内心で小さく舌打ちする。それというのも、これまで何度となく彼女を抱えたりおぶったりしている自分に、違和感《いわかん》を感じなくなってしまっている気がしたからだ。

だが、気を取り直したアルスは一先ずそんな引っかかりを無視して数歩進み、境界から出たところでようやく審判席《しんぱん》の方を振り返る。

「さて、後は……」

果たしてその呟きが終わると同時、フィールド内にサイレンのようなけたたましい音が鳴り響《ひび》く。それは、これまですっかり忘れられていたかのような、【テンプラム】終了《しゅうりょう》を告げるブザー音だった。

やや遅《おく》れて、少し緊張《きんちょう》気味なリリシャの声が、フィールド全域に響き渡る。

『【テンプラム】中にいくつか不測の事態が生じ、あわや中断かと思われましたが、無事、勝敗は決しております。従って、これから本競技の勝者について告げさせていただきます』

（あの状況《じょうきょう》でケリが付いてたのか、正直予想外ではあるが）

テスフィアにはああ言ったものの、ほぼ中止の線が濃厚《のうこう》だと思っていたのだ。

さすがに驚《おどろ》いたアルスだったが、一先ずは足を止め、そっと耳をそばだたせる。彼の背にいるテスフィアも身体を起こして、リリシャの次の言葉を固唾《かたず》を呑《の》んで待ち受けた。

『勝者は――フェーヴェル家。繰り返します、勝者はフェーヴェル家……！』

「やったあああぁぁぁ!!　アル、アル、アルッ!!　よく分からないけど、私達《たち》やったわよっ！」

たちまちテスフィアは喜びを爆発させ、興奮しきってアルスの肩を引っ張る。

「うるさい、少し黙ってろ。これから詳細《しょうさい》が説明されるみたいだからな」

　全てを聞いた後……自陣《じじん》へ戻ってくると、そこにはフェーヴェル側の全メンバーが揃って、勝利の余韻《よいん》を分かち合っていた。

　テスフィアとアルスを見ると心配そうに駆《か》け寄ってくる面々。その中には宝珠《ほうじゅ》を得意げに捧《ささ》げ持っているテレシアの姿があった。

「なるほど、最後を〆たのはお前か。てっきり、ミルトリアさんかと思っていたが」

「良くやったわ。テレシア！　さすがね！」

「ありがとうございます。お嬢様《じょうさま》。しかし、これもみんなが全力で臨《のぞ》んでくれたからこそ得られたものです。事前に作戦を練っていただいたおかげでもありますので、私がしたことは大したことではありません。結局、最後は滑《すべ》り込みギリギリというところで拾った勝利でした」

　テスフィアのねぎらいの言葉に、あくまで平静を装《よそお》って返すテレシア。だが、その顔は確かな赤みを帯びて、興奮を隠しきれていない。

「そもそもミルトリアさんがいなければ、あの【ジュライ】を破ることは到底《とうてい》できなかったでしょう。いくら感謝してもしきれません」

照れ隠しからか、彼女は真の功労者へと――ミルトリアに顔を向けた。

なるほど、と次にアルスに視線で水を向けられた形のミルトリアは、肩をすくめてぶつぶつ言う。

「まったく、年寄りをこきつかってくれるもんだわさ。本来なら、あのシルシラとかいう若いのを足止めし、あちらが隠してた札を見せたとこで、機を見て仕留《しと》めるってのがこっちに割《わ》り振られた仕事だったはずだがねぇ？」

「ああ、リリシャのメッセージか。正直、あれに隠されたニュアンスを読み解くのは、俺かミルトリア老かと思ってました」

「クク、そもそも風系統と魔力操作に長《た》けていないと話にならんからね。いつかシスティに頼《たの》まれて、軍で雷《かみなり》系統魔法への対策を実演講義したことがあってねぇ。あの子《リリシャ》は、そんな昔話でも覚えていたんだろうて」

「熟達した風系統の術者なら、大気の流れを支配して空気の層を分断することができる。つまり気圧差によって【ジュライ】上空の電界に意図的に強弱を生み出し、魔法を通す隙《すき》を生み出したわけですか」

分析《ぶんせき》するのも野暮《やぼ》だが、使える魔法に制限がかかっている状況下では系統の特性を巧《たく》みに利用する他はないだろう。

「フェッフェッフェッ……さすが、といったところさね。可愛《かわい》げない以外は満点の解答だ。ま、実際文字通り【ジュライ】の雷の傘《かさ》を、風の力で一部だけ吹《ふ》き飛ばしてやったわさ。

針穴を通すのは慣れたものさね、空に開いた風のトンネルだがね」

「しかし、シルシラとの激戦の後だ。魔力は大丈夫《だいじょうぶ》だったんですか」

「今更《いまさら》心配顔でよく言うわ。お前さん、最初から残りは全部、こっちにぶん投げる判断をしただろうが」

アルスは苦笑《くしょう》してから、軽く頭を下げて。

「失礼、お見通しでしたか、状況が状況でしたので。俺もあっちの手練《オルネウス》れに引っかかって思いの外、満足に動けなかった上、そのあとはフィアの面倒《めんどう》を見るのに手一杯《ていっぱい》でして。敵が勝手に片付いた後は【ジュライ】の対応とフィアの援護《えんご》、どっちを取るか迷いました。

でもまあ、先のシルシラとの戦いぶりを横目で見る限りでは、【ジュライ】対策にはあなたがいれば十分だと判断しました」

「ほう、あれが見えてたと言うのかい？」

「正確には、上空を飛び交《か》う風の魔法矢の群れを、ですが。あの手数を一人でさばいてるんだ、並みじゃないことはすぐ分かりましたよ」

「ククッ、この年寄りを随分と買いかぶってくれたもんだわさ。ただ、一線を退いて長い上、あの手の魔法は魔力ばかり食うからねぇ。それでいて身体は何もしなくともガタガタさね、幾《いく》つになろうと年は取りたくないね」

治癒魔法《ちゆまほう》で掌の治療《ちりょう》を終えたテスフィアが、申し訳なさそうに頭を下げる。

「いえ、ミルトリアさんには十分助けてもらいましたから。とにかくおかげで、テレシアに出番が回ってきたのね？」

納得《なっとく》したように言うテスフィアに、ミルトリアは深く頷《うなず》いた。

「ま、最後の仕上げは若い者に譲《ゆず》るのが、年寄りの心得ってもんだわさ。でもこっちのお嬢《じょう》ちゃん、なかなかいい筋をしてる。勝負どころを理解しているね」

ミルトリアに褒《ほ》められ、真面目《まじめ》くさった顔をしつつもテレシアがニヤけそうになる口元を是《ぜ》が非《ひ》でも結ぶ。

思いもかけず【ジュライ】を倒《たお》されたウームリュイナ陣営《じんえい》は、軽いパニックに陥《おちい》った。結果、戦力ではまだ上回っていたにも拘わらず、あえて用心深い対応を取ったのが仇となったのだ。彼らは小回りは利《き》くが耐久力《たいきゅうりょく》の低いガーディアンを呼び出し、宝珠を後方に下がらせようとしたのである。

だが、ミルトリアはその動きを見逃《みのが》さず、戦略の終着地点へと追撃《ついげき》・誘導《ゆうどう》を行なった。

結果、彼女に後を託《たく》され、同時に逃走《とうそう》経路を予測した戦略指示を受けていたテレシアは、魔力を十分に残した状態で首尾《しゅび》よくその隙を突くことができたのだ。その後、テレシアは持てる力の全てを振り絞《しぼ》り、テスフィアの暴走前に敵方の宝珠を確保。まさに間一髪《かんいっぱつ》のところで封印《ふういん》に成功したのだという。

もしアイルが素直《すなお》に自分で指揮を執《と》っていたのなら、みすみすそんな失策はしなかっただろう。策士策に溺《おぼ》れるというが、テスフィア側としては幸運だったと思わざるを得ない。とはいえ、もしアイルが単独で突出《とっしゅつ》してテスフィアを罠《わな》に嵌《は》めるという奇策《きさく》を狙《ねら》わなかったなら、アルスはテスフィアを後方に護《まも》りに行くことはせず、そのまま最前線に加わっていたはずなので、あれはあれで妙手《みょうしゅ》だった可能性は高い。

なにしろ魔法戦では並の魔法師より遥《はる》かに劣《おと》り、戦力としてはほぼ見込《みこ》めないのがアイルという駒《こま》である。そんな彼が、あえて己を一兵卒として戦略に組《く》み込むことで、一撃必殺の暗殺者の役割を演じた――敵の総大将《テスフィア》に対する絶対の切り札として、ほぼ機能しかけていたのだから。

「ま、結果的には大博打《おおばくち》になったが……大方の狙いは当たって良かった」

はぁ、と息をついて総括《そうかつ》しかけたアルスの後を、喜色満面のテスフィアが勝手に締《し》めくくる。

「勝ちは勝ちだわ！　さあ、家に帰ったら祝勝会よ！」

そんな彼女に呆れたように、いつの間にか横に控《ひか》えていたロキがチクリと皮肉を言う。

「まったく、お元気そうで何よりです。心臓に毛が生えてるだけあって、テスフィアさんも、思ったより全然軽傷でしたしね」

「あはは……」

乾《かわ》いた笑いを浮《う》かべるテスフィアに、ロキは小さく付け加える。

「でもまあ、確かに根性《こんじょう》は見せてくれましたね。第二夫人くらいなら……」

「え？　ロキ、今なんて？」

「……何でもありません！」

ロキとテスフィアのそんなやりとりを見つつ、アルスは苦笑するしかなかった。

とはいえ、ことアルスに限っては、祝勝ムードに浮かれきることはできない理由がある。

（テスフィアの覚醒《かくせい》？　は、ほぼ間違《まちが》いなくフェーヴェル家の継承魔法が原因だろう。だが問題は、テスフィアの魔力容量を大きく上回る魔法を使ったにも拘わらず――）

ここでアルスは、すっかり気の抜けた間抜《まぬ》け面をさらしているテスフィアにちらりと目をやる。

（当人にまだ魔力が残っていることだ。ギリギリではあるが、魔力切れにはほど遠い、というぐらいいか）

あの一件については、通常では説明のつかない事象があまりにも多い。いくらか推《お》し量《はか》れることはあるが、推測に推測を重ねたところで、今は何の意味もないだろう。

今のところテスフィアの身体に異常は見当たらないようだが、あのまま続けていれば必ず何かが壊れていたはずだ。魔法は便利な武器というだけでなく、常に同等の対価を要求する。分不相応な力は、きっとテスフィア本人に跳《は》ね返ってくる。

（図《はか》らずもセルバさんの予感は的中してしまったか。これはこれで別の問題を孕《はら》んでいるな）

テスフィアは、フェーヴェルという大貴族の後継者候補《こうけいしゃ》である。偶発的《ぐうはつてき》とはいえ彼女が継承魔法を発現してしまったことは、実は必ずしも良いことばかりではないはずだ。彼女《かのじょ》はまだ魔法師としては未熟で、それ故に自由に発動できるものではないにしても、まさに諸刃《もろは》の剣を手に入れてしまったとも言えるのだから。

今のところ、アイルとシルシラは口を噤《つぐ》んでいるようだ。この二人は単に面目を失ったというだけでなく、予想外の事態にそれどころではないという事情もあるだろう。あとは願わくばフェーヴェル陣営の目撃者《もくげきしゃ》が、アルス一人であることを祈《いの》るばかりだが……。

「そうもいかない、か」

呟くアルスの視線は、敵ではなく味方陣営へと向かっていた。

◇　◇　◇

「奥様《おくさま》、口元だけでもお隠しになられてはどうでしょう」

セルバに言われてはっとする。フェーヴェル家当主――フローゼは今、我知らずにんまりとした笑《え》みを浮かべてしまっていた。

胸の奥底《おくそこ》でずっと引っかかっていた、フェーヴェル家が待ち望んでいた秘継者《エルトラーデ》をめぐる問題。自分の代でそれが現れた今、正真正銘《しょうしんしょうめい》、次なる当主へと純粋な形で家督《かとく》を譲ることができるのだ。その興奮たるや、心の中で力の限り快哉《かいさい》を叫んでしまいたいほどだ。

とはいえフローゼもそこは大貴族の現当主、セルバの小声による忠告で、なんとか自制心を取り戻す。

「分かってるわよ。でもセルバ、あなたも感じたでしょう？　観客席からじゃしっかり確《かく》認《にん》できなかったけど、あの一帯の冷気を引き起こしたのは、まぎれもない継承魔法そのもの。母親として、フィアの成《な》し遂《と》げた姿をちゃんと見てあげられなかったのは残念だけど。これで、ついにフェーヴェルがフェーヴェルたる所以《ゆえん》を示すことができるわ！」

そんな主を、セルバは渋面《じゅうめん》をたたえて見守っていた。フローゼの頭から【テンプラム】

について の懸念《けねん》がようやく消えてくれたというのに、新たな興奮の対象が生まれてしまったというのは、正直予想外だ。

セルバは内心で『遅《おそ》かった』と呟いた。いや、寧《むし》ろこれは早かったというべきかもしれない。ここ数代成し得なかった偉業《いぎょう》に、テスフィアがまだ十代のうちに到達してしまったのだから。

以前セルバは「いっそアルスが考え、編み出した魔法《まほう》を継承魔法としては」と提案したことがあるが、全てはもう手遅《ておく》れだった。

その鍵《かぎ》はフェーヴェル家に代々伝わる宝刀【詭懼人《キクリ》】だったわけで、今となってはテスフィアがそれを所持しながら、同時にアルスから魔法の手ほどきを受けることになった経緯《けいい》が、すでに運命的だったとも思える。

だが、あまりにも強力な継承魔法《けいしょうまほう》の完成形は、その力以上に不吉《ふきつ》な存在だといえよう。当主でさえ継承魔法の全貌《ぜんぼう》を把握できておらず、段階を追うことで完成に至る特異な魔法なのだ。

とはいえ、起こってしまったことは仕方がない。ないが、赤子の頃《ころ》から見てきたテスフィアの今後が、セルバとしては心配でならない。

「奥様、今は【テンプラム】の事後処理の方をご優先なさいませ。継承魔法についての諸々《もろもろ》は、全てが終わってからでも遅くはございません」

いつになく硬《かた》い口調になったセルバの態度に、ようやくフローゼも察したらしい。そうね、と頷いた彼女はさっと表情を切り替《か》えて、ほぅっと小さく一息ついた。

◇　◇　◇

こうして数カ月に亘ったフェーヴェル家とウームリュイナ家の諍《いさか》いは幕を閉じた。

【テンブラム】という貴族の慣習に則《のっと》った決着であるため、もはや誰《だれ》も異議を唱えることはなく、全てはつつがなく進行した。もちろん、当初はウームリュイナ寄りだと思われていたシルベット大主教ですら例外ではない。実際の内心はともかく、少なくとも彼《かれ》は表向きには朗《ほが》らかにフェーヴェル家の勝利を称《たた》え、リリシャの立ち合いの下、本件に関わるウームリュイナ側の証書一切《いっさい》の破棄《はき》を認めたのである。

だが、アルスが一つ気になったのは、【テンブラム】を締めくくる最後の儀式《ぎしき》の場に、シルシラとアイルの姿がなかったことだ。そして、オルネウスの姿も……。

そこにはアイルの代理として、【宝珠争奪戦《ほうじゅそうだつ》】であちらの指揮を執った壮年《そうねん》の副官が、苦々しく座《すわ》っているだけだった。

（一体どうした？　別に致命的《ちめいてき》な負傷ではなかったはずだが。とはいえ、今更気にしても始まらんか）

そんな思惑《おもわく》は他所に、観戦席からは勝者に対する惜《お》しみない拍手《はくしゅ》が湧く。

改めて集った貴族達を視界に入れたアルスはそこに見知った顔がいることに思わず苦々しい表情を浮かべた。

（ヴィザイスト卿《きょう》まで来ていたのか。しかしあの格好、怪我《けが》でもしてるのか？）

ヴィザイストは豪華《ごうか》な幕舎の中で、今回の影《かげ》の功労者であるミルトリア女老を労《ねぎら》ってい
る――もとい接待している。

フェーヴェル家に助力してくれた仲間達は、一部は医療《いりょう》手当が必要なほど疲弊《ひへい》しきった様子ではあるものの、深い安堵《あんど》とともに止《や》まない歓喜《かんき》に包まれている様子だった。

いつの間にかテスフィアやフローゼの前には、勝者たる彼女らに祝辞を述べようとする貴族らの行列すら生まれている。

現金なものだ、と思いつつ眺《なが》めるアルスに対し、バツが悪そうに目を伏《ふ》せる者もいれば、へつらうようにそれとなく会釈《えしゃく》する者など、態度も様々だった。

どうやらそんな俗物達《ぞくぶつたち》の相手がわずらわしいのは、フェーヴェル家の者達も同様だったらしい。下卑《げび》た貴族達を適当にあしらい、本格的な祝宴《しゅくえん》はあっさりと後日に繰り延《の》べたフ

ローゼは、ようやく一息つける、とでもいうように安堵した表情だった。

一方のテスフィアも、さっさと自軍の陣営に退散してきていた。

「やりましたね、お嬢様」

そんなテスフィアへ我先にと駆け寄り、興奮したように捲《まく》し立てるのはキケロ・ブロンシュだ。彼女は感涙《かんるい》せんばかりの初老の男に少し困ったような笑顔《えがお》を浮かべて言う。

「キケロさん、〝お嬢様〟というのやめませんか？　そもそもあなたはミナシャの父親ですし……彼女は、私にとって姉のような存在なんですから」

テスフィアの専属メイドである当のミナシャも、満面の笑みに涙《なみだ》を滲《にじ》ませ、そんなやりとりを見守っていた。

「とにかく、全てはみなさんのおかげです。本当にありがとう」

深々と腰《こし》を折ってお辞儀《じぎ》をしたテスフィア。その優雅《ゆうが》かつ堂々とした仕草を見て、アルスは軽い感慨《かんがい》めいたものを覚える。

恐《おそ》らくこの【テンブラム】そのものが、僅《わず》かな期間の間に、テスフィアの内面を大きく変化させたのだ。

不測の事態こそ多かったが、今は静かにその成長を讃《たた》えるべき時なのだろう。そんな喜びの輪からあえて少し距離《きょり》を取り、アルスは小休止でもしようと手近な東屋《あずまや》に足を向ける。

それと同時、すっと影のように寄り添ってきた小柄《こがら》な銀髪《ぎんぱつ》の少女に、苦笑交じりにこう告げる。

「分かってる、ロキ。まったく期待を裏切らないな、あの少将殿は」

「皆《みな》に知らせますか？」

「いや、無粋《ぶすい》だろ。どうせなら、こっちから出向こう。いい加減、鬱陶《うっとう》しい」

誰にも気づかれずに、高速で走り出す——アルスはとうに彼らの接近に気づいていた。

ロキの視線の先……鬱蒼《うっそう》と茂《しげ》った森の中に潜《ひそ》む、不穏《ふおん》な気配をまき散らす異形の集団に。

いずれも漆黒《しっこく》のローブを纏《まと》い、同じく深々とフードを被《かぶ》った二十人程《ほど》の一団である。

(並み居る貴族らが見守る中で、はっきりと勝負はついた。さすがにモルウェールドも、今更この結果をなかったことにはできまい。となると……狙いは俺か？)

あえて速度を落としゆっくりと歩を進めながら、アルスは心中で一人ごちた。

ターゲット《アルス》が自ら自分達の潜伏《せんぷく》場所に近づいてくることに、多少混乱していた様子だった黒衣《こくい》の集団も、すぐに覚悟《かくご》を決めたようだった。

木立の中から滑りだすように、リーダー格らしき影が進み出てくる。その手には三日月の如き形状の大鎌《おおがま》が握《にぎ》られていた。

その艶《あで》やかな少女の唇がそっと弧《こ》を描《えが》き、風に煽《あお》られてフードが捲れる。

「ふふ、野暮な隠《かく》れんぼも今更、ですものね。また会いましたの、先輩《せんぱい》……」

その姿を視界に収めたアルスは目を細めて小さく呟く。

「ノワール……」

「アル？　彼女のことを知っているのですか？」

いつでもＡＷＲを抜ける体勢で黒衣の少女を睨《にら》みつけたまま、ロキが声だけを飛ばした。

彼女からすると相手の正体が不明だったため、体裁上《ていさい》「アル」という呼び名で同級生を装っているが、そこには少なからず驚愕《きょうがく》の色とともに、どこか苦々しさが感じられる。

「いや、【学園祭】で少し案内を頼まれた程度だが……学院の後輩《こうはい》だよ。もちろん裏の仕事は知らなかったけどな」

またアルス様に付く悪い虫が増えた、とでも言いたげなロキの様子に、アルスは何となく気まずいものを感じ、ここは素直に打ち明けておくことにした。

「そんなことが、先に言っていただければ」

「すまん、さすがに俺でもここまでは予想できなかった。というか、それができたら未来予知レベルだ」

【テンブラム】でウームリュイナ家が敗れた場合、アルファの政治上のバランスが大きく傾く。そうなれば、焦ったモルウェールドが強引な動きを取る可能性は当然アルスも考えていた。いや、寧ろ逆転の一手を打つとしたらこのタイミングしかない。だが、ベリックにとって最大の手駒《てごま》であるアルスの排除《はいじょ》というのは、かなり無茶《むちゃ》な企《たくら》みである。何よりその狩《か》り手がノワールだとは……。

（この女、どうせただ者じゃないだろうとは思っていたが、確かに【テンブラム】でこちらも多少は消耗《しょうもう》している。思い切った手だし、あのモルウェールドにしては上等なほうか？）

そんなことを思いめぐらせながらも、アルスはあえて平静を保って、黒衣の少女に自ら声をかけた。

「ノワール、彼女はロキだ。俺のパートナーでもある」

案内時に得た情報が正しければ、ノワールはアルスよりも年齢的《ねんれいてき》に一つ下、ロキとは同い年にあたる。

「ええ、もちろん。あなたには意外でしょうが、私とロキは、実はよぉく見知った間柄《あいだがら》ですのぉ」

甘《あま》い声音《こわね》の後ふと、ノワールの表情が変わった。以前の学院で会った清楚《せいそ》な令嬢《れいじょう》めいた印象とは180度変わって、狂気《きょうき》じみた素顔《すがお》が現れる。

「ンフッ、フフッ……ロキ・レーベヘルッ！　あいにく今は、あなたに興味がありませんのぉっ！　まあ、ついでで良いなら、殺して差し上げますけどオオォォッ⁉」

人差し指を淫靡《いんび》に口元へと添えて、嘲《あざけ》るような台詞とともにロキに鋭《するど》い視線を飛ばすノワール。

「どうぞ、やれるものなら。それにしても、以前に見知った顔とこんなところで出くわすなんて、私も運が良いのやら悪いのやら」

「⁉　どういうことだ、ロキ」

アルスに問われ、ロキは端的《たんてき》に返事をする。

「アルが知らないのも無理はありません。ノワールは、魔法師育成プログラムの四期生です」

「――!!　だが、あの育成プログラムは凍結《とうけつ》されたはずだぞ」

「はい、私もそう聞き及《およ》んでいます。現に外界に出たのは私の代で最後です。ですが、実際に凍結に至ったのは五期生のタイミングで、四期生は施設内《しせつない》での訓練は終えているところでした。その中でもノワールとは幾度《いくど》か模擬《もぎ》戦も……」

凍結後、残された訓練生は軍の保護下に置かれたという。多くが孤児《こじ》や身寄りのない者だったため、特殊《とくしゅ》な施設《しせつ》――孤児院《こじいん》のようなもの――で自立するまで面倒を見てもらうことも可能なはずだった。一部、外界に出て魔法師として活動を続けるという選択《せんたく》をした者以外は。

アルスとロキもその例外組ではある。そして彼らのような者の多くが、スタート時点からすでに心に傷や歪《いびつ》さを抱《かか》えている。やがて己《おのれ》の存在価値をいつしか魔物《まもの》との戦いの中に見出《みいだ》すようになり、心と精神を限界まで擦《す》り減らしてしまうのだ。加えて、その歪《ゆが》みに自ら気づけるところまで、生き残れる者はごく僅かだ。

ノワールもまた、その一人だということなのだろう。そう悟《さと》るや、アルスの心にやりきれない苦々しさが込《こ》み上げてくる。

(どこまでいっても所詮《しょせん》は汚《きたな》い奴《やつ》らの手駒、ということか)

ここにいる以上、ノワールがアルスへの刺客《しかく》として差し向けられたことはほぼ間違いない。そして多分、この黒衣の集団がこれまで行なってきたことは、きっと裏稼業《うらかぎょう》という表現すらも生温《なまぬる》いのだろう。彼女らからはただの殺気や凄《すご》み以上に、長きに亘ってその黒衣に染み付いてきた、血臭《しゅう》めいたものすら漂ってくるようだった。

それはきっと、アルスだからこそ分かるもの。嗅《か》ぎ慣れたからこそ嗅ぎ分けることができる類の死の残り香だ。今、そんな中で先頭に立つノワールからは、一際濃《ひときわこ》い狂気の色が窺《うかが》える。殺しへの躊躇《ためら》いや相手への憐憫《れんびん》など欠片《かけら》も持たない者の笑み。人間めいた在り方の物差しなどとうに振り切ってしまった、壊れた精神の残骸《ざんがい》が、ただ人の形を取って妖艶《ようえん》に微笑んでいる。至高の冷酷《れいこく》さを持ち、殺戮《さつりく》を至上の悦《よろこ》びとするものが、妖《あや》しく光る瞳《ひとみ》でアルスの全身をねっとりと舐《な》めまわすようにして見つめていた。

「先輩ぃ～、今からたっぷりと殺し合いましょう。どちらが上手《うま》く肉を捌《さば》くことができるか、ハッキリと決めましょう。腕を脚を脳髄《のうずい》を内臓を、心ゆくまで壊し合いましょう。まあ、結論は見えていますけれど。だって、絶対に私のほうが誰よりも上手く殺せますもの」

ノワールが魔法を極《きわ》める理由はただ一つ……殺すため。そして相手を葬《ほうむ》るには、どんなに歪んでいようと、ノワールなりの正義があれば十分だった。どこにでも悪い奴はいて、それを裁くことは正しくて喜ばしいことで、どんな行為《こうい》も、唯一《ゆいいつ》絶対の正義の前には正当化されるのだから。

……思い返せば、遥か昔はそうではなかった気もする。最初はきっと自分にできることを示し、存在する意味を誰かに認めて欲《ほ》しかっただけだ。だが、誰に？　何故？　もはやはっきりとは思い出せない。そう言われてみれば、小さい時、凄い魔法師になりたいと願った気がする。本当に漠然《ばくぜん》と、もはや顔すらおぼろげな両親のことを思い出す。

まだ先すら見えぬ幼き娘《むすめ》の才能を信じて疑わず、父と母が全てを捧げ与《あた》えてくれた――そんな無償《むしょう》の愛。自分は確かに、それを受け取ったことがあるような気がするのだ。

けれどもう、深く考えても仕方のないことだ。その結果、ノワールはただ無性《むしょう》に願ってしまう。カラカラになった喉《のど》が水を欲《ほっ》するように、単に誰よりも強い力を手に入れたい、と。それにはいつでも相手の命を自在にできる、生殺与奪《せいさつよだつ》を思いのままにできる力を身に着けることだ。いつでも殺せる、誰よりも上手く、鮮《あざ》やかに。

そんな結論に到達したところで、己の資質を見出されて黒衣の部隊《クルーエルサイス》に所属し……もはやノワールは、その先を考えるのを止めていた。そう、猟犬《りょうけん》が考えるべきことは、命令通りに狩り殺すことのみでいい。

なら、自分はどこまでも求められた技術を、力を磨《みが》くのみ。

彼女の持つ特殊な系統適性がこの道に進ませたのか、はたまたこの道しか残されていなかったのか。こればかりは彼女にも分からなかった。単に、気付いたらそうなっていたというだけの話なのだから。

両親の次には、誰かに「お前は殺すのが上手い、他のどんなことよりも適している」と言われたような気がする。それは多分、嗜虐《しぎゃく》的な笑みを浮かべて恍惚《こうこつ》の表情とともに、空っぽな自分の肉体に鞭《むち》を振るう男だったか。

とにかく今は……狩りの衝動《しょうどう》と悦びの前には、そんな全てがどうでもいいことだった。

狂気じみたノワールの視線がふと、アルスとロキの後方の一点に止まった。

アルスはその視線の動きを追い……一つの人影《ひとかげ》を見出す。

恰幅《かっぷく》の良い男が一人、猟犬に「待て」と指示でも出すかのように、指を一本だけ掲《かか》げて立っている。

（モルウェールド……まさか、こういう後ろ暗い場に自ら顔を出すとは思わなかったな）

アルスとしては多少の驚きはあったが、とりあえず皮肉な挨拶《あいさつ》を投げかけておく。

「お久しぶりですね、少将。それにしても、こうして子飼いの猟犬の狩り場《ば》に自ら足を運ぶなんて、随分見上げた心構えだ」

「ふん、人聞きの悪いことを言うな。私はウームリュイナ家の敗戦の痛手を癒《いや》すために、薄暗《うすぐら》い森の中を散歩していただけだ。そしてたまたま、重犯罪人を見つけた」

「は？　誰のことです？」

呆《あき》れたようなアルスの言葉に、彼は下卑た笑みを返しただけで続ける。

「あくまでしらを切るつもりのようだな、アルス・レーギン。だが、私は正義の名の下に悪を裁くためならいささかの躊躇《ちゅうちょ》もせんよ。しかしアルファのシングル魔法師ともあろうものが……私も非常に残念でならない。ですよね、大主教様？」

その呼びかけに応えるように、モルウェールドの陰《かげ》からすっと現れたもう一つの影。

金色の袈裟《けさ》を肩《かた》から下げ、にこやかな表情を浮かべたシルベット大主教は、煌《きら》びやかな聖杖《せいじょう》を携《たずさ》えて軽く会釈をして見せる。

「改めてご挨拶させていただきます、アルス殿。エインヘミル教団で大主教をしておりますシルベットです」

「【テンブラム】前に見知った顔だ。負け犬側の審判だろ」

「おやおや、どうにも口が減らない御仁《ごじん》だ。私は近々、アルファへの一大布教運動のため、かの地に本拠地《ほんきょち》たる大聖堂を設けさせていただく身ですぞ」

「はぁ？　エインヘミル教団だかなんだか知らんが、お前らのような邪教《じゃきょう》に仕切られるようじゃ、アルファも終わりだな」

「ふむ……些《いささ》か誤解が生まれているようですが、それにしても随分《ずいぶん》失礼な物言いをなされる。ですが、これで確信しました。彼に反省の色なし、とね。モルウェールド殿。アルス・レーギンには明確な国家への叛意《はんい》と秩序《ちつじょ》軽視の傾向《けいこう》がある。この分ではやはり、例の大罪を犯《おか》している疑いもかなり濃いでしょうね。まずは拘束《こうそく》し、然《しか》るべき裁きを受けさせねばなりません」

「何を言ってる？　この期に及んで二人そろって血迷ったか？」

アルスの軽口に対し、モルウェールドが猛然《もうぜん》と吼《ほ》えた。

「黙《だま》れ、重罪人が！　すでに調べは付いているのだ！　アルス・レーギン、貴様はシングル魔法師という立場を悪用し、裏で密《ひそ》かに多数の人間をその手に掛《か》けてきただろうが！　それも法の裁きすら一方的に無視してだ、これが国家と社会秩序に対する犯罪でなくて何だっ⁉」

「……ッ⁉」

アルスがぴくりと眉《まゆ》を動かし、ロキがはっとしたように彼の表情を窺う。モルウェールドが直截《ちょくせつ》に指摘《してき》したのは、魔法犯罪者を葬る、彼の裏の仕事のことだろう。だが、これは裏稼業とはいえ半ば軍公認《こうにん》の任務である。軍の総督《そうとく》であり、その命令を下した当の本人たるベリックはもとより、軍高官の一角を占《し》めていたモルウェールドが関知していなかったはずはないが……。

まさにその疑問を、わざとらしい示威《じい》で塗《ぬ》りつぶそうとするかのように、モルウェールドが居丈高《いたけだか》に叫《さけ》ぶ。

「私はまったく知らなかったぞ！　総督のベリックおよび軍の高官であるヴィザイストまでが貴様とつるんで、自分らに不都合な秘密を握る人物を、極秘《ごくひ》のうちに始末していたなどとはなっ！　法治国家にあるまじき行ないだ、全てを白日の下に晒《さら》し、場合によっては彼らを重用してきたシセルニア元首の責任をも問わねばならぬ！」

口角泡《あわ》を飛ばす勢いで、モルウェールドは高らかに言葉を連ねていく。

「先日シルベット大主教の元に、さる貴族から訴《うった》えがあったのだ！　他にも証人は複数おり告発状も揃《そろ》っている。貴様が大罪を犯したことは明白である！」

アルスが反駁《はんばく》するよりも早く、そこに憤慨《ふんがい》したように割って入ったのはロキだ。

「軍総督ですらなく、少将に過ぎぬあなたがアルス様を罪に問うと⁉　越権行為《えつけんこうい》ではないですかっ！　それに〝自分らに不都合な秘密を握る人物〟ですって⁉　アルス様が闇《やみ》に葬ってきたのは、いずれも軍すら手に負えない第一級の犯罪者ばかりですよ！　どうせ貴族の証人というのもでっちあげでしょう！　エインヘミル教と、その信者たる一部貴族らを抱《だ》きこみましたね⁉」

負けじと叫び返すロキを、モルウェールドは鼻で嗤《わら》うようにして続ける。

「ふん、生意気な小娘《こむすめ》が……しかし、暗殺の事実を証言してくれるとは、協力的な姿勢だけは好ましいな。高官職であり指揮官職を兼任《けんにん》する私は、軍内部においては特別逮捕権《たいほけん》をも有する。これはベリックやヴィザイストとて無視できない権限だ！　アルス、貴様がアルファ軍人でもある限り、逃《のが》れられんぞ」

「……」

アルスは無言。勝ち誇《ほこ》ったように笑ったモルウェールドだったが……根本的なところで彼は分かっていない。

いや、シングル魔法師というものを己の狭《せま》い価値基準の中で理解したつもりになっている、というべきか。シングル魔法師は確かに人類の盾《たて》であり剣《けん》であり、一定の価値基準に従っている。だからこそモルウェールドは、自分達老獪《たちろうかい》な俗物《ぞくぶつ》と同じように、政争の駒として扱《あつか》ったり狡猾《こうかつ》な奸計《かんけい》で絡《から》めとれる存在と考えているのだろう。

だが、そのような理解は、所詮表層的なものでしかない。アルスに言わせるなら、シングル魔法師は皆が皆、最も品行方正な者でさえ、人の振りをした化け物だ。それを己の権力程度で自在にしたり繋《つな》ぎ止《と》めておけるというのは、愚者《ぐしゃ》の願望交じりの夢想でしかない。

「もはや、フェーヴェルの奴らに助けを請《こ》う暇《ひま》など与えんぞ。自分からノコノコこんな森の中にやってきたのが運の尽《つ》きだ。私がお前の罪を数え立て、然るべき処断を与えてやる」

茶番劇も最高潮といえるが、ここでモルウェールドは、「さあ」と大仰《おおぎょう》に、シルベット大主教へと締めの言葉を促《うなが》す。それに応じたシルベットは、あくまで温和な表情を崩《くず》さず、淡々《たんたん》と告げた。

「そうですね。モルウェールド閣下の言葉が全て正しいのであれば、アルス・レーギンの行為は到底見過ごせないものです。エインヘミル教団の正式な見解として、閣下の判断を正しきものとして認定《にんてい》し、いずれ裁きの時が来たならば、私も証言台に立つことを宣言しましょう」

「おお、心強いお言葉だ。最近、貴族勢力の中にも信徒は多くなってきていますからな。その力を束ねれば、政局に大きな影響《えいきょう》を与えることすら容易《たやす》いでしょう」

ニヤリと笑みを濃くしたモルウェールドが、再びシルベットの表情を見て、ふと怪訝《けげん》そうに問う。

「……いかがしましたか？」

薄《う》っすらとした笑みを浮かべたシルベットは、あくまで慇懃《いんぎん》に答えた。

「いえ、とくには……閣下の正義が我《わ》が教団の正義と、最後に立場を違《たが》えるものではないことを祈っております。さて、私は今回、あくまで【テンプラム】の主審《しゅしん》としてここを訪《おとず》れた身。ひとまずは失礼いたします。いずれ教団の審問官《しんもんかん》が軍を訪ねることもあるでしょうが、詳細《しょうさい》はその折に改めて」

「万事了解《ばんじりょうかい》です。では不肖《ふしょう》、この私めがこの大悪党を責任をもって連行いたしましょう。大主教には軍の恥部《ちぶ》を晒すようでお恥《は》ずかしい限りだが、迅速《じんそく》な解決と後始末でもって、せめてもの名誉《めいよ》を挽回《ばんかい》させていただくつもりです」

そう答えたモルウェールドに会釈を一つして、シルベットが立ち去った後。

「……」

あくまで無言を貫《つらぬ》くアルスの態度を恐れ入っているとでも取ったか、モルウェールドは傲岸不遜《ごうがんふそん》な態度で、彼へと向き直る。

「さてアルス・レーギン、ご同行願おうか。今はまだ貴様はアルファのシングル魔法師なのだ、国家への恭順《きょうじゅん》をせめて態度で示せ」

ここでついに、アルスは静かに応じる。

「寝言《ねごと》は寝《ね》て言え、害虫が。俺《おれ》の返事は一つだ、やれるものならやってみろ」

同時に発せられた殺気の風がモルウェールドの頬《ほお》を撫《な》ぜ、その背筋をぞわりと凍《こお》りつかせた。

彼は頬を引き攣《つ》らせながら、虚勢《きょせい》を張るように言う。

「は、ははっ……最初から最後まで生意気なクソガキだ！　まったくかなわん、かなわん。賤《いや》しい出自の奴は、最後まで往生際《おうじょうぎわ》が悪くて、癪《しゃく》に触《さわ》る。もういい、抵抗《ていこう》するなら拘束や尋問《じんもん》など不要だ、ノワールッ！」

続いてモルウェールドは、自分では至極《しごく》冷静なつもりで、端的に言葉を紡《つむ》いだ。

「殺せ！」

なんと愚《おろ》かな、ロキが小さく呟《つぶや》く声がアルスの耳に届く。

アルスとしても完全に同意、というよりも半ば呆れの感情の方が近いか。

ただ……殺す気でくる相手ならば、一切の遠慮《えんりょ》は不要ということになる。

先ほどまで【テンブラム】で戦っていた余韻《よいん》なのか、まだ胸の内に残る昂《たかぶ》りに身を任せたくなった。

（禍根《かこん》は一切残さない。死にたがりを全て殺すだけだ）

そう決めてしまえば、一斉《いっせい》に肉薄《にくはく》してくる黒衣の部隊の気配すら、どこか遠い世界ののもののように冷静に受けとめられる。自分の中で、いつも通りに意識のスイッチに仮想の指が掛かるのを確認できた。

だが、全てを切り替え終わるのは戦いの最中でかまわない。今は身体を慣らしつつ、タガを外していけば良い。

「ロキ、下がってろ」

元よりアルスを助けて戦うつもりだったのだろう、「え!?」という表情とともに「でも……」とでも言いたげな銀髪の少女に、アルスは氷のような声色《こわいろ》で告げる。

「どうやら赤毛のお節介《せっかい》焼きが、俺らを探しに来たようだからな。もののついでだ、隠す必要もないが、邪魔だけはさせるな」

その言葉が終わるや否《いな》や、ノワールを筆頭に殺到《さっとう》してきたクルーエルサイスの兵が、アルスを瞬時《しゅんじ》に包囲する。

「銀髪の雑魚《ざこ》にはかまうなよ。アルス・レーギンだけを確実に仕留《しと》めろ」

果たして、モルウェールドの命令すらもきちんと認識《にんしき》しているのかいないのか。彼らの淀《よど》んだ瞳に光は宿らず、全員がノワール同様に、狂気の中で飼い慣らされた狩人《かりゅうど》であることがうかがい知れる。誰かの命を奪《うば》うことに一切の感情を持たない連中……ある意味、アルスの真の顔にも近い。いや、己の意志を持たぬというなら、せいぜいが殺戮人形といったところか。その証拠《しょうこ》に、アルスに向けられている視線には一切の感情が感じられない。彼らの精神の内側では、単純な勝ち負けへの拘泥《こうでい》や、仲間や己も含《ふく》めた生死といった部分すらも機械的に切り捨てられているのだろう。

一人の人間を徹底的《てっていてき》に壊《こわ》して、忠実な戦闘《せんとう》兵器とすべく殺傷スキルのみを磨いた――いや、殺傷スキル以外を削《そ》いだのだろう。彼らは満遍《まんべん》なく完成された殺戮兵器だ。

（ちょうどいい。面倒《めんどう》な首輪付きの【テンブラム】じゃ、物足りないと思っていたところだ）

アルスの目が細められ、その唇《くちびる》に不敵な笑みが浮かんだ。己もまた兵器と化したように、感情が希《き》薄《はく》になっていくのが感じられる。

「アル!!」

嫌《いや》な予感がしていた。【テンブラム】が勝利に終わった後、華《はな》やかな場から唐突《とうとつ》に姿を消したアルスとロキ。二人の姿を探し、小道を駆《か》けていたテスフィアは、ふと飛び込んできた何者かによって強引に抱きとめられ、思わずたたらを踏《ふ》む。

「ダメです!!」

しがみつくようにして腕《うで》をきつく抑《おさ》えているのは、銀髪の少女――ロキだ。

「なに!? 何事なの!? 放して、アルが……!」

ただならぬ事態だと察したテスフィアは、息を大きく切らしながら叫ぶ。ロキはそんな彼女をなだめるように自分も一息ついてから、声を絞《しぼ》り出すようにして告げる。

「アルス様なら、大丈夫《だいじょうぶ》です……私に、あなたを連れてこいと命じられました」

「だ、だって……!? じゃあ、なんで止めるのよ！」

「あなたは、いろいろと迂闊《うかつ》すぎるからです。世界の闇と血溜《ちだ》まりの中にすら、不用意に素足《すあし》で踏み込みかねない。だから、約束してください。これからこの小道の先、暗い森の中で起こることを、ただ〝見守る〟と……。これからもあなたがアルス様と一緒《いっしょ》に居たいのなら、ここが全ての分岐点《ぶんきてん》となるはずです」

ロキの覚悟のこもった声音と、絶対の強い意思を感じさせる瞳。加えて己の腕を掴《つか》む力の強さに、テスフィアはただ困惑《こんわく》した。それでもどこかで、彼女の人並み優《すぐ》れた魔法師としての勘《かん》が告げている。きっと今は、ロキに従う他はないのだろう、と。

「……見届けましょう」

　そう告げるロキの顔は、どことなく悲しげであった。

　アルスの眼前、ノワールがつまらなそうに口を開く。

「できれば、降参してくださってても良かったんですの」

「心にもないこと言うな、今にも襲《おそ》ってきそうな面だぞ」

　吐《は》き捨てるように言ったアルスに、ノワールは愉《たの》しげに笑う。

「なら、最後まで抵抗してくださいますよね、先輩？　少しばかり、シングル魔法師の戦闘術を学ばせていただきますの」

　ノワールの言葉が終わると同時、黒衣の殺戮者達《たち》の中から一人の男が先陣《せんじん》を切った。

　猛獣《もうじゅう》の跳躍《ちょうやく》を思わせる動きでアルスへと飛びかかるや、彼の二つの黒い袖《そで》から生え出たように、黒鉄の寸棒が姿を見せる。同時、滑《すべ》りだすように内蔵されていた刃《やいば》が飛び出した。

　あっという間に、小さい鎌のような武器が二本出現する。

　その攻撃《こうげき》を見切るや、即座《そくざ》にアルスは相手に向かって掌打《しょうだ》を放つ。たちまち空間に歪みが生じ、見えない十センチ四方の壁《かべ》が突《つ》き出て、襲撃者《しゅうげきしゃ》の頭部を跳ね上げた。

　見えない障壁《しょうへき》をもろに受けて潰《つぶ》れた頭に引っ張られるように吹《ふ》き飛ぶ。背後からすかさず新手が現れると、彼は仲間の頭を踏み台《だい》に一際高く跳《と》び、鋭い短刀の一撃《いちげき》を打ち込んでくる。動揺《どうよう》も狼狽《ろうばい》もなく、打《う》ち倒《たお》された仲間すら踏み台にして、一瞬《いっしゅん》で対応してくるその動きは、尋常《じんじょう》でないレベルで戦い慣れしている故だろう。

（ん……殺れなかった、か？）

最初の敵を吹き飛ばした後、アルスの胸中に湧《わ》いたのは、かすかな戸惑《とまど》いにも似た感情だ。不可視の障壁ではなく【宵霧《よいぎり》】や魔力《まりょく》刀で急所を狙《ねら》えば、それは簡単だったはず。なのに、どこかで仕留め切れないことへの引っかかりがあった。今はまだ戦いの中でいつもの殺しへと意識を切り替えていく途中《とちゅう》なのだから、そのせいかもしれない。そう思い直してみるも、やはりいくばくかの違和感《いわかん》が拭《ぬぐ》えなかった。

（殺すつもりで来ている相手なんだからお互《たが》い様《さま》だ、と思っていたはずだが）

それは、ほんの僅かな引っかかり。具体的には、そのうちここにやってくるかもしれない少女――テスフィアに見られることへの抵抗感が少しだけ胸の内にある、とアルスは自覚した。それは、正確にはいつのまにか培《つちか》われていたもの。それも、学院に来てから得られた成長の一つ、なのかもしれない。

ほとんど無意識に敵の攻撃をさばいていきながらも、胸の中に苦々しい気持ちが湧き上がってくる。

いや、よく考えるとテスフィアだけではなく、ロキにすら……彼女らには、知らない自分を知らないままでいて欲しいと思ってしまう己がいる。少しだけ深く、彼女らの姿を留め過ぎたのかもしれない、とまで考えて、アルスはどこか自嘲《じちょう》したい気分になった。不思議なこともある。こんなことは、以前なら欠片ほどにも思わなかったことなのだから。

あの二人の少女らには光の中、善い自分だけを見て欲しい。そう思う自分がいようとは。以前、ヴィザイストがアルスに向かって「人間臭《にんげんくさ》くなった」と言ったことがあったが、こういうことなのだろうかと痛感する。

葛藤《かっとう》すらも成長の結果と呼べるならば、アルスはまさに今、成長しているのだろう。

だが……。

そんな思考は束《つか》の間《ま》。次の瞬間《しゅんかん》、鋭く手鎌《てがま》を振り下ろしてきた新手の敵に対して、アルスは反射的に愛用のA.W.R【宵霧】を一閃《いっせん》させていた。黒い刃が深く深く、敵の首を切り裂《さ》いて赤い飛沫《しぶき》が空中に舞《ま》い散る。

今、確実に命を一つ葬り去ったその感触《かんしょく》を、手の中で珠《たま》を転がすようにして確かめてみる。今度は何も感じず、躊躇いすらない。一瞬だけ目を閉じる必要すらない――そう改めて認識し直した時、心は再び泥濘《でいねい》に沈《しず》んでいくようだった。

（やはり……所詮は、というヤツか）

そう思ってみれば、己は暗い殺意をまとって眼前に迫《せま》る殺戮者達と何一つ変わらない。同族嫌悪《けんお》とはこのことだろう。自己嫌悪《けんお》とはこのことだろう。それでもアルスは自身を鑑《かんが》みるまでもないと結論を出した。

迫りくる手鎌の群れを躱《かわ》し、潜《もぐ》り、容赦《ようしゃ》なく殺しの刃を走らせる。

「ほう。せこい暗殺術だけでなく、魔力刀まで形成できるのか。ちゃんと仕込《しこ》まれてるな」

ふと、少しはやると思えた敵の手並みを見て、アルスは感心したように呟いた。

男の腕から伸《の》びた魔力の刃がアルスの頬に数センチほどにまで迫ったところで、その一撃は彼の腕に巻付いた【宵霧】の鎖《くさり》によって、きっちり押《お》しとどめられていた。

手にした短剣《たんけん》だけでなく、この必殺の魔力刀こそは、彼の隠し技だったのだろう。実体のある得物のみで間合いを測っていれば、虚《きょ》を突かれたに違いない。

だが次の瞬間、【宵霧】の鎖が無造作に男の首に巻き付き、続いて高速で引かれて首を捩《ね》じ切る。しかし、もはやアルスは何も意に介さなかった。間違《まちが》いなく仕留めたかどうかの確認《かくにん》は、これまでで得た殺しの感覚さえ使えばそれで事足りる。

左右から怒涛《どとう》の如く押し寄せる敵を認識しつつ、アルスはふと頭上を仰《あお》いだ。疑似《ぎじ》太陽が発する白色の日光ではなく、赤々とした熱量が真上から地上を照らす。

たちまち、人間一人ほどもある無数の火球が流星の如く降り注ぐ。

仲間を巻き込むことすら顧《かえり》みない、クルーエルサイスの広範囲《こうはんい》魔法《まほう》。【煉獄の炎岩《ヴォルケーノ》】、上位級に属する魔法《まほう》は、圧倒的《あっとうてき》な質量と熱量をともなってアルスを襲った。

（味方の命すらもお構いなしか、ここら一帯は確実に穴だらけになるな）

即座にAWRに魔力を流したアルスは、膨大《ぼうだい》な量の水を一瞬で圧縮し、薄青《うすあお》い障壁をいくつか上空に展開した。この手の火球系の魔法は、基本的に物理現象である「燃焼《ねんしょう》」自体を事象改変の定義としているため、同じ物理法則に則った対応で発現を押しとどめることが可能だ——すなわち、火は水によって消し止められる。

とはいえ、この数を鎮火《ちんか》させるには、水の障壁を二重、三重に張る必要があるだろう。

白煙《はくえん》を上げる【ヴォルケーノ】は即座に火勢を弱まらせ、魔法として維持《いじ》できなくなった。

だが、空中に生まれた水蒸気の煙《けむり》を抜《ぬ》けてくるいくつかの黒い影を捉《とら》え、アルスの目が一際細められた。

そう、いくつかの火球の中心には、敵が潜んでいた。アルスの先程《さきほど》の対応に備え、自ら火だるまになることを辞さずに突破《とっぱ》を図《はか》ったことになる。

まさに捨て身の攻撃だ。だが、アルスが確実に水壁で対抗《たいこう》するとは限らなかった以上、到底《とうてい》まともな戦術ではない。

実際に、各火球の中に潜んでいたのは総勢で五人程度だった。ローブに包まっていたとはいえ、鎌を持つ手や顔の皮膚《ひふ》は赤く焼け爛《ただ》れている。魔法で多少身を守ることも出来ただろうが、それをしなかったのはアルスを欺《あざむ》くためだろう。仮に身体の表面を耐熱魔法障壁《たいねつまほうしょうへき》で守ったりすれば、確実にアルスはその異変を感知していただろうから。

だからこそ、彼《かれ》らはあえて腕で顔を覆《おお》っただけで済ませ、アルスの意表を突いたのだ。

恐るべき敵は、落下する勢いのまま眼下のアルスに狙いを定め、凶悪《きょうあく》な刃を振り下ろさんとする。

「覚悟はあるってことか」

苦々しく見上げるアルスは、足元から伝わってきた別の魔力の波長に対して、素早《すばや》く視線を落とす。

巧《たく》みに練られた同時攻撃。下と上、どちらを先に対応すべきか。いや、ほぼ同時にやり遂《と》げる必要があるだろう。

瞬時にアルスがそう判断した直後、足元から土石の槍《やり》が無数に隆起《りゅうき》し、アルスに襲いかかる。だが、アルスはごく冷静に、まずは落下してくる敵に向かって【宵霧】を一閃した。

瞬時に刃先《はさき》から放たれる耳慣れない振動音《しんどうおん》。その一薙《ひとな》ぎは空間を断絶し、幾重《いくえ》にも重なって迫る敵の斬撃を一撃の下に呑《の》み込んでいく。

【次元断層《ディメンション・スラスト》】は、文字通り世界を真二つに割り裂いた。一瞬、目に映るもの全てが左右にずれるという奇妙《きみょう》な光景が展開されたかと思うと、瞬《また》く間に分断された空間が修復、合致《がっち》する。

巻き込まれた敵達は皆、空中に見えない線でも引かれたようにすっぱりと、握っていた得物ごと腕を失ってしまったが痛みに狼狽する様子さえない。

それでも多少怯《ひる》んだ様子を見て取り、アルスは続いて【宵霧】を手元で反転させ、地面に向かって投擲《とうてき》する。不気味な牙《きば》が並んだ丸い大口のようにアルスを襲わんとしていた土魔法の一群は、それだけであっという間に崩れて四散した。

刹那《せつな》に発動された【神格振動破《レイルパイン》】によって、全ての土塊《つちくれ》の棘槍《とげやり》は一気に内部から破壊《はかい》された。

「――ッ!!」

だが、そんなアルスの対応すら予想していたかのように、敵は追撃《ついげき》の一手を用意していた。

視界の端《はし》、片膝《かたひざ》の姿勢で手鎌を地面に突き立てる黒衣の集団の姿が映る。それが何を意味するのか――アルスはさっきの己の対応が拙《つたな》かったことを悟った。

る。

【レイルパイン】で崩れたはずの土魔法に新たな活力が注《そそ》ぎ込まれ、再び棘《とげ》が生え出てく
しかし、それは最初の棘と違いアルスを直接狙ったものではなかった。つまり、敵は破
壊された直後に構成を書き換《か》えて用途《ようと》を変更《へんこう》したことになる。
地面に網目状《あみめじょう》に魔法光が走ったかと思うと、棘の形が変化し、たちまち何枚もの土壁《つちかべ》と
なった。それらが一斉にせり上がり、巨大《きょだい》植物の不気味な球根のように組み上がってアル
スを閉《と》じ込めていく。

（俺を捕《と》らえるつもりか……だが、この程度なら!!）

土の牢獄《ろうごく》にしても脆《もろ》すぎる、そう思った直後だった。破壊を試みるアルスの頬を、魔力
刀が掠《かす》めていく。それは、周囲の土壁を貫通《かんつう》して刺《さ》しこまれてきたものだ。続いて二本目、
三本目……狭い空間の中で回避《かいひ》するが、薄っすらとアルスの頬や手の甲《こう》に血が滲《にじ》む。
閉じ込められている形のアルスとしては、狭い箱の中で、周囲から自在に刃が生え出て
攻撃されているようなもの。

舌打ちを一つし、アルスは【宵霧】を出来る限りの速度で、全方面に振るう。壁が切り
崩されていく中、ようやく視界が開けてくる。

その瞬間、予想通りの光景が展開され、アルスは身体に染《し》みついた回避本能に身を委ね

た。待ち構えていたかのように、周囲から無数の鎌と魔力刀が踊《おど》りかかってきた。

（さすがに鬱陶《うっとう》しいな）

アルスは己の中で、クルーエルサイスへの評価を上方修正した。相手もただの血に飢《う》えた戦闘集団ではなく、それなりの連携《れんけい》と戦略があるようだ。その上で、己や仲間の犠牲《ぎせい》を一切顧《いっさいかえり》みないという、非人間的だからこそ生まれる力押しの強みがある。

さらに、アルスの中に未《いま》だ残っている引っかかり……これは、かつての裏の仕事や、グドマの実験体【ドールズ】を屠《ほふ》った時などには感じなかったものだ。その忌避《きひ》感は、己の中に異物が混入し、既存《きそん》の組織とせめぎ合っているかのような相反的な軋《きし》みをもたらす。

現時点ですでに数人を殺しているはずだが、いつものように意識がスムーズに純粋《じゅんすい》な戦闘者のものへとシフトしていかない。今でも、最後に手を下そうとする一瞬だけ、手指に妙《みょう》なブレーキがかかる。

だというのに、思考自体はこれまでと変わらず、常に最大限効率的に相手を絶命させることを最優先としている。まるで頭で考えることと心の動きが真逆となっているかのようだ。

（少しマズい状況《じょうきょう》、か……？）

そう悟るや、アルスはメインとなっていた意識を手放した。それだけで、まるで思考の中枢《ちゅうすう》がサブマシンに切り替《か》わったように、アルスの中で自動的に現状分析《ぶんせき》のためのプログラムが働き出す。長年の戦闘経験を基に最善の対応を探し、ノイズを一切排除《いっさいはいじょ》しようとするそれは、思考の流れに一つ一つ氷を落とすようにして、心を冷やしていく。

猶予《ゆうよ》はコンマ数秒。空間干渉《かんしょう》系の魔法はおろか、おそらく魔法障壁《まほうしょうへき》すら展開する余裕《よゆう》はない。そうなると、残された手は……。

ここに至り、アルスはそっと瞼《まぶた》を閉じる。全てを諦《あきら》めたわけでは当然ない。解答は、その瞳の中にあった。

次に瞼を開いた時、アルスの右目に微《かす》かな痛みが走った。同時、圧倒的な質量の何かが視界の端から脳内に流《なが》れ込んでくるような精神的圧迫《あっぱく》感。

それはきっと、己にない知識を引き出したための代償《だいしょう》に思われた。備わったものとは別に、外部から強制的に補填《ほてん》される異領域の知識。この感覚はまさに【アカシック・レコード】にアクセスした時に似ていた。未知の魔法式が一瞬で組み上がり、それが既存の知識であったかのように、己の中に定着していく。

「……【時の忘却《クロノ・ステイシス》】」

同時、周囲の時が止まったかのように、刹那が無限に引き延ばされていく奇妙な感覚があった。殺気をはらんで迫りつつあったはずの無数の刃は、全てが亀《かめ》の歩みめいた、ゆっ

くりとした動きへと変化している。実際に今、アルスの周囲、一定距離《きょり》内にいる敵は引き
延ばされた時間の中、酷《ひど》くゆっくりとしたものとなっていた。なのに、彼らが遅延《ちえん》する時
間の流れを認識することはない。誰《だれ》も気づけない刹那の狭間《はざま》はアルスだけの空間であった。
確かにこの瞬間はコンマ数秒以下の刹那のはず――。

襲ってきた激痛に右目を押さえつつ、アルスは【宵霧】を全方位へと薙ぎ払《はら》う。時間経
過の認識速度が極度に歪められたこの空間の中で、唯一縛《ゆいいつしば》られずに動けるのはアルスのみ。
異領域からもたらされた知識ではあるが、この魔法は、アルスが転移門《サークルポート》に用いた技術にも
似ている。転移門の根幹となる座標の複写技術が、極度に高度化されて魔法に転用されて
いると言ってよい。イリイス戦の際に使用した【始原の遡及《テンプルフォール》】の座
標関連の構成を一部流用していたりもするのだが、あえて分類するなら、これこそが完全
空間掌握魔法《しょうあくまほう》とでも言うべきものだ。

とにかく、今周囲に生み出されているのは、そんな高度魔法技術の結晶《けっしょう》とも呼べる時間
停滞《ていたい》――そんな魔法の効果が終わった直後、ある者は胸から、ある者は首から、黒衣の暗
殺者らが急所から一斉に鮮血《せんけつ》を振り撒《ま》きながら、同時に倒れ伏《ふ》す。

しばしの沈黙《ちんもく》が、周囲に満ちた。

第103章「狂気の優劣」

　時折、眼球に針を刺すかの如き痛みが目の奥《おく》に走る。しかし、その鋭《するど》さに反して視界は明瞭《めいりょう》だった。この独特の痛みの感覚はアルスが持つ、得体の知れない異能【暴食なる捕食者《グラ・イーター》】を使った時に似ていた。そういう意味では慣れた痛みとも言える。

　まるで眼球の中を何かが泳ぎ回っているかのような感触。

　ふぅ、軽く息を吐くと頭が冴《さ》え渡《わた》っていくのがわかった。自分の中での切り替えが成功した時と同じだ。だんだん目の痛みが薄れていき、余計な情報をシャットダウンしていく。

　これほど清々《すがすが》しい気分はいつぶりだろうか。

　思考をクリアにすればするほど、身体は迷いなく動いてくれる。現に先程は、より多くの敵を最も効率良く殺すことができた。

　アルスは無我《むが》無心に近い状態で、手から離《はな》れたAWRの鎖を操作する。

　さすがに最後の理性を手放すことまではしない。それをやってしまえば魔物《まもの》となんら変わりないのだから。それでもこれは、魔物に対する時と同じように、慣れた手順を繰《く》り返すだけの単純作業と言えた。

今の【宵霧】の刃先は【ディメンション・スラスト】で覆っているため、通常の防御方《ぼうぎょ》法では防ぐことは不可能だ。

それでも、倒れ伏した屍《しかばね》を乗り越《こ》えるかのように、新手が襲い掛かってくる。

「ああ……何も喋《しゃべ》らない奴《やつ》が相手なら、随分楽ができるな」

一人二人を切り倒すと同時、手に余った敵に向けて、アルスは掌を無造作に突き出す。掌全体が魔力で覆われた恐《おそ》るべき握撃に、鎌《かま》を握《にぎ》った敵の腕が潰され、骨が突き出るようにして砕《くだ》ける。しかし、一瞬退いた相手は苦鳴の声すら漏《も》らさず、手鎌を口にくわえ直し、再び襲い掛かってきた。さらに数人が、それに続く。

揺《ゆ》れる前髪《まえがみ》の間で、不敵な笑《え》みを漏らしたアルスの瞳《ひとみ》が怪《あや》しく光った。

有無《うむ》を言わさず四方八方から襲い来る、黒衣の暗殺者達。その一斉攻撃《いっせいこうげき》に押し包まれて、アルスの姿が見えなくなった、と思った次の瞬間。

「何をやっていますの!!」

ノワールの叱責《しっせき》の声が飛び、黒衣の者達の動きがハッとしたように止まる。直後、彼らが取り囲んでいた殺戮《さつりく》の環《わ》の中心から、ずたずたに切り裂かれた身体がよろめきつつ転げ出てくる。

しかし、彼らが思い思いに切り裂き貫いた獲物《えもの》は、なぜかアルスではなく……いち早くアルスに飛びかかったはずの、口に手鎌をくわえた仲間の一人だった。

「ご苦労様……」

背後から響《ひび》いた冷たい声に、クルーエルサイスの猛者《もさ》達《たち》が振り返る。次の瞬間、走り抜けた【宵霧】の鎖が、魔法光を放ちながら全員を閉じ込《こ》めるかのように円を作る。

【三点間相互移転《シャッフル》】を利用し、敵の一人と替え玉《だま》のように入れ替わったアルスは、返す一手で即座に複数の敵を障壁に閉じ込めてみせたのだ。

描《えが》かれた円からは障壁がそのまま天に伸び、まるで高い円塔《えんとう》でもあるかのように、複数の敵を完全に封《ふう》じ込んでしまっている。

必要だったのは、ほんの数秒。いかに手練《てだ》れでも所詮《しょせん》は彼らは暗殺者に過ぎず、アルスならば彼らがどうあがいても破れぬ強度の障壁を作ることは造作もない。

あとはまとめて始末するだけ……。もう何者も、この凶気《きょうき》を止めることはできない。これがアルスという魔法師の根底に潜《ひそ》んでいたものだ。

全ての感情が冷たく切り捨てられている。冷め切った意識が、より殺傷力の高い魔法を探し当て、素早く構築した。

「【日食の剣《ソード・オブ・エクリプス》】」

まるで岩石から削《けず》りだしたような巨大な剣が、突如《とつじょ》として空中に出現する。不可視の糸に操《あやつ》られるようにしてその切っ先が向いたのは、先程アルスが築いた障壁の塔のちょうど中心。

続いて、空を覆わんばかりの巨剣《きょけん》が見る見るうちに落下する。それは障壁ごと圧し潰すようにして、閉じ込められたあらゆる者を圧し斬《き》っていった。

腹に響くような重低音とともに大地が揺れ、地表が一部めくれ上がる。まるで小地震めいた振動をもたらした巨剣だったが、目的を遂げるや、その巨体《きょたい》全てが一瞬の間に魔力残滓《まりょくざんし》となって消えてしまう。

ふと砂埃《すなぼこり》とともに風に漂《ただよ》ってきたのは、奇妙な鉄臭《てつしゅう》だ。これ以上ないほど過酷《かこく》で残虐《ざんぎゃく》な戦場に立ったことがある者ならば、もしかすると、それがすり潰された血肉の匂《にお》いだと気づけたかもしれなかった。

◇◇◇

ロキとテスフィアは、少し離れた森の茂《しげ》みの中から、その異常な戦いを眺《なが》めていた。直視することすら憚《はばか》られるほどの鬼気迫《ききせま》る光景。ロキは、それをかろうじて視界に入れるのがやっとだった。アルスからは、思わず目を伏《ふ》せたくなるほどの威圧《いあつ》感が漂ってきている。魔物との戦いですらあまり感じたことのない恐怖《きょうふ》が、身体を石化でもしたように萎《い》縮《しゅく》させる。

とてもではないが介入《かいにゅう》しようとすら思えない。この場の誰も、あの血戦場に近づこうとは思うまい。完成された戦場は、予《あらかじ》め定められた結果に向かう一本道しか敷《し》かれていないのだ。

もはやアルスの加勢に加わる余地はなかった。仲間と共闘《きょうとう》してどうこうの話ではなかった。できることはただただことの成り行きを見届けることのみ。

故に、だからこそロキは目を逸《そ》らすことだけはしなかった。この場に立っているということは、アルスの本当の顔、影《かげ》の一面を知るための試練に近いものなのだから。自らが選んで、この場に立っているという自覚が、その震《ふる》える両足を支えていた。

そしてこの戦いにおいては余計な手出しはしない、いや、できないのだということも、ロキ自身が何より分かっていた。アルス自身の纏《まと》う殺気そのものが、手出し無用という無言のメッセージを雄弁《ゆうべん》に伝えてきているのだから。アルスは何も言わなかったが、それが彼なりの配慮《はいりょ》――ロキとテスフィアを血塗《ちぬ》られた道に踏み込ませたくない故だ、ということは身に沁《し》みて理解しているつもりだった。

そしてテスフィアもまた、ロキの隣《となり》で瞠目《どうもく》し、やはり肩《かた》を震わせて陰惨《いんさん》な光景に耐《た》えていた。アルスは特に強制したわけではない、ロキの言葉に頷《うなず》いたのはテスフィア自身。

だから、いかに本能が拒否《きょひ》しようと顔を背《そむ》けることはできない。かつて彼女《かのじょ》は、あのグドマが操るドールズと戦ったことがある。数人を手に掛《か》けたという自覚もあったが、やはりあの時とは違うのだろう。自我《じが》を失い、悪の完全な傀儡《かいらい》となった相手に対しては、せめてもの慈悲《じひ》だと言い訳することもできたのだから。

震えるテスフィアの脳裏《のうり》で、学院を襲撃《しゅうげき》してきた脱獄囚達《だつごくしゅうたち》が教師らを暴力の餌食《えじき》にしている光景がフラッシュバックしかけるが、今、目の前で展開されている光景はそれともまた似て非なるもの。

これは、ただの蹂躙《じゅうりん》だ。見せしめのための示威行為《じいこうい》ですらなく、単に命が消し潰されているに近い状況。圧倒的実力差故に、全ての生殺与奪《せいさつよだつ》はアルスにある。暗殺者とおぼしき黒衣の集団がいかに凶悪な相手とはいえ、アルスからすれば所詮は雑魚も同然。わざわざロキを下がらせ、離れたところにいるフェーヴェル家やヴィザイストらの助けを呼ばないことでもそれは分かる。そもそも彼ほどの強者が、この程度の相手に対し、手心を加えられないわけがないのだから。

今、目の前の光景を作り出しているアルスは、決してテスフィアの知るアルス・レーギンではなかった。

一切躊躇《いっさいためら》いもなく生命を奪う。ただ死を大量生産する機械のように、ひたすらに、黙々《もくもく》と殺戮を繰り返している。寧《むし》ろ、残忍《ざんにん》な方法をわざわざ好んで取っているようにさえ映った。

テスフィアはガチガチと歯の根を震わせながら、皮膚の表面が白くなるほど両拳《こぶし》を握り締《し》め、ただ全精力を注ぎ込んでその場に留まっていた。ただ、それでも……目の前でまた命が陰惨に消えていく光景に、ついに思わず目を瞑《つぶ》り、顔を背けてしまった瞬間。

「あなたも、そうなのですね」

「――!!」

ロキの切なげな声に、テスフィアはハッと意識を引き戻《もど》された。

「アルス様の歩んできた道を拒《こば》むのですね。これがアルス様の……最強と謳《うた》われる魔法師の本当の貌《かお》です。夢でも見ていましたか？　誰もが羨《うらや》む強さ、好き勝手になんでもできると思っていましたか？　皆《みな》に賞賛され、チヤホヤされてばかりだと思っていましたか？　その最強の英雄《えいゆう》が、どれほど黒い血が流れ断末魔《だんまつま》の悲鳴が轟《とどろ》く地獄《じごく》の淵《ふち》を渡り歩いてきたか……。これが現実です。これが真実です。綺麗事《きれいごと》では世界は守れないんです。初めて会った時、言ったことがありましたね。『あなた方はアルス様がどれほどこの国に貢献《こうけん》しているのか知らない』と。自身が何の犠牲も払うことなく、今のアルス様がいると思われますか？」
「…………」
その言葉が胸に痛い。テスフィアはグッと唇を噛《か》み締めた。薄々《うすうす》気づいていたのかもし
れない。そんな世界が現にあって、しかもそれは内地で安穏《あんのん》と暮らす人々には細心に丁寧《ていねい》
に覆い隠《かく》されているのだろうと。きっと彼ら全員が目を背けていたものを、今、テスフィ
アは目《ま》の当たりにしているのだ。
確かに自分は、これまでアルスを深く知ろうとしていなかったのだろう。現在《いま》、目の前
に見えるものだけに満足していた。
「……そんなの、あまりに」
ロキの悲痛な声が、テスフィアを揺るがす。あるいは、この状況に誰よりも心痛を感じ
ているのはロキ自身なのかもしれない。けれどもアルスの側に居るということは、確かに
そんな風に何もかもを受け入れるということなのだ。
ロキはアルスの戦いからあえて目を逸らさないまま、絞り出すように口を開いた。
「悲しいじゃないですか……ずっと一人で背負ってきたんですから。人殺しなんて、誰も
したいわけがないんです。だから私は、傍《そば》でアルス様の荷物を少しでも軽くしたいんです。

あの方の業も闇《やみ》も、全てを一緒に背負いたいんです。でも私は……」

そう吐露《とろ》するロキの目は、溢《あふ》れそうになる涙《なみだ》を堪えて、あえて険しく光っているようだった。そう……ロキの存在意義、それは彼のために命を使うことだったはず。

でも、さっき自分は〝恐れ〟てしまった。アルスの闇を、その途方《とほう》もない業を。それは他ならぬ自分自身が、隠しようもなくはっきり理解している。

自分はまだまだ、至らないのだと。

きっとバルメスでの一件からなのだろう。彼を救いたいというロキの抑え難い想《おも》いは、耐えがたいほどに膨《ふく》らんでしまっていた。当のアルスの意向さえ無視するほどの大きさに。それはきっとエゴだったが、許されるならば、一種の愛と言い換えてもいいのかもしれなかった。誰よりも彼の幸福を望んでいるのは、絶対に自分なのだから。

けれど、きっと自分一人の力で彼を救うことはできない。彼が抱《かか》えてきた大きな荷物を支え切ることもできない。目の前の光景に、ロキもまた、改めてアルスが背負わされた荷物の大きさを気づかされた思いだった。

だから一緒に、自分と共に、アルスを支えてくれる者が要《い》る。あの学院で彼との縁《えん》を結び、共に時間を過ごした者達が。悔《くや》しいけれど、それは疑いのない事実なのかもしれない。

だからこそ、そんな彼女《テスフィア》が一瞬でも見せた素振《そぶ》りが、ロキにとっては哀《かな》しかったのだ。

ロキはただ、アルスの戦いを見届け続ける。

隣で肩を震わせているテスフィアの様子は、あえて確認しない。後は彼女が決めることだから。

まずは、大きく呼吸を一つ。それからテスフィアは、震える身体にぐっと力を入れた。

続いてまるで自分を奮い立たせるように、ロキがそうしているであろう姿を真似《まね》るように、彼女はゆっくりと閉ざしていた瞼を開けようとする。

僅《わず》かに湿《しめ》った睫毛《まつげ》に、普段《ふだん》はまるで意識しない重さを感じるが、何よりも今は胸の奥が熱くて痛かった。

それは、同時に己《おのれ》を強く恥《は》じる気持ちでもある。

アルスの後を追うとは、彼が視る世界を一緒に視るということ。そこから目を背けては彼の背中を捉えることはできない。アルスがこれまで歩んできた軌跡《きせき》がどれほど過酷で惨憺《さんたん》たる道程であろうと、その一つ一つが今の彼を作っているのは紛《まぎ》れもない事実なのだ。

だから、テスフィアは今度こそ、心まで大きく見開くようにして、はっきりと確かにアルスの姿を見る。

彼が行う全てを瞳に焼き付け、彼の生き様を記憶《きおく》する。

テスフィアの双眸《そうぼう》に宿った強い光は、今や愚直《ぐちょく》なまでにひたむきな意志を灯《とも》して輝《かがや》く。

それは〝彼〟の背中を真に見つめるに足る、現実の世界の姿を見極《みきわ》めんとする眼差《まなざ》しだった——。

◇　◇　◇

血塗られた戦場に、一陣《いちじん》の血風が吹きすぎていく。さっきまでそこにあった恐ろしいまでの静寂《せいじゃく》を破ったのは、どこか浮《う》かれたようなノワールの声だった。

「キヒッ！　今、何をしましたの？」

空中に赤い飛沫が舞う中で、それはまるで歓喜《かんき》の声のようにも聞こえた。いや、部下がほぼ全て倒されたというのに、この正気のタガが外れた少女は、本当にこの状況を楽しんでいるのだろう。

「さあな。種明かしをするつもりはない」

「あら、つれないですの。でも、先輩《せんぱい》のお手並みを拝見して、確信しましたわ」

一瞬で肉薄《にくはく》してきた殺気。衣擦《きぬず》れの音と同時、ギラリと煌《きら》めいた大鎌の刃が、アルスの頭上から振《ふ》り下ろされる。

「やっぱり、私が一番上手《うま》くあなたを殺《や》れますのっ！」

アルスはその斬撃を即座に【宵霧】で防ぐ。

火花をともなっての衝撃音《しょうげきおん》が耳をつんざく中、刃同士が交差する向こうから、ぬうっと突き出されたノワールの狂気じみた表情を、アルスは至極《しごく》平静に眺めた。

ぶり返したかのように、右目の奥がちくりと痛む。何かしらの異変が出ているだろうことは間違いないが、幸い視力的には問題はない。

鍔《つば》競《ぜ》り合いの姿勢から一度軽く身を引き、アルスはそのまま身体を一回転させて次の斬撃を放つ。ノワールも器用に空中で前転し、更《さら》に遠心力を加えて得物を振り下ろし追撃を加える……再度、【宵霧】と大鎌が激突《げきとつ》した。

甲高《かんだか》い音とともに再び互いの斬撃が弾かれ、続いては激しい剣戟《けんげき》へと移行する。三日月を連想させるノワールの大鎌の動きは、まさに自由自在。ときにその湾曲《わんきょく》した形状を利用し、アルスの背後からも鋭い刃が襲いかかる。

だが、そんな見えざる軌道《きどう》の攻撃すら、アルスはことごとく予測し回避していった。それはやや意外であり、アルスとしてはある種の違和感でもあったのだが、ノワールの殺気は、とにかく無邪気《むじゃき》すぎたのだ。

相手がアルスのような歴戦の強者、それも肉薄しての接近戦ともなれば、ときにフェイントを交えられたとしても、裏の意図を読み取ることはさらに容易となる。

今も、無造作に逆手で背中側に回した刃に予想通りの衝撃があり、次の一撃を察して屈《かが》めば、これも読み通りに、項《うなじ》のすぐ上を凶刃《きょうじん》が通り過ぎていく。

だが、アルスは己の髪《かみ》が一筋、はらりと舞い落ちるのを見てその異変に気づいた。

(三手前までなら、完全に回避できた一撃のはず。次第《しだい》に斬撃が速まっている？　いや)

己の間合いが、次第に詰《つ》められ始めているのだ。暗殺者にしては随分素直《ずいぶんすなお》な太刀筋《たちすじ》だと思っていたが、今はすでに印象が変わりはじめている。寧ろノワールのものは、一振《ひとふ》りごとに堅実《けんじつ》に獲物を追い込んでいく、熟練の狩人《かりゅうど》のような動きではないか。

互いの得物は大鎌と短剣。間合いではノワールに分があるとはいえ、これまでアルスには幾度《いくど》も攻《せ》め込むチャンスはあり、着実にそうしてきたはずだ。なのに、積み上げてきたはずの優位はいつのまにか失われ、気づけば己のほうが少しずつ足場を崩《くず》されつつあるとは……。

何かがおかしい。そう感じれば思考は高速回転し、分析を始め出す。

アルスはここで、あえて思い切って大胆《だいたん》に踏《ふ》み込んでの肉薄を試みる。ノワールの大鎌はリーチに勝るが、その分だけ小回りが利《き》かない。比重が巨大な刃の部分に寄っていることから、槍のように柄で近づいた相手をあしらうのも難しいだろう、と考えてのことだ。

そして何より、何らかの魔法的な攻撃を受けているのであれば、その正体が分かるかもしれない。

果たして狙い通りというべきか、ノワールは簡単にアルスの接近を許してしまった。

だが、逆にアルスは、こうまで容易《たやす》く懐《ふところ》に入り込めたことに一抹《いちまつ》の不安を覚えた。この手の武器を使う者が、そんな欠点に気づいていないはずないからだ。

案の定、ノワールは素早くアルスの動きに対応してきた。持ち手を変えて大鎌を引き寄せるや、後方にステップを踏む。大鎌を引き寄せる動きがそのまま、攻撃に直結している。アルスの背中側から、その首に吸い寄せられるようにギラつく刃が迫る。アルスがその場に留《とど》まっていれば、間違いなく後頭部から首を切り落とされていただろう。

だが、アルスはノワールの引き際にさらに数歩踏み込んでいった。下がる相手にぴったり動きを合わせて追随《ついずい》することで、致命的《ちめいてき》な一撃を躱して見せたのだ。

ノワールは確かに接近戦にも長《た》けているようだが、アルスには及《およ》ばないようだ。せいぜいロキと同程度というところか、と目星を付けつつもアルスの動作は止まらず、そのまま足を撓《たわ》め、【宵霧】を振りかぶる。

短剣型であるが故に、この距離ならば明確に【宵霧】に分がある。さすがに次の一撃は回避するのは難しいだろう。だが、その拍子《ひょうし》に視界に飛び込んできたノワールの表情は、ごく平然としたものだった。苦渋《くじゅう》も焦《あせ》りも、甘《あま》い判断への後悔《こうかい》の色も……ましてや迫る死への恐怖といった類の感情すら一切《いっさい》ない。それは言うならば、完全に生き死にを日常に取り込んだ者の顔だ。

鏡を覗《のぞ》き込んでいるようだ、と思った。様々なものがごっそり欠落して己の命への執《しゅう》着《ちゃく》すら希《き》薄《はく》な、ある種自分自身を見ているような錯覚《さっかく》。やや同情にも似た念は抱《だ》くが、アルスがもはや手を止めることはない。殺し合いに、感傷など無意味なのだから。

ただ、少しだけ残念ではあった。

すでに間合いは外しようがない程近く、手元が狂《くる》うこともない。手応えの代わりに、あっけないものだ、という感覚が脳裏をよぎる。アルスとしては、この踏み込みはただの布石にすぎなかったのだが、これでもう終わりとは……。

だからこそなのか、そんな心の余白は、そのまま現実の隙《すき》となった。

「――!!」

体感では確かに右腕《みぎうで》を引き、下から斜《なな》め上方に斬り上げた、はずだ。ノワールを逆袈裟《けさ》斬《ぎ》りにし、全てが終わる。モルウェールドはそれで私兵部隊ごと潰走《かいそう》するだろう。

そこまでのシナリオは明確に描けていた。だというのに……アルスの腕《うで》はそこからピクリとも動かなかった。何が起きたのか、その奇妙な現象を認識《にんしき》してもなお【宵霧《よいぎり》】の刃《やいば》は先に進まない。

殺すべき敵を前に自ら手を止める。そんな馬鹿げた行為《こうい》が、隙にならないわけがない。たちまち迫る反撃《はんげき》の大鎌を間一髪《かんいっぱつ》で回避したが、額を切り裂かれた。跳《と》び退《すさ》った空中で、流れ出した血が瞬《またた》く間に右の視界を塞《ふさ》いでいく。

ハッとした表情を浮かべるアルスだったが、それは反撃を受けたことというより、先程の奇妙な現象についての驚《おどろ》きが大きかった。

退いたアルスに考える間すら与《あた》えず、ノワールは即座《そくざ》に飛び込んでくる。僅かな生き残りのメンバー達《たち》に加え、どこから現れたのか、新手の者達も囲むようにしてアルスの元に殺到《さっとう》してきた。

だが、アルスはこの逆境に動揺《どうよう》するでもなく、ただ鋭く思考を回転させていた。

（なんだ、この状況は……）

これまで同様、この逆境をも生き延びるために、決して交わることのない感情が、無理やり混ざり合おうとしているような居心地《いごこち》の悪さ。自分の全てが不意に変容し主体が分裂《ぶんれつ》してしまったような、思考と心と身体が乖離《かいり》してしまったような気持ちの悪い感覚。

吐《は》き気《け》がする。嫌気《いやけ》が差す。

自分が誰だったのか、分からなくなってきた。確かに学院での新たな生活は面倒《めんどう》事が多かったが、それを差し引いてもどこか、これまで味わったことのない新鮮《しんせん》な刺激《しげき》があった。学院生活の中、もしかするとこれこそが年相応の楽しさや幸せといったものの片鱗《へんりん》なのかもしれない、と感じられるような瞬間《しゅんかん》が、いくつかあったことは否定できない。

それが邪魔《じゃま》だったのだろうか。

それがこんな状況を生んでしまったのだろうか。

今までもこんなだっただろうか。

「いや、違《ちが》うな」

否定の言葉は、すぐに紡《つむ》ぎ出すことができた。魔物ではなく人間を手に掛けることについて、最初の一人については、一瞬《いっしゅん》であれ何かしら思うことがあった。その後は……それからはさして考えないようにしたし、考える意味さえ見出《みいだ》せなかった。

アルスは静かに己の中に潜《もぐ》り、感情の泥《どろ》の底に深く沈《しず》んでいた自分という魔法師の本質を掬《すく》いあげた。

やがて、周囲の空気が変わっていく。

ヒリつくような空気の変化は魔法師でなくとも感じ取れるものだ。

この場に立つ全員が、粟立《あわだ》つ背中に浮かぶ汗《あせ》の冷たさを実感しただろう。敵意や殺意とはまた違う、生きるか死ぬかという土俵にも立つことが許されない。まるで自分自身が、皿の上に盛り付けられた料理にすぎない、とすら思えるほどの圧力。ただ捕食《ほしょく》されるのを待ち、恐怖に身を縮こませることとさえ許されない——絶対的な優劣がそこにある。

「ロキ……まだいるな？　あいつを連れて、もう少し離れていろ」

そんなアルスの声を聞くや、ロキはびくりと肩を震わせた。「は、はいっ！」と反射的に小さく呟《つぶや》いた声は、幸いアルスに集中している敵達には届かなかっただろう。

同時、アルスを覆っていた凄《すさ》まじいまでの殺気が、さらに膨れ上がる。研《と》ぎ澄《す》まされた刃のように冷たい彼の声を聞くや、ロキの身体が呪縛《じゅばく》から逃《のが》れたように、なんとか動き出した。すぐに傍《かたわ》らのテスフィアを抱え、一足飛びに駆《か》けてその場から距離を取る。

全力で駆ける一瞬、ロキは激しく動揺《どうよう》していた。アルスに対して抱いた己の感情に……それは、初めてというほどの巨大な恐怖。自分の知らない彼に、ロキは心底から恐怖していたのだ。

その事実自体が慚愧《ざんき》に堪えず、ロキは駆けながらも、弾かれたように振り返る。

今も、敵の視線は否応《いやおう》なくアルスに釘付《くぎづ》けとなったままだった。あまりに強い殺気にのまれたように、あのクルーエルサイスの殺戮兵達でさえ、微動《びどう》だにできないようだ。

次の瞬間、アルスの殺気がついに現実の極低温を帯びて解き放たれた。

「【凍獄《デスピア・エクスキュート》】」

「――ッ！」

それは、無差別な冷たき死の蹂躙。空間全てが氷に閉ざされて、凝縮《ぎょうしゅく》した冷気が上空に氷の杭《くい》をいくつも並べる。炸裂《さくれつ》したかのような降り注ぐ氷の杭により、あらゆる敵が薙ぎ倒《たお》されていく。吹《ふ》き飛んだ敵の五体をなおも氷柱《つらら》が空中で容赦《ようしゃ》なく貫《つらぬ》き、倒れた姿のまま、地面に縫《ぬ》い付ける。

赤い血の混じった極風の嵐《あらし》が通り過ぎた時、その中心に立つ〝彼〟の姿を見て、ロキは心臓が締め付けられるような感覚とともに思わず絶句した。

その両眼は、虚無《きょむ》の深淵《しんえん》にして凍《こご》える絶対の零度《れいど》を感じさせる。

アルスの黒い瞳は、すでに事切れた相手のことなど歯牙《しが》にもかけないどころか、微塵《みじん》も意識すらしていない。そこには、この地上の者ではないかのような領域の冷徹《れいてつ》さが宿っていた。

クルーエルサイスの殺戮者らが可愛《かわい》く見えるほどに、アルスは完全に闇と同化していた。まさに、ただ全てに終わりを告げるだけの死告天使と化したかのように。

死の氷嵐が吹き荒《あ》れる中、固唾《かたず》を呑んで見守るロキとテスフィアとは別に、その場にようやく辿《たど》り着いた一団がいた。遅《おそ》まきながら不穏《ふおん》な空気を感じ取ってやってきた、フローゼやヴィザイストらである。

「あ、あれは……！　【デスピア・エクスキュート】っ⁉」

アルスの姿に気づくよりも先に、周囲に吹き荒れた魔法《まほう》の気配を察知したフローゼが、目を丸くして呟く。

「で、でも魔法大全《グリモワール》に収録されているものとは少し様子が……？」

それが何を意味するのか、元軍人にして優《すぐ》れた氷系統魔法師でもある彼女は、すぐに察することができた。

「まさか、構成を途中《とちゅう》で変えた⁉　あの魔法をここまで完璧《かんぺき》にアレンジするなんて」

続いてようやく凄惨《せいさん》な戦場に立つアルスの姿を視界に捉《とら》え、ぞくりとした怖気《おじけ》を感じたフローゼは、思わず羽織っていた衣装《いしょう》の首元を引き寄せた。同時、セルバが眉《まゆ》を寄せて呟く。

「あれは、アルス様ですな？　いつかはこうなるとは思っていましたが……」

セルバの予想を遥《はる》かに超《こ》えたアルスの姿に、息を詰まらせる。

「あの小僧《こぞう》、タダものではないと思ってたがねぇ……どうもありゃ、完全にヒトの領域を踏み越えてるわさ。いんや、まるでヒトであることをやめたようさね」

ゆっくりと一行の後を付いてきたミルトリアも、小さく肩を竦《すく》める。

「それにしても、この状況は……アルスさん！」

フローゼが混沌《こんとん》のただ中に踏み込もうとした時、ヴィザイストが鋭くそれを制した。

「待て、フローゼ！　今のあいつには近づくな、巻き込まれるぞ！」

その一声に足を止めたものの、不快さを隠さず、フローゼが厳しい表情で問う。

「その言い方、何か知ってるわね？　ヴィザイスト、彼《かれ》に何をしたの!?」

薄々と察してはいた。娘《むすめ》の友人として現れた彼に興味を持ってから、アルスの事情は、いろいろと調べてそれなりに知っていたつもりだ。

だが〝これほど〟とは……。彼女の傍らに立つ老執事《しつじ》もまた、かつて【アフェルカ】という闇に足を踏み入れながらも、こうして陽の下に戻ってきた男ではある。しかし、今のアルスはかつてのセルバと比べても、遥かに濃《こ》い闇に囚《とら》われているように見えた。もう後《あと》戻《もど》りができないほどに、彼の中の何かはバラバラに壊《こわ》れてしまっているのだと感じさせる。

「ご想像通りだよ。ベリックともども、俺達《おれたち》には弁解の余地はないだろうな」

断腸の思いだとでもいった様子で、そう口にするヴィザイスト。裏の仕事がアルスに回ってくるのは、ある意味で仕方のないことだった。魔法技術も然《さ》ることながら、魔物相手だけでなく裏世界の犯罪者達にすら対応できる魔法師というのは、限りなく少ない。

それは元はといえば、アルファの軍部が、密《ひそ》かに例の育成プログラム出身の少年少女に汚《よご》れ仕事を振り分けていたという事実に端を発する。中には、いわゆる【禁忌《きんき》】に近いクロノス襲来《しゅうらい》後の非人道的な研究の成果を用いたり、その実験対象者を狩《か》り手としていたという例さえあった。

全てはベリックが総督《そうとく》に就任した折に発覚したことではあるが、その後ろ暗い因習を、アルファという国家は完全に断《た》ち切れたわけではない。特にベリックが就任して間もない時期は魔物の大侵攻とも重なり、背に腹は代えられないという事情もあったのだ。

好き好んで子供に人殺しをさせたい者などいるわけがない。だが、アルスはただの子供というにはあまりにも別格であり……いわば、適材すぎたのだ。

あらゆる面で完璧な故に、アルスの任務完遂《かんすい》率はほぼ100%だった。かつて、彼を不気味な存在として忌《い》み嫌《きら》っていた者やベリックの政敵たちも、さすがにその存在価値を認めて、迫害《はくがい》の手を緩《ゆる》めざるを得なかったのだ。

だからこそ、ついついブレーキを掛ける判断が甘くなったのは否《いな》めない。

最終的にベリックが彼を学院に押《お》し込んだのは、確かに一種の親心からでもあり、彼の情操教育的な一面もあっただろう。軍の都合で任務に駆り出す前提付きとはいえ、失われたものを取り戻せるのなら、若い彼には最後の機会だという判断があったのも間違《まちが》いない。

だが、時はすでに遅過ぎたのかもしれない。

ヴィザイストはかつて、部下だったアルスの笑顔《えがお》を何度か見たことがあった。それが次第に失われて、代わりに彼の中に広がっていく虚無に、本当に気づいていなかったのか？

ヴィザイストは自問自答する。いや、だからこそ、自分は以前の彼に「人間臭《にんげんくさ》くなった」などと陳腐《ちんぷ》な台詞《せりふ》を吐いたのだろう。同時、どこか胸の内で、罪の意識が多少なりとも軽くなったことに無意識に安堵《あんど》しながら。

「……」

ヴィザイストはそのまま、フローゼの射殺さんばかりの視線を黙《だま》って受け止める。娘のためもあって退役《たいえき》したフローゼ。母親という立場もあってか、魔法師育成プログラムには特に否定的だったことを思い出す。今にして思えば、その後の三巨頭《きよとう》会談の機会においても、この手の話題については自然と避《さ》けていた気がする。

「あいつは、才能があり過ぎた。今となっては、言い訳にもならんが」

ついつい溢《こぼ》してしまった本音は、ヴィザイストのいかつい顔をさらに苦渋に満ちたものにした。

「そう……そういうことね」

フローゼはさすがに聡《さと》く、それだけでおおよそを察したようだった。

「でも、これは後始末が面倒よ。特にあのお方がらみじゃね」

ちらりと送った視線の先には、脂肪《しぼう》で膨らんだ顔に脂汗《あぶらあせ》を垂らしながら、苦り切った表情を浮かべている男の姿がある。ごく少数の手勢に護《まも》られてはいるが、苦境にありながらもその尊大さは消えていないあたり、さすがというべきか。

「モルウェールド、つまらん真似をしでかしたな。だがもう終わりだ。全滅《ぜんめつ》しないうちに隊を引かせろ」

「ふざけるな！　ベリックと貴様が飼っていた犬が、一方的に飛びかかってきて暴れているのだぞ⁉　俺の精鋭《せいえい》部隊には多数の死人まで出ている、どうしてくれるのだ！」

猛然《もうぜん》と反駁《はんばく》するモルウェールド。仕掛《しか》けたのはどちらなのか、この期に及んでの呆《あき》れた強弁ぶりに、ヴィザイストだけでなく、フローゼ達も鼻白んだ様子を隠せない。

「やれやれ、血に飢《う》えた子犬同士の喧嘩《けんか》かね。見たところ、アルスに対峙《たいじ》してるあっちの娘は闇系統の魔法師、それも精神干渉《かんしょう》系の使い手……だろ、少将殿《どの》？」

一人、悠々《ゆうゆう》とした態度を崩さないミルトリアが、肩を揉《も》みつつ言う。

「いくら【テンブラム】の結果に不満だからって、妙《みょう》なのをけしかけるのは感心しないわさ。確かに精神干渉系の使い手なら、ここから逆転の芽もあるかもしれないが。相手が悪いね。現実を、薄汚《うすよご》れたあんたらのチェス・ゲームと混同しないことだよ。最低限の処世術さえも忘れちまったのかい」

全てを見透《みす》かされ「ちっ」とでも言いたげなモルウェールドに対し、ヴィザイストは納《なっ》得顔《とくがお》で頷く。

「なるほど、な」

ぼんやりとは理解していたが、先の一戦では、自分が彼女《ノワール》の術中に嵌《は》められていたことをようやく確信できた形だ。

焦燥感《しょうそう》に駆られたモルウェールドが、開き直ったように吼《ほ》える。

「フン、ミルトリア・トリステン、くたばりぞこないの老婆《ばばあ》めが！　察したところでノワールの魔法は解けん。それに今、増援《ぞうえん》が到着《とうちゃく》したところだ。それ！」

それからモルウェールドは、脂肪が付いた太い指をパチンッと弾く。

するとたちまち、新手の黒衣の集団がぞろぞろと木立の間から姿を現す。一部は孤立《こりっ》したノワールをフォローするようにアルスを包囲。そして残りの者達は……。

「もはやどうなっても同じことだ！　良い機会だ、目撃者《もくげきしゃ》はまとめて始末させてもらおう……！」

ヴィザイスト、フローゼ、セルバ、ミルトリアらに殺到してくるクルーエルサイスの増援部隊。

だが、殺気立つ敵を前に、ミルトリアは我関せずとでもいうように肩を竦めたのみ。

「やれやれ、まだこんなのが軍にへばりついてるのかい」

「そのようですね」と、どこか諦念《ていねん》めいた苦笑《くしょう》を浮かべたセルバが、いち早く動いた。

「ここは、私が」

誰《だれ》に断りを入れたのか、セルバは天高く飛びかかってきたクルーエルサイスたちに向け、軽《かろ》やかに腕を揺らした。彼らの姿が空中で一瞬、何かに絡《から》め取られると——刹那《せつな》、全員が無言の肉となってボトボトと地上に振り落ちる。

張った糸を弾くような鋭《するど》い音が響いた後、セルバは得意の魔鋼糸を引き戻しながら、さっと手元のハンカチで血をぬぐい取った。

「さすがにフェーヴェル家の名執事殿《しつじどの》だな、今もってなお、衰《おとろ》えとは縁遠《えんどお》そうだ」

「フォッフォッフォ、お褒《ほ》めに預かり光栄です。ですが、さすがに多少は腕が鈍《にぶ》ったかもしれません」

ヴィザイストの賞賛に謙虚《けんきょ》に返したセルバに対し、ミルトリアが憎《にく》まれ口《ぐち》を叩《たた》く。

「その通りだよ。全盛期《ぜんせいき》なら、もっと鮮《あざ》やかに仕留められたんじゃないかい。あんたも随《ずい》分《ぶん》老いたもんだわさ」

「返す言葉もないですね。フローゼ様とお客人方を汚《きたな》いものからお守りするのに、少々手を焼きすぎましまして」

その言葉通り、セルバが広げていたハンカチは、魔鋼糸だけでなく、いつの間にか空中に四散した敵の血をも全て拭《ぬぐ》い去っていたようだった。

そのおかげでというべきか、フローゼはもちろん、ヴィザイスト、ミルトリアらの衣服には、血の染《し》みは一滴《てき》も降り注いでいなかった。

「……クソッ！」

ただ一人の例外——空中から降りかかった自らの部下の血に塗《まみ》れたモルウェールドは、己の絹のハンカチを取り出して忌々《いまいま》しげに顔を拭うと、そのまま地べたに投げ捨てる。

「うぬ……」

歯ぎしりするモルウェールドは、ヴィザイストとフローゼ、セルバにミルトリアらを憎々《にくにく》しげに睨《にら》みつけてから叫《さけ》ぶ。

「ええい！　ノワール！　さっさとそのガキを始末して、こちらに来い！」

その怒声《どせい》に応じたのは、ミルトリアだった。

「無駄《むだ》だわさ。あんた、分からないのかい？　小僧がああなった以上、勝負はもう着いたも同然だというのに」

哀《あわ》れみすら含《ふく》んだ老婆の落ち着いた声に、モルウェールドは驚きを隠せなかった。

「な、なんだと!?　馬鹿なことを抜《ぬ》かすな、ノワールの術はまだ」

呆然《ぼうぜん》とした顔で、モルウェールドはアルスと対峙しているノワールの方を振り向いた。

「あ、新手のクルーエルサイスが全て一瞬の間に、だと……!?」

「だから言っただろう？　アルスがああなれば、俺達が下手に踏み込《こ》むことすら危《あや》うい」

ヴィザイストの重々しい声だけが周囲に響《ひび》き、モルウェールドは醜《みにく》くその顔を歪《ゆが》めた。

◇　◇　◇

それは、まさに瞬殺劇《しゅんさつ》と呼ぶのが相応《ふさわ》しかった。【宵霧】の刃が閃《ひらめ》き、その鎖《くさり》が鈍い光の軌跡を描《えが》いて、暗い森の中を駆け巡《めぐ》った次の瞬間……。

アルスを再包囲したはずの黒衣の集団は、またもノワールを残して全員が倒れ伏《ふ》していた。アルスは、壮絶《そうぜつ》な光景の中で小さく息をつく。

浮かべる表情は、ただただ無。自己に投影《とうえい》されるべき感慨《かんがい》などもはや微塵もない、彼にとってはあらゆる生命が路傍《ろぼう》の石と同等。それほどに冷たく凍えきった表情だった。

事実、アルスは久しぶりのゾクゾクするような感覚に浴していた。あらゆる敵に、最高効率の終わりを与える。それだけに全てを集中できるこの境地は、己にどこか甘美《かんび》さすら与えてくれる。

そして、アルスはすっと視線をノワールに向け、一言だけ発した。

「さて、邪魔者《じゃまもの》は消えたな。で……俺《おれ》に、何をした？」

「――――!!」

何の感情も読み取れない瞳《ひとみ》を向けられ、ノワールは必死で後ずさりしそうになるのを堪えた。相手は己より遥かに格上……そう悟《さと》らされてなお、彼女にはとある確信がある。

こうでなければ、倒すに値しない。

そうでなければ、優劣《ゆうれつ》などつける意味が無い。

仲間が殺されたことなど意にも介《かい》さないという意味では、ノワールもまた、今のアルスと同じような狂気《きょうき》の領域に足を踏み入れている。

逆にその胸に湧《わ》き上がってきたのは素直《すなお》な賞賛。そして自然と美しい少女の口角が、歪《いびつ》に曲がって持ち上がった。

続いて彼女はうっとりと頬《ほお》を桜色に染め、甘い吐息《といき》を漏《も》らす。

「んふっ……ハア、ハア、んッ……良いですの。最高ですのぉ」

そのまま大鎌《おおがま》の柄に頬ずりをするようにして、淫靡《いんび》に悶《もだ》えた。それから頬を火照《ほて》らせたまま、ヌラヌラと纏《まと》わりつくような情念に満ちた目を、アルスへと真っすぐに注ぐ。

「先程《さきほど》、そちらは種明かしをするつもりはない、とおっしゃられましたよね？　でも、私の方は特別にサービスいたしますの。どうぞ、最大限の厚意《こうい》と受け取ってくださいませね？」

「……」

「そう、闇系統の魔法。とはいえ、ただの催眠術《さいみんじゅつ》と同等な【思考誘導《テンプテーション》】などとは異なりますの。言わばもう一段階上、私はこれを【失楽園《シツラクエン》】と呼んでおりますの」

ノワールは自分で自分の側頭部をトントンッと突《つ》く。

「あなたの〝ここ〟に、入り込ませていただきましたの」

フフッと悪戯《いたずら》な笑《え》みを作る。

その余裕《よゆう》は、この魔法がどんなものであるか、分かったところで防ぎようがないからだ。始まりはだいぶ以前、あの【学園祭】で、彼に後輩《こうはい》として初めて出会った時から。アルスの力を悟ったノワールは、慎重《しんちょう》に慎重を期して、その下準備に取り掛かっていた。まずは視覚、聴覚《ちょうかく》から少しずつ。己の印象を、夜の扉《とびら》に落ちかかる月影《つきかげ》のように忍《しの》び込ませていった。

人間は、相手に関して知り得る情報から、その人物像を内面に構築する。どんな人物で何を考えているのか、容姿や声、様々な情報を目や耳から取り入れ、それを基に分析《ぶんせき》・判断して記憶の引き出しに蓄積《ちくせき》していく。己に利益がある行動や分かりやすい見返りといったものだけでなく、好意や深い愛情や信頼《しんらい》の証といったものを示されたとき、その人物像を好ましく安全なものと位置づけ、記憶の中にインプットしていくのだ。これはいわば集団で生きる動物である人間の生存本能に基づくものであり、抗《あらが》うことは難しい。

率直《そっちょく》に言えば、【失楽園】はその〝記憶〟に干渉する魔法だ。具体的にはその者の親や兄弟、愛する人物などと同じレベルの信頼関係の中に、己の虚像《きょぞう》を構築し紛《まぎ》れ込ませる。

先にヴィザイストと対峙した時には、特にやりやすかったのを覚えている。彼には愛する妻や娘フェリネラといった、自分の命よりも重い存在があったためだ。

深層心理に潜り込んだノワールは、妻やフェリネラと同等、いやそれよりも上位に位置するものとしてヴィザイストに認識されており、だからこそ彼女《かのじょ》を手にかけることを彼の身体が無意識に拒んだのだ。それどころか、彼が自ら秘密を漏らすことすら拒めなくなるほどに、ノワールは彼を深く術中に捕《と》らえることができていた。

ヴィザイストに限らず、いわばノワールが一度〝そこ〟に入り込めさえすれば、どんな人間だろうと彼女を殺すことは叶《かな》わないのである。

だからこそ、気づけたとしても今更《いまさら》なのだ。こうして術理を明かしてなお、今もアルスが術中にあることを、ノワールはこの術者特有の感覚で確実に把握《はあく》している。

（さよならですの、先輩）

そしてノワールは、静かに立ち尽《つ》くすアルスに内心で別れを告げる。彼の背後、彼女の魔力《まりょく》を具現化した黒い霧《きり》が、ローブを纏った幽体《ゆうたい》の死神を形作る。その大鎌がぐっと引かれた瞬間、ノワールが小さくその名を呟いた。

「【死神の怨念《クレセント・リーパー》】」

音もなくアルスの背後で振り落とされた死の大鎌――死角からの一撃《いちげき》は、数本の黒髪《くろかみ》を切り落とし、空中に舞《ま》い散らせた。だが、それだけだった。アルスはそれを予想していたかのように猛然と踏み込み、ノワールに肉薄する。

「あら。バレていましたの？　せめて、静かにお別れをしたかったのに」

つまらなさそうに呟くノワール。当然のように「でも、あなたに私は殺せませんの」という言葉がそのあとに続く。

「……」

しかし、アルスは無言。その黒い瞳はもはやノワールの姿しか映していない。あくまでも真っすぐな殺意の告白に、彼女は不意に、ゾクゾクと身体が悦《よろこ》びを感じるのを自覚した。命をメッセージ代わりに想いをやりとりする、儚《はかな》くも濃密《のうみつ》な時間。その幸せは、絶頂感にも近いものとなって、じっとりと少女の身体の内を痺《しび》れさせた。

――それでも。

結果は最初から分かりきっている。【失楽園】が正常に機能している限り、アルスは刃を向けることはできても、最終的にノワールを殺すことは叶わない。

ノワールは名残《なご》り惜《お》しさと同時に、そろそろ終わりにすべきだと思った。これ以上はかえって最強の魔法師たる彼を貶《おとし》めることになるかもしれない。それとももう一つ……アルスを首尾《しゅび》よくここで〝終わらせる〟ことができれば。

うっとりとノワールは思う。ずっと思《おも》い描いていた場所に手が届く。これでノワールは、自他共に認められる存在になれる。ここから彼女の人生が始まるのだ。影《かげ》の中に在り続け、ずっと空っぽだった自分に、大きな存在意義が生まれるのだ。

これこそが、頂点に立つということなのだろう。そもそも魔法師育成プログラムを受けた子供達は皆《みな》、大き過ぎる先達のせいで日陰《ひかげ》の道を彷徨《さまよ》っている。

もしかするとそう感じていたのはノワールだけなのかもしれないが、忸怩《じくじ》たるものがあったのは事実だ。どうして誰よりも見事に、鮮やかに、速《すみ》やかに殺すことができる自分が、裏の世界で彼を越《こ》えられないのか。

ノワールとアルスは指令系統こそ違うが、裏の仕事に手を染めているという意味では同じ世界にいた。この世界は案外に狭《せま》く、それこそ閉鎖的《へいさてき》な小さな村のような趣《おもむき》がある。そこで伝播《でんぱ》した恐怖《きょうふ》は一瞬で蔓延《まんえん》し、その要因となった者の名も殊更《ことさら》に広まりやすい。魔法師育成プログラム出身の魔法師という意味でも裏稼業《かぎょう》に手を染める者としても、アルス・レーギンという存在は常にノワールにとっては巨大《きょだい》すぎる壁《かべ》だったのだ。

殺しを自己の存在証明とし、裏の世界でしか生きられないノワールにとってその格付けの差は耐《た》え難《がた》い屈辱《くつじょく》だった。だからこそいつしか、妄執《もうしゅう》にでも取り憑《つ》かれたように、彼女の中でアルスへの執着は何より大きなものとなっていたのだ。

今、伝説とも呼べる存在を超える最大の機会が訪《おとず》れ、自分はその幕引きをするための手綱《たづな》を握《にぎ》っている。

アルスの構える【宵霧】の刃は、己の命に届く直前でピタリと止まる。その確信がノワールにはあった。が……。

「……ッ!?」

アルスの光のない暗い瞳が、ノワールの全てを見透かすかのように、心の底の底を覗き込んでくる。途端《とたん》、ゾクリと身体の芯《しん》を喰《く》らい込むような怖気が一瞬にしてノワールの全身に広がった。先程の強い確信に反する本能的な危険信号に反応し、彼女は大鎌ごと飛び退った。

その直後、呆然とする彼女の頬から、一筋の鮮血《せんけつ》が流れ落ちた。

（何が……こんなこと、一度も……！）

ぬるりと顎先《あごさき》へと流れ落ちていく、温かい本物の血の感触《かんしょく》。ピリピリとヒリつくような、まぎれもない空気に晒《さら》される傷の感覚。

そして──。

「痛い、の………痛い痛い痛い痛い痛いいいいいいぃぃぃぃ！！！」

これまで麻痺《まひ》していたノワールの痛覚が、酷《ひど》い混乱の中、明確な恐怖の感情とともに蘇《よみがえ》ってくる。ほとんど数年ぶりに感じる痛みというモノ。

これまでモルウェールドによって与えられた責め苦による傷からは、どれほど酷く出血しようとも痛みなど味わったことはなかった。なのに今は、アルスの刃によって受けた頬傷から、尋常《じんじょう》ではないほどの痛みが走って全身を駆けめぐる。

訓練を受けた暗殺者であれば苦にもしないはずの、ほとんど掠《かす》り傷《きず》程度のものだというのに、ノワールはのたうつようにして苦悶《くもん》し、声の限りに叫んだ。

「な、何で⁉　何で、どうやって私に傷をっ……⁉　イタイ、イタイ、イタイィ」

どうやってそれを為し得《え》たのか？　それを行おうとすれば絶対に手が止まるはず。あの状況《じょうきょう》からは、ＡＷＲを握る腕を絶対に前へ動かせないはずなのに。

【失楽園】が働いている限り、自身に傷を負わすことすら難しいはずなのに。

次の瞬間、ノワールは何の感情も浮《う》かんでいないアルスの表情を見て、ハッとしたように呟く。

「ま、まさか……!? いえ、間違いないですの。ハハッ、そうですの、そういうことなんですのね……?」

そしてノワールは、常軌《じょうき》を逸《いっ》した様子で笑い始めた。

「ククッ、アハハハハハッ！ こんな簡単な弱点があったなんて！ いえ、全てはあなただからこそ……つくづく期待以上ですのっ」

そんなノワールに対して、アルスはあくまで無言。だがノワールは真っすぐ彼に向き直り、妖艶《ようえん》な微笑《びしょう》めいたものさえ浮かべながら続ける。

「先輩《せんぱい》、あなたは大事な人も平気で殺すことができる。それだけのことですの。そうやって何も感じず、ただ作業のように殺せる。なんて素晴《すば》らしい、うっとりせずにはいられませんの――恋《こい》、しちゃいそう」

「……だから？」

ようやく一言のみ返したアルスの瞳には、どんな驕《おご》りも侮蔑《ぶべつ》の色もない。あらゆる感情を映さない、本当に機械じみた一切の人間性の欠落の証。

そこに本物の虚無と空白の色を感じた時、ノワールの胸に一種すがすがしい風が通り過ぎた。同時に、これまで彼女の中で決して消えなかった孤独《こどく》感が綺麗《きれい》に無くなっていく。それはこの世界で、どこまでいっても自分は一人きりなのだという異端者《いたんしゃ》の悲哀《ひあい》。狂っているのは自分だけではない。もしかするとアルスの方がもっと狂っているのかもしれない……。

そう感じるや、ノワールは頬を伝う血を袖《そで》で丁寧《ていねい》に拭った。己《おのれ》と同じ闇《やみ》を見いだせた、初めての存在。だがその歓迎《かんげい》すべき〝彼〟の出現は、もしかすると同時に、己自身に終止《しゅうし》符《ふ》をもたらすのかもしれなかった。

再び黒い刃を抱いたアルスが動き出すと同時、ノワールは感じるがままに心からの本音を漏らした。

「素敵《すてき》……」

言い終えると同時、切り裂《さ》かれたノワールの二《に》の腕から、鮮血がほとばしった。

「いいですのぉ。この傷の痛みも熱さも！　その凶気《きょうき》も凶器《きょうき》も、全部がまるで、本物の狂気の沙汰《さた》。私もぉぉ、あなたもぉぉお!!」

仲間と己の鮮血で生まれた血溜《ちだ》まりの中、はぁ〜、と甘い吐息を空に向かって吐き出し、ノワールは叫ぶ。

「御託《ごたく》はいいから、さっさと死ね」

「イヒッ!!　ヒヒヒヒヒッ、やれるものならやってみろ、ですの」

魔力が黒い霧となってノワールの周囲に漂《ただよ》う。そして二体の鎌を持った死神の幻像《げんぞう》、【クレセント・リーパー】が現れた。

彼女が生み出せる【クレセント・リーパー】は最大で三体。残る一体は音もなくアルスの背後に回っており、すかさず頭上から鎌を振《ふ》り下ろす。

が、やはり無駄だった。暗殺術として敵の死角をつくのは定石で、それ故に全てを見切っていたように、アルスは悠々とその一撃を回避《かいひ》する。

後ろを一顧《いっこ》だにせず、後ろ手にＡＷＲを一振《ひとふ》りして、背後の【クレセント・リーパー】を斬《き》り払《はら》う。

（さすが……でも、無駄ですの！）

ノワールが内心でニヤリと笑う。

【クレセント・リーパー】は幽体であるだけに、実体の有無《うむ》は極《きわ》めて曖昧《あいまい》だ。一種の召喚《しょうかん》魔法《まほう》でもあり、その弱点である核《かく》も非常に微細《びさい》で、まず肉眼では見切れない。霧に剣《けん》を振るっても無駄なのと同様、単純な物理攻撃《こうげき》は通じないはずで、それが最大の利点なのだが……。

彼女の予想に反して、切り裂かれた【クレセント・リーパー】は、その瞬間に霧状《きりじょう》の幽体ではなくなっていた——なぜか変化してしまっていたのだ。まぎれもない実体を持つ、氷の彫像《ちょうぞう》に。

（刃ではなく……氷の魔力で凍結《とうけつ》させつつ切った、ということですの⁉）

ノワールの表情から余裕が消える。その眼前で、全身を氷の塊《かたまり》にされた幽体が、粉々に砕《くだ》け散った。そして一瞬の動揺の隙を突くかのように、アルスの姿が消えた。

（ッ⁉）

ノワールは目まぐるしく眼球を動かし、何とかその姿を捉えようとする。左右にフェイント、バックステップを踏《ふ》んだと思った直後——一気に切迫《せっぱく》してくる。

（マズッ‼）

咄嗟《とっさ》に【クレセント・リーパー】を間に割《わ》り込ませ、迎《むか》え撃《う》たせる。

恐《おそ》らくアルスはこの一手に再度、例の凍結を含む斬撃で対応してくるはず。だからこそノワールは更《さら》にそれを読み、振りかぶった大鎌を振り下ろす。盾《たて》にした幽体の死神ごと相手を切り裂くつもりで。

「考えそうなことだな」

アルスの唇《くちびる》から不吉《ふきつ》な台詞が、皮肉げに発せられた。囮《おとり》の幽体を相手にせず、脇《わき》から刺《さ》しこまれてくる刃。ノワールは誘導したつもりで、誘導されたのはこっちだったと悟る。

ノワールはこれまで、無数の相手を手玉に取ってきた。だが、その逆は初めてだ。

空を切った大鎌を操《あやつ》るべく、力の限り手首をひねり、反転させる。焦《あせ》りと怒《いか》りをぶつけるかの如く、再び【クレセント・リーパー】ごとアルスを切り裂こうとする。

「クソオオォォォ、死ね死ね死ねしねええぇぇ！！！」

だが、それは思いがけない悪手となり、飛び散った幽体の残滓《ざんし》がかえって視界を塞ぐ結果になった。焦りとともに恐怖心《きょうふしん》が湧き上がり、がむしゃらに大鎌を振り回す。

「……クッ⁉」

ふと視野の下端《かたん》、喉《のど》のすぐ真下から鈍色《にびいろ》の刃先《はさき》がノワールの顔面目掛《がんめんめが》けて突き放たれた。

即座に柄で弾き、大きく下がったが、アルスはすでに最接近状態とも言える間合いの中。

必死で距離《きょり》を取ろうとするが、次々と襲《おそ》い来る斬撃に防戦一方となった。

それでもノワールは大鎌をなんとか上手《うま》くさばいて、致命傷《ちめいしょう》を避ける。紙一重の回避の繰《く》り返しの中、刃の傷は、次第《しだい》に掠り傷では済まなくなっていく。

腕《うで》や足、膝《ひざ》、肩《かた》……黒衣のあちこちに赤く血が滲《にじ》み、次第にその量が増えていく。

「痛い、痛いって、痛いのおぉぉ!!」

叫びながら振るう大鎌。全身をピリピリとした痛みが駆け巡るが、言葉とは裏腹に、ノワールの口元は奇妙《きみょう》な笑みを形作りつつある。この壊れた少女に満ちつつある狂気は、あらゆる境界を曖昧にする。痛みなのか愉悦《ゆえつ》なのか、次第に本人すらも分からなくなりつつあるのだ。

（右、いや左。次は……下、右……）

アルスの刃《やいば》の動きだけに神経を注ぐが、それだけでは決して状況は好転しない。ノワールはそんなギリギリの攻防《こうぼう》の合間、これまで最も間近に踏み込まれた一瞬に、ふとアルスの顔を見た。

自分はこんなにも痛くて愉《たの》しいというのに、彼の表情ときたら、どんな感情も当てはまらない。何を考えているのか……いや、これこそが無我《むが》無心とでもいうべき境地なのか。

またも背中を這《は》いあがってきた怖気とともに、ノワールはアルスの肩をちらりと見据《みす》え、新たな魔法を発現した。

密かに練り上げていただけに、発現までには一秒もかからない。【クレセント・リーパー】よりも高位の魔法【忌子の慟哭《ヘルズス・クライ》】。

突如《とつじょ》、アルスの左肩《ひだりかた》に小さな赤子がしがみつくような姿勢で出現した。透《す》き通るような真っ白い肌《はだ》に、底が見えない黒い眼窩《がんか》。無邪気《むじゃき》な笑顔で口を開けるが、その奥《おく》にもまた漆《しっ》黒《こく》だけが詰《つ》め込まれている。

まもなく真っ暗な口からは大音響《だいおんきょう》の泣き声が周囲一帯に放たれ、それは一瞬《いっしゅん》で敵の鼓膜《こまく》から体内を駆け巡り、そのまま脳へと全てをつんざく振動《しんどう》を直に伝えるはずだ。この魔法は、【クレセント・リーパー】同様の幽体を媒介《ばいかい》する上に直接攻撃ではない故に、相手の死角に出現させた場合、敵が認知《にんち》することは困難だ。有効範囲《はんい》はそれなりにあり、手近にいるノワールとて無傷ではすまないが、多少の犠牲《ぎせい》は覚悟《かくご》の上だ。

(気づいてからでは遅いですの、先輩)

赤子の笑った口が更に開きかけ。

次の瞬間《しゅんかん》、【ヘルズス・クライ】が生み出した忌み子の額に、【宵霧《よいぎり》】がざっくりと突き刺さった。そして刃先から生まれた振動が空間を揺《ゆ》らしざま、刃はそのまま真上に振り切られる。

空間自体が断絶し、【ヘルズス・クライ】もまた構成を絶たれた。呪《のろ》われた忌み子は顔を左右で分断され、半分ずつずれた笑顔を浮かべたまま、空中に霧散《むさん》する。

「――!! なんで、どうして、気づけない、絶対に気づけないのにぃぃぃっ!?」

叫んだ直後、アルスの視線を追って、ノワールはその理由に気づく。

「嘘《うそ》ッ!! 私の視線だけで……? あ、あ、ありえませんのっ!」

魔法発動の伏線《ふくせん》として肩口《かたぐち》に落とした視線が、仇《あだ》になったということなのか。

「……」

アルスからの答え合わせは一切《いっさい》なく、代わりに新たな斬撃がノワールへ襲いかかった。

肩口から斜《なな》めに入ってくる冷たい異物、肉が断たれていく感触。

「アアアアッアアアァァ！！！　いっだあああい、イダイ、いたいのおおぉぉ！！！」

思わず傷口を押さえ、掌《てのひら》に付着した血の量に、ノワールは歯を食いしばる。

フラつきながらも痛みをねじ伏《ふ》せ、錯乱《さくらん》気味に振るう大鎌も身体に染み付いた型を守り、決して単調になることはなかった。

なのに――。

「どうして、どうして当たりませんの。もう嫌《いや》ですの、私だけ痛いのはあああぁぁ。先輩も、先輩も一緒《いっしょ》に痛くならないと嫌ですのおぉぉ！　何で私だけ、私だけ、こんなに痛い……」

言葉は途切《とぎ》れ、代わりに大鎌を持つ腕の腱《けん》が、血を吹き上げながら切断された。堪《た》え切れず武器を取り落とし、バックステップして空中へ逃《のが》れた。切られた手首を押さえながらノワールは、すかさず踏み込んでくるアルスの姿を見た。

その手には、有無を言わさぬ凶悪《きょうあく》さを纏う、黒く光る刀身。彼が取っているのは、心臓を突き刺すことだけを目的とした構え。

そして切り札の魔法を破られ、大鎌を取り落とした今、もう抵抗《ていこう》する術はノワールになかった。

「イヒッ……」

まるで別人のように平静な顔になったノワールは、そっと微笑《ほほえ》んだ。そして握り込んでいた右手をそっと開く。彼女の手の中には、何かの種子のような黒い物が握られていた。

そして……小鳥の囀《さえず》りを思わせる声で、彼女は発した。

「【黄泉の黒蓮《ダーク・ロータス》】」

「――ッ」

「ヒヒッ!!」

それが弾けたのは一瞬後のことだった。煤《すす》けたような色の黒い種子に罅《ひび》が入り、中から噴《ふ》き出した赤銅色《しゃくどういろ》の煙《けむり》が、瞬《また》く間《ま》に二人を包む。

その勢いは凄《すさ》まじいものがあったが、煙はそのまま周囲に漂い、一定範囲以上に拡散することはない。

気づけば、種子から生えたとおぼしき黒い茨《いばら》が地面にたちまちのうちに根を張り、太《ふと》った蕾《つぼみ》をつけると、先程と同じく赤っぽい煙を散布し始める。

視界を覆《おお》う赤銅色の煙の中、ノワールは巧《たく》みに体勢を整え、膝をついて慣れない左手で大鎌を拾う。身体に力を入れるとその拍子《ひょうし》に煙が少し気管に入り、彼女は思わず小さく咳《せき》込《こ》んだ。

「ゴホッゴホッ……耐性《たいせい》があるとはいえ、効きますわね。ただ、先輩のほうが少しばかり痛いでしょう、けど」

【ダーク・ロータス】は、害毒の煙を発生させる種子形の魔法《まほう》だ。毒煙を媒体《ばいたい》となる魔法《まほう》殻《かく》に閉《と》じ込めた長期保存可能な魔法である。煙に含まれるのは魔力性ウイルスであり、それが体内に入り込むと相手の魔力に寄生し増殖《ぞうしょく》。そのまま血中から全身を駆《か》け巡り、体組織を破壊《はかい》する。

それと察して息を止めようにも、アルスには額の傷など、いくつかの負傷がある。そこから確実に感染《かんせん》が進んでいくはずだ。

（これは防げませんの。だって、私が先輩のことを想《おも》って、あの種に毎夜魔力と血を染み込ませてきたのですから）

【ダーク・ロータス】は、通常の魔法に起こる情報体の劣化《れっか》がなく、その分仕込《しこ》みにかなりの時間を要する。特に魔力性ウイルスを種の中で増殖させる手間はそれなりに掛《か》かるのだが、これによってAWRなどを経由せず、奇襲《きしゅう》による発動が可能になる。

「フフッ、どこですの先輩。早くドロッと黒い血を吐《は》いてください。そして、死にかけた獣のように、全身をビクビク痙攣《けいれん》させている姿を見せてくださらい、焦らしちゃイヤですの」

煙に覆われた視界の中で、アルスのシルエットを探す。まさに今、彼女は狂《くる》おしいほど焦《こ》がれていた。アルスの断末魔《だんまつま》に。その姿を目にすることに。

アルスの苦痛に歪んだ顔を思い浮かべただけで、気分が恐ろしく高まる。直に目《ま》の当りにしたら、どうなってしまうのか……今にも、奇声《きせい》を上げて達してしまいそうだ。

大鎌を拾いあげ、やがて、害毒の煙が消失しはじめると視界が戻《もど》り始めた。一定範囲内《はんいない》に解き放たれた魔力ウイルスの劣化が始まるのも、そろそろだろう。

だが……ノワールの目の前で、その煙が渦《うず》を巻き、やがて一点に集まり始める。

まるで【ダーク・ロータス】の種子から煙が噴出《ふんしゅつ》したシーンを、そのまま巻き戻しているような光景。

「————ッ!!」

逆巻く風の中心には、真っすぐに【宵霧】を掲《かか》げたアルスの姿があった。その表情は、【ダーク・ロータス】の発現前と何も変わらず、寧《むし》ろ涼《すず》しげですらある。

「なッ!!」

なんで、という言葉が口を突く前に、アルスが踏み込み、猛然と刃を突き入れてくる。

ノワールは反射的に慣れない左手で大鎌の柄を突き出し、その致命的《ちめいてき》な一突《ひと》きを防ごうとする。

驚《おどろ》きのために体勢は崩《くず》れ、慣れない左手では満足に力も入らない。ノワールはせめて目《め》一杯《いっぱい》力を込めて、来るべき衝撃《しょうげき》に備える。

まだ、間に合う。もう、これ以上の痛みは沢山《たくさん》だ。そう、特にこんな一方的な痛みは……。

その怯《おび》えが、致命的な失策となった。

「しまっ——」

アルスが振るった刃の刀身には、これまでの戦闘《せんとう》で見せた空間を断絶する魔法——【ディメンション・スラスト】——が付与《ふよ》されている。

物理的に防ぐことは不可能だ。受けとめるのではなく、最初から全力で回避するしかなかったのだ。読みを誤った——というよりも、最初から全てはアルスの掌の上で、ノワールは確実に敗着へと追い込まれ続けていたのだろう。

きっと、ノワールが回避したとしたらその時はその時で、さらに的確な一撃が繰り出されていたに違《ちが》いないのだから。

アルスの【宵霧】の刃が大鎌の柄をあっさり抉《えぐ》り散らかし、ノワールの身体を狙《ねら》い過《あやま》たず貫《つらぬ》く。

（あぁっ……！　これはこれで素敵ですの……そう、真なる頂点は世界に二人もいらないですもの。でも、少しだけ……悔《くや》しいですの）

しかし、同時にどこか胸がすくような思いもある。この瞬間、なぜか全身の痛みは遥《はる》か遠のき、恐怖も綺麗に洗い流されていた。

これから僅かばかりの走馬灯《そうまとう》でも見るのだろうか。妙に時間が引き延《の》ばされているような感覚。

死を待つ時間が、これほど長いとは思いもしなかった。それでも濃密な瞬刻《しゅんこく》の至福。温かい液体に身体を浸《つ》からせたように、何かが空っぽの己の内側を満たしていく。

歪ながらも、確かに少女に与《あた》えられた幸福感は、彼女に絶望の表情を与えなかった。

そっと目を閉じながら、ノワールは無垢《むく》な微笑を浮かべていた。

だが、短剣《たんけん》の形をした死が身体に触《ふ》れる直前、意外にもそれはピタリと動きを止めた。

「――ウッ！！！」

代わりに襲ってきたのは、左脇腹《わきばら》への凄まじい衝撃。蹴《け》り飛ばされた、と気づいた瞬間、肋骨《ろっこつ》が数本折れるバキバキという音を聞きながら、ノワールの身体は宙を飛んでいた。

ボロ人形のように二度、三度と転がった末、ノワールは無意識に身体を抱《だ》きかかえながら、無様にうずくまった。顔を地面に擦《す》りつけるようにして苦悶の声を上げる。

「ウゥゥ……あぁぁぁぁ!!　息ッ……イ、アッ……ゲホッ!?」

声どころか、ろくに呼吸すらできなかった。口端《はし》から流れ落ちる血液混じりの唾液《だえき》。苦鳴を上げて悶える彼女を、綺麗な片足立ちで重い蹴りを放った姿勢のまま、アルスは無言で見つめる。

「…………」

アルスは信じられないような気持ちだった、戸惑いすらある。自分が今、何をしたのか。フェイントのためなどではない。もはやそんな必要すらない、決定的な勝利の瞬間だったはずだ。

右手で確実に殺すつもりで放った刃が、直前で押《お》し止《とど》められた――それも自らの左手によって。

それだけではない。自らの強い殺意に反し、自らの別の意志が彼女を逃《に》がそうとしたかのように、足が自然と動いた。

当然、優《やさ》しい一押《ひとお》しなどではなく、断罪的な重く鋭い蹴りという形にはなったが、少なくとも殺すなという意志を示したのだ。

何が原因だったのか。強《し》いて言えば、深く記憶《きおく》を探《さぐ》る必要もなかった。アルス自身、今も明確に覚えているのだから。あの一瞬に見せたノワールの表情――それが、己の刃を逸《そ》らさせたのだろう――まだ【失楽園】の術中なのだろうか。

それはもはや、精神の奥底《おくそこ》まで歪みに歪んだ暗殺者の顔ではなかった。あの瞬間だけ浮かんだノワールの表情は、諦念を交えた、若く未来ある少女の寂《さび》しい微笑み。それがなぜか、アルスには知己《ちき》のテスフィアやアリスとなんら変わりないものにすら思えた。アルスと同様、彼女もまた、行きつくところまで行ってしまった者。光ある未来などあるはずもないというのに。

それが分かっていながら、アルスは殺すことを最後の最後で躊躇《ためら》ってしまった。それは自分の浅ましい願いの表れだったのかもしれない。

ただ、全ては手遅《ておく》れではないか。己も彼女も、生を引き延ばせばその分だけ、これからも誰かを殺めることが必ずあるだろう。

それでも——贖罪《しょくざい》の道がどこかにあるはずと、思ってしまったのかもしれない。もしあの刃をこの少女の身体に突きこめば、きっとアルスは、テスフィアやアリス達のいる、あの騒々《そうぞう》しい場所へと二度と戻れなくなる。なんとなく、そんな気がしたのだ。

身体の異常を確かめるように、アルスは手をおもむろに開閉させた。意味のないことだと分かっていても、これは彼《かれ》自身が選んだ——培《つちか》ってきたものから導き出された結果だということを、嫌が応にも自分は理解しなければならない。

そう思えば、どこか納得《なっとく》してしまう自分がいることに気がつく。しかし、完全に歪んでしまったノワールのような存在に対し、それがどれほどの意味があるのか。

不意に、轟雷のような罵声《ばせい》が、静寂《せいじゃく》を引き裂いた。

「ノワールッ!!　何をやってる。さっさと立って奴《やつ》を始末しろぉおっ!!」

「ウゥゥ……ハアハアハアァァ……ッ……」

大きく吹《ふ》き飛んだノワールが転がった先は、たまたま背後に控《ひか》えていたモルウェールドのすぐ近くだった。彼は憤慨《ふんがい》も露《あら》わに、つかつかとノワールの元へと歩み寄る。

「何をしている。もうお遊びは十分だ!!　お前が奴を始末すれば、それでお前が一番なのだぞ!?　そして俺は、軍部のトップに成り代われる。何もかもが上手く回り出すというのに!」

「――ッツ、ハアハア、グッ!?」

もがき苦しむノワールに、モルウェールドはヒステリックに叫ぶ。

「分かっているのか、と訊《き》いておるのだっ!!　お前が痛みなど感じるはずはない、俺がそうしたんだからな!　まったくあのクズ親ともども、わしの足を引っ張るような真似をしおってっ!」

ノワールの脇で足を振り被《かぶ》るモルウェールド。続いて上質な革靴《かわぐつ》の先端《せんたん》が、ノワールが押さえていた脇腹を抉るように突き刺した。

「ああああああああぁぁぁあっ!!　カハッ!!」

口から溢《あふ》れるようにして喀血《かっけつ》する。凄まじい激痛にノワールはグッと目を閉じ、絞《しぼ》られるように目元に溜《た》まった涙《なみだ》が、しかめた顔に押し出されるようにして頬を伝う。

二度、三度と、モルウェールドの苛立《いらだ》ちが容赦《ようしゃ》のない蹴りとなって彼女を襲う。

口から血を飛び散らせ、声にすらならない叫《さけ》びを上げる彼女の髪《かみ》を掴《つか》み、モルウェールドは強引《ごういん》に顔を上げさせた。

「あああぁぁぁ……」

「まだやれるな、ノワール？　そうだそうだ、いつものように悦んでおるだけだよな？　まったく悪い子、だっ!!」

その華奢《きゃしゃ》な身体ごと、掴んだ顔を地面に叩《たた》きつける。何度も、何度も……モルウェールドが荒《あら》い息をつき出した頃《ころ》には、もうノワールは叫ぶことすらできず、ただ口から赤い血を吐き出すだけの生ける人形となり果てていた。喉から漏れるひゅうひゅうという僅《わず》かな呼吸音だけが、風前の灯となった命の最後の息吹《いぶき》を伝えている。

「往生際《おうじょうぎわ》が悪すぎるっ！　モルウェールドッ、貴様も誇《ほこ》りあるアルファ軍人なら、弁《わきま》えろ！」

ノワールと似た年頃《としごろ》のフェリネラという娘《むすめ》を持つ身だ、無様な仲間割れだと見過ごせなくなったらしいヴィザイストが、一歩踏み出したその時。

「ハア、ハア……うぬっ⁉」

極度の興奮のためか疲労《ひろう》故か、改めてノワールを蹴りつけようとしたモルウェールドの足が宙を空振る。仕切り直しとばかり、再び足を振り上げた時。

「お……あん？」

ドスッという奇妙な振動が彼の身体を襲い、その太った体躯《たいく》が傾《かたむ》く。

驚いたように己の右肩《みぎかた》を見るモルウェールド。そこには真っ黒な刀身が深々と突き刺さっていた。

「ほッ‼　ぐ、ぐぎゃあああああぁぁぁあっ！！！」

凄まじい痛みで彼の脳裏《のうり》が埋《う》めつくされ、聞き苦しい野太い絶叫《ぜっきょう》がほとばしる。

「う、腕があああぁぁぁぁッ！」

絶え間なく流れ出る血が彼の軍服を染め上げていく。アルスの【宵霧】は肩口に埋め込《こ》まれるように深く刺さっており、この状態で腕が繋《つな》がっていることが不思議に思えるほどだ。

がっくりと膝立ちになったモルウェールドは、冷《ひ》や汗《あせ》をだらだらと流しながら、陸に上がった魚のようにパクパクと口元を蠢《うごめ》かせる。

早く肩の短剣を引き抜《ぬ》いてしまいたいが、極度の痛みとパニックに襲われてそれができない。それどころか、一ミリでも身体を動かせば新たな痛みが全身を駆け抜ける。

彼は誰《だれ》かを甚振《いたぶ》ることには慣れていたが、自分が痛みを引き受けることにはまったく無《む》頓着《とんちゃく》でここまで生きてきた男だ。ましてや、これほどの負傷を負わされることなど皆無《かいむ》だったと言ってよい。

太った身体に溜め込まれた膿《うみ》でもあるかのように、どくどくと流れ出す血液。必死でなんとか自由の利《き》く左腕《ひだりうで》で刃の上から傷口を押さえるが、まるで壊《こわ》れた蛇口《じゃぐち》に綿で蓋《ふた》をしているような有様だった。

次第に身体が冷たくなっていく。気づけば、指先に血が伝う感覚すら感じることができない。

「はぎゃあああぁぁ!!　は、早く、早く救護班を、わ、わしを早く治癒《ちゆ》しろおおぉお！！！」

「アルスッ!!」

どうしようもない下衆ではあるが、法の裁きもなしにここで殺してはまずい。立場ある身故に、そんな分別を働かせたヴィザイストが、ハッとしたように叫ぶ。だがそんな声も、アルスの意志を僅かにすら揺らすことはできなかった。

やがて【宵霧】に繋がる鎖《くさり》を追うようにして、がくがくと身体を震《ふる》わせているモルウェールドの視線が、冷え切ったアルスの視線と交わる。

「ヒィッ⁉　ま、待て。わ、わわわ、わしは何も悪くない……！　もう、な、何もしないと誓《ちか》う。だから、な？　こ、これを早く抜いてくれ、助けてくれ、な、治してくれ。ヴィ……ヴィザイスト、お前からも、早く言え！　わしを守れ、守るんだっ‼」

右腕《みぎうで》からは、全ての感覚がなくなってしまっている。もはや痛覚すらも失われたのをいいことに、形振《なりふ》り構《かま》わずモルウェールドは助けを求めた。口から唾液の泡《あわ》を飛ばしながらの必死の懇願《こんがん》だ。

もはや掛ける言葉もない、とばかり、ヴィザイストはこの惨《みじ》めな男を見つめる。

内心では彼に対する哀《あわ》れみよりも、自己嫌悪《けんお》の方が強く湧《わ》き上がってきていた。

いつかアルスが己の内に潜《ひそ》む〝本分〟を呼び起こし、この境地に至ってしまうことを、ベリックはどれほど予想していただろうか。学院に放《ほう》り込んだことで、少なくとも最悪の事態から遠ざけることはできたはずだったのだが……結局、自分は大人として、何もできなかったのかもしれない。

グッと拳《こぶし》を握りしめた直後。

「不愉快《ふゆかい》だ」

人の声とは思えぬ、ゾッとするほど冷え切った〝音〟が遠くで小さく鳴った。だが、この場の誰一人《だれひとり》として、その言葉を拾えなかった者はいない。

その殺意は全て、ただ一人の哀れな男にだけ向けられたものだったが、この場にいた者全員が思わず身構えてしまったのは仕方のないことだろう。

「――おい!!」

「やめ……ろ……」

ヴィザイストとモルウェールドが、ハッとした表情で同時にアルスへと顔を向ける。二人が見たものは魔法ではなかったが、それだけに愚物《ぐぶつ》であるモルウェールドにも明確に伝わる。彼の無意識の拒絶《きょぜつ》が、震える唇からそのまま嘆願《たんがん》の言葉としてこぼれ出た。

アルスの手元で大きく波打つ鎖、それは死への宣告だ。

鎖に流《なが》し込まれようとしているのは、膨大《ぼうだい》な魔力。それがモルウェールドの肩に食《く》い込んだ【宵霧】に伝われば、どうなるか。刃は容易《たやす》く脂肪《しぼう》に包まれた肉を食いちぎり、その身体は持ち主の生命ごと、無残に張り裂けるだろう。

ビリビリと傷口を抉《こ》じ開けるような振動が徐々《じょじょ》に強くなり、ぐあっ、と小さくモルウェールドが呻《うめ》く。

恐怖で震える歯をガチガチと鳴らしつつ、モルウェールドはぐっと全身を強張《こわば》らせながら目を瞑《つぶ》る。その瞬間を待つことの恐ろしさは、今や彼の中で極限まで達した。

最上の後悔《こうかい》とは、常に最悪の状況になって初めて得られるものだ。この時、この傲岸不遜《ごうがんふそん》な男は生まれて初めて、己の軽率《けいそつ》な行いを心から悔《く》い、死にたくないと真摯《しんし》に神に祈《いの》った。

だが——。

一瞬後、容赦なく魔力《まりょく》の波動が鎖に伝わり、ジャラジャラと揺れる鎖の環《かん》の音が、順を追って鳴り響《ひび》いた。

そのうねりが【宵霧】の刃に伝わるのと同時……巨大な人影《ひとかげ》がさっとモルウェールドの傍《かたわ》らに滑《すべ》り込んでくる。

見れば、腰《こし》を落として右手に力を溜めたヴィザイストが、素早《すばや》く鎖の一点に拳を放っていた。

魔力を伴《ともな》うその衝撃によって鎖を伝う死の波動は押しとどめられ、同時に【宵霧】がモルウェールドの肩口から離《はな》れ、宙を舞《ま》った。

そのままヴィザイストの岩のような拳が鎖を掴み取って、轟《とどろ》くような一喝《いっかつ》が空気を震わせる。

「そこまでだ!!」

この無茶《むちゃ》に脇腹の傷が少し開き、ヴィザイストはグッと奥歯《おくば》を噛《か》んだが、一度大きく息を吐き出すと、淡々《たんたん》とアルスに言った。

「今はまだダメだ。アルファの魔法師であるお前が、ここでコイツを殺すのはな。忘れるな、お前はまだ半分軍人なんだ。上官への反逆行動とあれば、俺も見過ごすことはできなくなる。堪えろ、アルス」

「……」

無言のアルスに対し、ヴィザイストは軽く立てた片手の親指を反らせて、モルウェールドを改めて指し示す。

「安心しろ、こいつに関してはこちらも動いている。なんにせよ今回の一件は決定的だ。……ハンッ、気絶したか？　肝《きも》っ玉《たま》の小さい奴だ」

呆《あき》れたような表情とともに、ヴィザイストはちらりと視線を森の片隅《かたすみ》に走らせる。

「アルス、それはそうと今回は、〝あいつら〟にちょっと手の内を見せすぎたぞ。お前らしくもないミスをしたものだ。ここは一先《ひとま》ず引け。後は俺と部下がなんとかする」

その言葉で、アルスの瞳《ひとみ》に光が戻ってくる。それを確かめてから、ヴィザイストは掴んだ鎖ごと【宵霧】をアルスに投《な》げ渡《わた》す。

アルスが無言でそれを腰に吊《つ》った鞘《さや》に収めると同時、凍《こお》りついたようだった周囲の時間が、再び流れ出した。

「ん？　この娘、まだ息があるな。処置によっては……」

痛む脇腹を押さえつつ、ヴィザイストはノワールの方を見ながら言った。

任せる、とでもいうようなアルスの視線を確認《かくにん》し、ヴィザイストはノワールの状態を調べ始める。見たところ、傍らでみっともなく気絶しているモルウェールドの暴行によって折られた肋骨が、内臓を傷つけているようだった。治癒術については専門家ではないが、どう見ても一刻を争う事態だろう。

ヴィザイストが小さく唸《うな》り、いかつい顔に皺《しわ》を寄せる。彼が一応呼んでおいた諜報部隊《ちょうほうぶたい》の者達も、もうじき現場に駆けつけてくるはずだった。

◇　◇　◇

【宵霧】が鞘に収められる時に立てる微《かす》かな音を、アルスは己の動作によるものではないかのように、どこか遠い気分で聞いていた。同時、スッと意識がクールダウンされていくように、戦闘の熱が冷めていく。そしてまもなく、己の中の全てが〝元通り〟になった。

どうにも落ち着かない気分で、アルスは改めてそっと周囲を確認する。

(見せすぎた、か……なるほど)

それは、フローゼやテスフィアたちに、ということではない。一部始終を誰かが観察していた、ということ。そして先程《さきほど》のヴィザイストの視線や態度が、この招かれざる観察者が油断ならぬ相手であることを物語っている。

（モルウェールドの苦境を放置していたんだ、あいつの部下やクルーエルサイスの人間じゃないだろうな。かといって、ヴィザイスト卿《きょう》の様子だとウームリュイナの手の者でもなさげだった。だとすれば一体？　いや、そもそも【テンブラム】の最中から、ということもありえるか……？）

アルスがそんな風に考え始めた途端《とたん》、察したように、ふっと観察者の気配が消える。その引き際の鮮《あざ》やかさからしても、やはり普通《ふつう》の相手ではないように思われた。

（ちっ、確かにミスったかもしれないな）

通常ならありえないことだが、今回は戦闘ばかりに意識を集中し過ぎてしまったようだ。ワサワサと後《うし》ろ髪《がみ》を掻《か》くと、アルスは黙って立っているロキに「大丈夫《だいじょうぶ》だ、行くぞ」と声をかけた。どうも解明できない後味の悪さだけが残った。

いつもの彼女《かのじょ》ならば戦闘が終わるやすぐ隣《となり》に来るはずだが、ロキはアルスが声をかけるまで、ずっとテスフィアの傍《そば》にいた。

二人は揃《そろ》って、一部始終を見ていたのだ。もっともテスフィアがモルウェールドの関与《かんよ》に気づいたのは、ノワールとの一戦が終わった後だったが。

テスフィアがハッとしたように、いつの間にか流れていた涙を袖で拭《ぬぐ》い取る横で、ロキは自らの心を落ち着かせようとするかのように、大きく深呼吸をしてから静かに言った。

「テスフィアさん、これでお分かりになったでしょう？　あなたが、何の覚悟もなくアルス様の傍に居続けられるのはここまでです。そもそも、世界が違うんです。だから……もう」

続く言葉は、自然と曖昧なものになった。

何となく、ロキにはその決定的な一言を口に出すことができなかったのだ。

そもそもテスフィアはアリスともども、すでにアルスから多くのことを学んでいる身だ。世間一般《いっぱん》の弟子《でし》という関係ではないにせよ、もはや少なからず縁《えん》があるとも言えるのだ。

だが、テスフィアがただの教え子という立場から、更に一歩踏み込んでこようとするならば、そこには越《こ》えなければならない一線がある。彼女は何よりも、アルスのことをより深く知らなければならない。その結果、彼女がどれほど深い衝撃を受け、成長の痛みとともに世界の闇《やみ》を知ることになったとしても。

だが、以前のロキならば、先程の一言を曖昧にすることすらなかったはずだ。もうアルスの傍に立つな、その一言を確実に冷徹《れいてつ》にテスフィアに言い渡せていたはずなのだから。

そんな確信が、ロキにはあった。自分は以前まで、無知で無邪気な彼女たちとアルスの間を厳格に線引きし規定する、この上なく忠実な従者かつ裁定者であったはずなのだ。

だが、もはやそうではなくなってしまったことを、ロキは改めて自覚する。

【テンブラム】のためにフェーヴェル邸《てい》に滞在《たいざい》する間、それとなく悟《さと》ってしまったのだから。彼に時折向けられるテスフィアの表情は、おそらくロキ自身が抱く感情と、酷似《こくじ》したものを内に秘《ひ》めた少女のそれだったから。

だからこそ、もしテスフィアが彼に僅かでも恋心《こいごころ》を抱いているというのなら、同じく邪《よこしま》な人間にすぎない自分は止められない。止める資格もない。寧ろ彼を深く知る理解者が一人でも増えるというなら、自分はそれを歓迎《かんげい》すべきなのかもしれないのだ。

それでも今は、いつもよりずっと弱々しく見えるこの赤毛の少女に、あえていうべき一言があった。迷いに迷った末、最後の一歩を踏み出せなかった者にも、それなりに残されている幸福があるべきだから。

「では、テスフィアさん、さ、さ、よ、う、な、ら」

「…………」

やや他人行儀《ぎょうぎ》なそんな別離《べつり》の言葉に、テスフィアは何も返すことができなかった。今、己《おのれ》が言うべきこと、取りたい行動は分かっているのに、先程脳裏《さきほどのうり》に焼き付けられた凄惨《せいさん》な悪夢が、その意志を塗《ぬ》り潰《つぶ》していく。

　そしてロキがアルスの元へと駆け去っていくのを、テスフィアはただただ見守る。それから彼女は全ての力を失うと、がくりと膝から崩れた。今更《いまさら》のように駆けつけ、背後から「お嬢様《じょうさま》？」と気遣《きづか》わしげに問うミナシャやテレシアらの声が、今は遠く聞こえる。

「ハァハァ……うっ……」

　悪寒《おかん》がそのまま気持ちの悪い塊となり、胸からせり上がってきた。口元から迸《ほとばし》りそうになるのを無理やりに掌で押さえつけ、テスフィアは思わず蹲《うずくま》る。ただ、絶対にそれらを己の内から吐き出して、楽になることはしない。真っ青な顔で、何故《なぜ》かそれだけは意地でも拒《こば》んだ。

　所詮《しょせん》、ささやかな抵抗なのだろう。何をしようとも今更だというのも分かっている。けれどもそうすることで失ってしまうものは、捨て去られてしまうものは、きっと絶対に胸にわだかまる不快な悪寒だけではない。

　そうなればきっと自分は、二度と自分を許すことができないだろう。

　ロキが言外に放った拒絶の意味が、嫌でも脳裏にこびり付いて離れない。まさにその通りだったからだ。拒絶こそが、一度は目を背《そむ》けたことこそが、自分を今、苦しめている感情の元凶《げんきょう》だ。

　分かっている。分かっているのだ。それが己自身への背信行為《こうい》だと。見たいものだけ見て、見たくないものは拒むのが、人の常であると理解はしていても。

結局己は、与えられた平和にのうのうと浴しているだけのお粗末《そまつ》な人間だったのだ。世界の重要な秘密の半分を知ってなお、仮初《かりそ》めの鳥籠《とりかご》の中から飛び立つことができない愚《おろ》かな雛《ひな》。

思えば彼と過ごした日々は、充実《じゅうじつ》していた。満たされていたのだ。共に困難に立ち向かい、過酷《かこく》な世界の中で手を取り合えていると思っていた。しかし、そんなことは彼という存在を真実《ほんとう》の意味で知る上で、些細《ささい》なパズルの一欠けらに過ぎなかったのだろう。

何をもって彼があんな風に無感情に人を殺せるのか。自ら引き起こした殺戮《さつりく》の嵐《あらし》の中に、平然と立っていられるのか。理解できない。到底《とうてい》理解が及《およ》ぶところではない。それでも、きっとそれが彼の全てではないはずだ。学院でこの目に映っていた彼の顔が、結局はその全てではなかったように。

今、テスフィアは何よりも悔しかった。ようやく自覚した己の薄《うす》っぺらい恋心など、いっそ自嘲《じちょう》とともに無茶苦茶《むちゃくちゃ》に踏《ふ》みにじってしまいたいほどに。

目尻《めじり》に溜まった涙が視界を歪《ゆが》ませ、テスフィアは遠くに立つ少年の姿を、朧《おぼろ》げに見た。

去り際に、そっとこちらを一瞥《いちべつ》した彼は、どこか物悲しそうにも見える。だがもはや、彼はテスフィアに何も言葉を掛けないだろう。

それもそうだ——彼自身、こんな世界で闇を知らず無垢でいられる幸せを何より知っているのだから。彼女がそうできるならそれが一番だとアルスが考えていることを、テスフィアは今、何よりもはっきり悟っていた。

だからこそテスフィアがこの先、彼と行く道を違えたとしても、誰も咎《とが》めないはずだ。それは当然の権利であり、きっと普通の人間としても正しい在り方なのだ。

しかし——。

テスフィアは蹲った姿勢のまま、震える手で地面を掴んだ。爪《つめ》に泥《どろ》が潜《もぐ》り込もうと気にせずに、土ごとぎゅっと握《にぎ》りしめる。

（どれだけっ……情けないの……!? 本当に私、自分が、自分で……）

これまで、アルスの何を知った気でいたのか。彼の抱《かか》えるもののほんの一端《いったん》を目にしただけで、この有様だ。つくづく自分が矮小《わいしょう》な人間に見えてくる。

胸のいろんな想いが混ざり合い、息もできない。胸から溢れ出す後悔は、熱い涙となって頬《ほお》を伝った。それは無垢という名の原罪、自分は世界の姿を真に知ろうとしなかった咎《とが》人《にん》だ。

去っていく背中を追いかけることも、手を伸ばすことさえも、もはや彼女には許されなかった。

第104章　「変化の向こう」

アルスが去り、ロキが彼に影《かげ》のように付き従っていく。それを見届けた後、ヴィザイストは大きな溜め息《いき》をついた。ドッと疲労が押し寄せてくるが、開いた傷口などはすでにどうでもよくなっていた。結果だけを見れば、最悪の事態は避《さ》けることができたのだから。

とはいえ問題は山積みとなっているが、これから少しずつ対応していくしかないだろう。

モルウェールドもだが、まずは重要な証人となり得るノワールという少女に死なれる訳にはいかない。

「部下や皆《みな》の手を借りてどこかに運《はこ》び込む前に、応急処置が必要だな。そうだ、ミルトリアの婆《ばあ》さんなら、治《ち》癒《ゆ》魔《ま》法《ほう》の一つも……」

と言いかけて、ヴィザイストが返事の代わりに飛んできた殺気に思わず肩《かた》を竦《すく》める。

「あっ！　いやっ……」

「誰が婆さんだって？　まったく口の利き方《かた》には気を付けるもんだわさ」

「こ、これは失礼。その、豊富な経験をお持ちではないかと思ったもので」

頬を引き攣《つ》らせて詫《わ》びるヴィザイストだったが、ミルトリアが小さく鼻を鳴らし杖《つえ》を手に歩み寄ってきたことで、一先ず機嫌《きげん》が鎮《しず》まったことを悟る。というよりも、その後の様子を見るに、元より本気の怒《いか》りを買ったわけではないようだ。せいぜい無礼な若造をちょっとからかってみせた、というところだろうか。

「私だって治癒魔法師じゃないんだわさ。その辺りは期待するだけ無駄《むだ》だよ。とはいえ、手を尽《つ》くしてはみるがね」

「よろしくお願い申し上げる」

恐縮《きょうしゅく》しきって頭を下げるヴィザイスト。なおもぶつぶつ言いながら、ミルトリアはまずは息も絶え絶えなノワールに近づき、それからジロリと気絶しているモルウェールドを一瞥し、吐き捨てるように言った。

「とはいえ、まずはこっちの娘っ子が優先だわさ。私も、いけ好かんクズ男に魔力を使ってやるほどお人好《ひとよ》しじゃないんでね。そっちの阿呆《あほう》は、死んだら死んだで諦《あきら》めな」

「そ、それはそれで困るというか……」

「知ったこっちゃないわさ。嫌《いや》なら一切《いっさい》手は貸さない。どうする？」

「しょ、承知しました。それで構いません、どうぞ宜《よろ》しく」

モルウェールドは止血さえすればまだ何とかなる可能性があると踏んで、ヴィザイストは巨体《きょたい》を折り曲げるようにして、小柄《こがら》な老女であるミルトリアに頭を下げる。

ぞんざいに頷くと、ミルトリアはおもむろにノワールの具合を診《み》始めた。

「こりゃ、まずいね。腱《けん》の接合も急いだほうがいい、これだから、闇系統の術者は手がかかるんだわさ」

「と、いいますと？」

「光と闇の二極系統《エレメント》の適性保持者は、あまりに体質が特殊《とくしゅ》だ。魔力とそれを含《ふく》む血液、ひいてはそれらが行き渡ってる身体全体が、他者の魔法の影響《えいきょう》を受けにくいんだわさ。で、治癒魔法なんてのは、たいてい外部からの働きかけで傷を治すもんだからね」

ノワールの脇腹に添えられたミルトリアの手からゆっくりと魔力が流し込まれていくが、彼女の言葉通り、その流入は遅々《ちち》として進まないようだった。

それを感じ取り、老婆《ろうば》の眉間《みけん》に皺が寄る。

「こりゃあ、応急処置にすらならないかもしれないよ。たぶん内臓だけじゃなく肺も傷ついてるね。あのアルスという小僧《こぞう》は、あれでちっとは手加減していたようだが、そっちの豚野郎《ぶたやろう》のおかげで、全部しっちゃかめっちゃかだわさ」

「もうすぐ、フローゼとセルバ殿《どの》が呼びに行ってくれた救護の者が到着《とうちゃく》します。それまで、なんとか保たせていただきたいが」

「あんたも図体《ずうたい》に似合わず繊細《せんさい》な魔法《まほう》を使うんだ、少しは手伝いな！」

「いや、俺は治癒術の方はさっぱりで……」

「魔力ぐらいは当てられるだろ。娘っ子から見て私の反対側に着いて、魔力の反発を逸らすんだわさ。気休めにはなるさね」

ヴィザイストはすぐさまその言葉に従い、恐《おそ》る恐る逆側から、ノワールの身体に手を当てる。

そもそも身体に入ってきた異なる魔力に対しては、異物として身体が反発を示すのが一《いっ》般的《ぱんてき》なのだが、ノワールは闇系統であるため、それが特に激しいのだ。これは先程ミルトリアが言った通りだが、そんな体内の魔力反発をなだめすかし、丸《まる》め込むようにして練った魔力を注ぐのだから、その匙加減《さじかげん》は困難を極《きわ》める。

だが、ミルトリアはヴィザイストの力を借りているとはいえ、それを見事に成《な》し遂《と》げていた。そもそも魔力操作に長《た》けた彼女のことだ、これもその研究成果の一つなのかもしれない。

「ふぅ、これで気道の確保はなんとかなったわさ。ただ、いい加減くたびれちまったんでね。そっちの豚《ぶた》までは手が回らなさそうだよ」

「いえ、十分です。なんとか間に合ったようですよ」

ヴィザイストが安堵《あんど》したように言う。ここで駆《か》けつけてきたのは、フローゼとセルバが手配した治癒魔法師の精鋭《せいえい》チームだった。

メンバーは合計で五名、中にはレティの部隊に同行したことがあるほどの実力者もおり、ヴィザイストも一旦《いったん》胸を撫《な》で下ろす。ウームリュイナ家だけでなくフェーヴェル家の手回しもあり、【テンブラム】で万が一の事故があった時のために備えて待機していたようだが、それが幸いしたと言える。

彼らはすぐさまミルトリアと交代し、その場で即座《そくざ》に救急治療室《ちりょうしつ》めいたテント施設《しせつ》の形を整えると、万事《ばんじ》を迅速《じんそく》に処置していく。その合間に、一人がヴィザイストの腹の傷にも軽い治癒魔法を施《ほどこ》してくれたが、彼は寧《むし》ろこの後の処理のことで頭が痛いくらいだった。

「俺の部下達《たち》もようやく到着した、ベリックへの報告とここの後始末は、こっちで請《う》け負う。代わりにフローゼ、そっちは政治的な処理を頼《たの》む」

「分かったわ。元はと言えば【テンブラム】の当事者であるフェーヴェル家が動くべきでしょうから。見物に来ていた貴族達にも、情報の漏洩《ろうえい》は元より、余計な真似は一切させないようにできるだけ釘《くぎ》を刺《さ》しておくわ」

無論、内地で起こった事件故に、いずれは治安部隊とも連携《れんけい》して事態収拾《しゅうしゅう》に当たらなければならないだろう。

（参ったな。モルウェールドが目覚めたら、いろいろと調べねばならんこともあるし……）

そもそも、これだけの数の死体と血の海を片付けるのは、いかに隠蔽《いんぺい》工作に手慣れた部下達でも、かなり骨が折れることだろう。

次いで、ようやく呼吸が安定してきたらしいノワールにちらりと視線を走らせ、ヴィザイストは顔をしかめた。

（しかし、この娘……よもや、とっくに片がついたはずの魔法師育成プログラムの関係者とはな。旧世代の悪弊《あくへい》がつくづく祟《たた》るものだ）

風系統の使い手であるとともに優《すぐ》れた諜報員《ちょうほういん》でもあるヴィザイストは、アルスとロキの会話をしっかりと耳に入れていたのだ。

（そもそもあのプログラムの参加者には、ごく一部を除き全員に何かしら救済措置《そち》が取られたはずだが。もしかすると、その辺にモルウェールドが一枚噛んでいたか）

だが、何も悲観的な要素ばかりではない。全てが明るみに出ればモルウェールドの失脚《しっきゃく》は免《まぬ》れず、そうなれば軍部に今も巣食う貴族派は、中核《ちゅうかく》を失って完全崩壊《ほうかい》するはずだ。

「まずは、魔法師育成プログラムを全て洗うぞ」

独白のように呟《つぶや》かれたその命令は、周囲に控える諜報部隊員らの耳に、しっかりと届いていた。

そしてヴィザイストは息子《むすこ》同然のアルスが去った場所を心配げな目で追った。

◇　◇　◇

やがて、一週間が経《た》ち――。

泥の中に沈《しず》んでいたかのようなまどろみから醒《さ》め、少女は閉じたままの瞼《まぶた》を通して、薄っすらと光の気配を感じた。だが、目が覚めれば自然に開くはずの瞼がやけに重たく、まるで皮ごとくっついてしまったかのようだった。

なんとか眼を開いた途端、強烈《きょうれつ》な光がチカチカと飛び込んでくる。やがて痛いようなその刺激《しげき》に、脳が活性化されていった。

ようやく目の焦点《しょうてん》が合い、ただただ真っ白い部屋の壁《かべ》がぼんやりと視認《しにん》されてくる。起きたばかりだというのに、全身が酷《ひど》く疲《つか》れ切っているように気だるい。

「やっと目覚めたか」

鼓膜《こまく》を叩いた重い言葉に、少女はなんとか苦労して意識を向ける。どうやら自分は仰向《あおむ》けに寝《ね》ているようだったが、顔は何かに固定されているのか、一切動かすことができない。腕《うで》には点滴《てんてき》針が、口中にはマウスピースのような異物が入っており、呼吸以外が許されないようだった。

「意識はしっかりとしているか？　お前が何をしたのか覚えているな」

意識の混濁《こんだく》も記憶《きおく》の欠如《けつじょ》もないことを確認する声。その壮年《そうねん》らしい男の言葉に従って、ノワールは視線だけで小さく頷いた。

同時、彼女は限界まで視線を下に向ける。そこに微かに飛び込んできた厚手の衣類《いるい》の様子から察するに、自分はベッドの上で、拘束《こうそく》着を着させられているようだった。

「ノワール・ヴァリス・ウード。ウード家の一人娘《ひとりむすめ》で間違《まちが》いないな？」

確かに自分の名前だ。

だが、男によって再び繰《く》り返されるまで、どうにもピンと来ないほどだった。彼女にとって名前など、個々を区別するための識別信号に他ならない。だというのにそこに含まれた「ウード家」という単語だけは、妙《みょう》に胸をざわめかせた。

それは家名だ。だとすれば当然のことながら、彼女にも親がいるということだ。たったそれだけのことなのに、何故かずきりと胸の奥《おく》が痛む。

その痛みにしばし堪《た》えた後、全てを諦めたように、ノワールは白い天井《てんじょう》だけを見つめて頷いた。

もはやこの現状に、ノワール自身一切《いっさい》抗《あらが》うつもりはなかった。一番新しい記憶を遡《さかのぼ》れば、顔を顰《しか》めてしまいそうな激痛が思い起こされるばかりなのだ。

甘美《かんび》な時間だったはずのアルスとの戦いも、今はどこか遠くに感じられた。

やがて立ち上がったのだろう質問者の男が、静かにベッドに近づく気配があった。覆《おお》いかぶさるような巨体がノワールの視界に入り、そっと影を落とす。

それはかつて、あの邸の庭で、彼女が取り逃《に》がした人物だった。

「そのままじゃ、話しづらいだろう」

声と同時にゴツゴツとした手が降りてきて、頭を固定していた板のような拘束具が取り外される。そして器用に口元へと伸《の》びた指が口の中へと侵入《しんにゅう》し、糸を引くマウスピースを巧《たく》みに抜き出した。

「ヴィザイスト・ソカレント……」

呟かれた声には反応せず、ヴィザイストはおもむろに元の場所に戻《もど》り、再び椅子《いす》に腰掛《こしか》けた。

これで首を曲げることまではできるようになったはずだが、ノワールは天井を見つめたままだった。それは単に、まだ首に力が入らないせいかもしれなかったが、ヴィザイストにはそれを確かめる術はなかった。

「正直、あなたがあの傷で生きていたのには驚《おどろ》いていますの」

ふと、彼女の不思議な色の目だけがヴィザイストに向けられ、顔に薄笑《うすわら》いが浮《う》かぶ。

「頑丈《がんじょう》さだけが取り柄《え》なもんでな。さて……」

「モルウェールド閣下は……」

ヴィザイストの言葉を遮《さえぎ》って、ポツリと無感情にノワールは問いかけた。

それは、彼《かれ》がどこかで予想していたことだった。この少女の異常とも呼べる精神状態や言動からして、モルウェールドへの歪んだ忠誠心がアイデンティティーの根幹にあるだろうことは、およそ間違いなかったからだ。

一瞬《いっしゅん》言葉を詰《つ》まらせたヴィザイストは、あくまで淡々と告げる。

「お前はずっと寝ていたんだ。悪いが、命に別状がなくなった段階で、治療《ちりょう》は最低限に止めてもらっている。無理に暴れようとすれば、身体が悪化するだけだぞ？　だが安心しろ、一通りこちらの質問に答えてさえくれれば、すぐにでも治療を再開すると約束する」

「そんなことはどうでもいいですの。それより、閣下も私と同じように？」

「あぁ、隣の部屋にいる」

「そうです、の。で、閣下は全てを？」

「ああ、吐《は》いたさ」

モルウェールドが私兵を率いて暴走し、アルスの殺害のみならず、その場に来合わせたヴィザイスト、フローゼらの口封《くちふう》じまで図《はか》ったという事実は、非常に重く見られて徹底的《てっていてき》な捜査《そうさ》が行われた。

結果、これまでの彼の暗躍《あんやく》を裏付ける証拠《しょうこ》の数々や裏金の私的流用、違法《いほう》薬物精製に関与した証拠までも出てきた。罪状だけでもいくつ付くことか分からないほどだ。

当然、隠《かく》し部屋にあった拷問施設《ごうもんしせつ》も発見されている。壁や床《ゆか》にこびり付いた夥《おびただ》しい数の血痕《けっこん》は、積み重ねた彼の罪と後ろ暗い奇癖《きへき》の証拠の如く、何度も重ね塗られたように黒く変色していた。

それだけでもモルウェールドを捕《とら》える理由には十分だったが、其《そ》れとは別に、極めつけの悪事が一つあった。

「そこで、まずは一つ。寝つきが悪くなりそうで済まんが、真っ先にお前に教えておくことがある」

「今更、何を告げられても、構いはしませんの」

ぼんやりと虚《うつ》ろな瞳のまま、少女の口だけが動いて投げやりな返事を送ってくる。正直あまり愉快《ゆかい》な役割ではないが、この少女に施された洗脳とでも呼ぶべき主への依存性《いぞんせい》を引き剥《は》がすためには、多少の荒療治《あらりょうじ》はやむを得ない、とヴィザイストは腹を括《くく》った。

「八年前、ウード夫妻の身に起きた不審《ふしん》な事故。それに、モルウェールドが関与している可能性がある。かなり前のことだけに、まだ決定的な証拠は発見できていないが」

「………」

ヴィザイストは、表情を変えずに天井を見つめているノワールに対し、ぽつりぽつりとその後のことを語り始めた。

ウード家は小さいながらも爵位《しゃくい》を持ち、ノワールの父は軍人で、しかもモルウェールドの補佐官であった。だがある晩、ウード夫妻は貴族間の懇親会《こんしんかい》の帰り道、強盗《ごうとう》に襲《おそ》われた。夫は妻を庇《かば》おうとしたが果たせず、結局は二人とも凶刃《きょうじん》に倒《たお》れたという。

事件は一見金品目的にも思えたが、それは偽装《ぎそう》の可能性があった。具体的にはノワールの父がモルウェールドの裏帳簿《ちょうぼ》に気づき、それを同僚《どうりょう》に相談したことが引き金になった疑いがある、ということを、ヴィザイストは淡々と語って聞かせた。

そして一通りのことを話し終えた時、ノワールはただ一言だけ呟いた。

「それで？　だって、決定的な証拠もないのですよね？」

「………！」

両親が意図的に抹殺《まっさつ》されたかもしれない。しかもそれがモルウェールドの指示による可能性があると伝えられてなお、ノワールの瞳はどんな感情の色も映していないようだった。いや……そのように見えた。

ヴィザイストは、思わずそっと目を閉じる。ぶつけどころのない熱い怒りが湧き上がってくると同時に、それを押《お》し包み冷ますかのような少女への憐憫《れんびん》の情が混ざり合う。思えばこの少女は、彼の愛娘《まなむすめ》たるフェリネラと、本当にそう変わらない程度の年齢《ねんれい》なのだ。

心を落ち着けるためにも、一度ヴィザイストは大きく息を吐き出した。

「まだ身体も万全《ばんぜん》ではないようだ。今日は、ここまでにしておこう。もう少し寝ておけ、明日からは事情聴取《ちょうしゅ》が朝から晩まで続くはずだ」

「…………」

「それと、首についている装置は魔力の発動を感知する。万が一、逃亡《とうぼう》を図ろうとすれば神経麻酔《ますい》が体内に注入される仕組みだ」

首についた黒い首輪を確認すらせずにノワールは「分かってますの」とだけ答えた。

やがて椅子を立ち、部屋の扉《とびら》に出入り用の個人認証《にんしょう》コードを入力しざま、ヴィザイストはふと振《ふ》り返って告げる。

「そうだ、忘れるところだった。アルスからの伝言だ。『俺一人の首ならいつでも取りに来い』だと」

背中を向けたまま、返答を期待しない言葉だけを放り、ヴィザイストはそっと出ていった。

ガチャッと扉の施錠《せじょう》音が部屋に鳴り響く。室内の明かりが全て消灯して真っ暗になった室内で、ノワールは未《いま》だ天井を見つめ続けていた。

それからそっと目を閉じ、呼吸音すら最低限に整えて、全身の神経を研《と》ぎ澄《す》ます。遠ざかっていく足音を捉《とら》え、やがて周囲に人の気配が絶えたことをしっかりと確かめる。

この場所が地上なのか地下なのかすら分からない状況《じょうきょう》で、ノワールは静かな笑《え》みをこぼした。それからおもむろに身じろぎを一つ。

たちまち、まるで蛇身と化したかのように少女の身体が柔《やわ》らかくしなり、手足の関節が奇妙《きみょう》な音を立てて外れていく。

(――甘《あま》い。監視《かんし》カメラも付けず、この程度の処置で拘束したつもりですって？　フフッ、なんで殺しておかないのか理解に苦しみますの。ご丁寧《ていねい》に治癒《ちゆ》まで施してくれて……ンンッ⁉)

だが、少し強く身体をよじった直後に脇腹《わきばら》に刃《やいば》を刺しこむような痛みがあり、ノワールは唇《くちびる》を噛んで堪える。やはり痛覚は戻っていた。

やがて、震《ふる》える喉《のど》で熱の籠《こ》もった息をゆっくりと吐き出す。

次いで、ガリガリと骨が可動限界を超《こ》えて擦《す》れるような音と振動《しんどう》が体内に広がっていく。

指先から発した微量《びりょう》の魔力を可能な限り細く束ね、まさに髪《かみ》一本程度の極度に細い針のように形成した魔力の鑢《やすり》。見た目に似合わぬ強靭《きょうじん》さを持つそれを使って、ノワールは慎重《しんちょう》に拘束具に切り込《こ》みを入れていく。これは暗殺者として彼女が密《ひそ》かに仕込《しこ》まれたものだったが、並みの才能では不可能な技ではある。

視線で油断なくチェックしているが、首輪は未だ反応を示さない。それもそのはず、この程度ならば、魔法師なら誰《だれ》もが体外に自然と漏《も》れ出させている微量に過ぎない。

ごく非力な魔法を発現させるのに必要な魔力にすら及ばないため、首輪のセンサーには引っかからずに済むだろう、と予想した通りだ。

やがてノワールは這《は》い出るようにして拘束具から抜《ぬ》けると、薄手《うすで》の患者衣《かんじゃい》のまま、壁沿いに覚束《おぼつか》ない足取りで扉まで歩く。

そして認証コードを入力するタッチパネルに触《ふ》れ、そっと指を動かし始める。ベッド脇《わき》のガラスコップに映ったヴィザイストの指の動きを盗み見ていたノワールにとって、扉のロックを外すことなど造作もなかった。

やがて音もなく扉がスライドして出口が開く。通路の照明すらも完全に落ちていたが、闇系統を持ち暗殺を生業とするノワールにとっては、なんとか視界の利《き》く薄闇《うすやみ》という程度。

――誰もいない。

疑問を差し挟《はさ》む余地もなく、すぐさま壁沿いに隣の部屋へと向かう。一歩一歩、壁にもたれつつ、痛みを噛み殺しながら足を動かしていく。その度に何かが脳を直接ノックするかのように記憶の扉を叩《たた》いてくる。

（――親なんて忘れた。何を今更、最初からいないのと同じ。私はずっと一人で、閣下に拾われて育てられてきた。いや……そう、信《しん》じ込まされていた？　いいえ、絶対に違《ちが》う！）

これまで信じていた事実と先程ヴィザイストに聞かされた内容との違和感《いわかん》に、ズキリと頭が痛みを訴《うった》え始める。考えなくてもいいことが次々に蘇《よみがえ》ってくる。ノワールは雑念を払《はら》うように何度も頭を振った。もう、脳味噌《のうみそ》がぐちゃぐちゃになってしまいそうだった。

余計なことを考えてはいけない。いつものように、これまで生きてきたように、何者も思考に侵入させてはいけないのだ。

「早く、閣下をお助けしないと……」

まもなく辿《たど》り着いた隣の部屋の外壁《がいへき》には、やはり同じような認証パネルが付いている。傍のランプは、施錠中を示す赤だ。

強引《ごういん》にでも破壊《はかい》し、主を救出すべきか逡巡《しゅんじゅん》するも、一先ずヴィザイストが使っていたのと同じ認証コードを試《ため》してみた。

どんな幸運か――すぐに赤いランプが解錠《かいじょう》を示す青へと切り替《か》わり、ノワールは胸を撫で下ろした。

計画などない。ただ、頭に刷《す》り込まれたように、モルウェールドを逃がすことだけが全てに優先している。

開いた扉から、室内をそっと覗《のぞ》き見る。闇に慣れた目で、自分がいた場所とほとんど変わりないことを確認すると、隅《すみ》のベッドの上へと視線を移す。

そこにはちょうど人間の大人サイズの盛り上がりがあったが、そこに横たわっている人物は、ノワールのような拘束着は着ていない。それどころか、彼には柔らかな掛《か》け布団《ぶとん》まで掛かっていた。そこからはみ出た肉付きのよい手の指には、見覚えのある指輪が嵌《は》められている。

「閣下？」

声を潜《ひそ》めて問いかけるが、返答はない。未だ眠《ねむ》っているのか？　ノワールはよろよろとベッドに近づき、慎重に手を伸ばす。それから顔の造作を確かめようとするように、そっと頬や顎《あご》に手を這わせていった。

「アハッ。閣下――」

ふとノワールの視線が下に落ち、足先に触れたものを見つめる。それは、彼が着用していた高級な靴《くつ》だった。なぜ、そんなものがそこに置いてあるのかは分からなかった。大方、うかつな看護師が脱《ぬ》がせたついでに置き忘れでもしたのだろうか。そのつややかな表面には、今や暗紅色の血がこびりついている。

そのかすかな血の匂《にお》いが鼻を突《つ》いた拍子《ひょうし》に、ふと脳裏《のうり》に響《ひび》いた声があった。

それこそ、この傲慢《ごうまん》な男ならいかにも口にしそうなありふれた言葉。だがそれを耳にした途端……他ならぬ彼にさんざんに蹴《け》り飛ばされて息も絶え絶えになったあの瞬間《しゅんかん》、遠くに聞こえていた彼の怒声《どせい》が、はっきりとノワールの脳裏にリフレインしたのだ。


『あのクズ親ともども、わしの足を引っ張るような真似をしおってっ！』


モルウェールドとしては、怒りと焦《あせ》りに駆られての意図せぬ言葉だったはずだ。だがそれは本来なら、決して口にしてはならない台詞《せりふ》だった。そもそも理不尽な路上強盗に殺されたはずの自分の親に対し、なぜ彼は「足を引っ張った」という蔑《さげす》みの言葉を使ったのか？

やがてノワールが、ふと歪《いびつ》な微笑《びしょう》を浮かべた。だがそれは、決してモルウェールドが生きていたことへの安堵からではない。

ノワールはもはや、深く考えることを止めていた。ただ、この部屋にモルウェールドがいるという事実がどうしようもなく可笑《おか》しい。

黒いシルエットに向かって、ベッドの上に跨《また》がるように乗りかかった。ギシッと沈むベッドのスプリングの上、ねっとりと見つめる視線は、焦点が合ってないかのようにただ醜《みにく》く太った男の顔を凝視《ぎょうし》している。

ここに来たのは、彼を救出するためだった、はずだ。だが、あの己の血の匂いとともに思い出された言葉が、全てを変えた。

ヴィザイストに与《あた》えられた情報とともに、全ての符号《ふごう》が己の内の何かを崩《くず》す確信に変わり、ノワールは唇を歪めて囁《ささや》く。

「閣下ぁ、今助けて差し上げますの。ククク ッ、また命令を下さいな、次は誰を殺せば良いんですの、ねえ閣下……閣下？　あぁぁ、そうでした、閣下は、悪いことをしちゃったんですのね、はあぁ、それは……」

ギシギシとノワールが上下に体重を掛けるたび、ベッドが叫《さけ》ぶように軋《きし》む。

「別にいいんですの、もうパパとママの顔すらろくに覚えていないから、そんなことはどうでもいいんですの。許しますの、だってどうでも良いんですから。ただ……悪いことをしちゃったヒトには、やっぱり制裁が必要ですよね。イヒッ、だってそれが、閣下が教えてくれた正義ですもの」

ベッドが軋み、身体が上下にバウンドする勢いに任せて、ノワールは両拳《こぶし》を組み合わせて高く振りかざす。そしてただ真っすぐに、布団《ふとん》をかぶって眼下に横たわるものの、ちょうど顔面へと振り下ろした。

何度も何度も何度も……。

そもそも助けに来たはずの主に対し、ふと制裁の欲望に駆られるや、許すと言いながらも一切の躊躇《ちゅうちょ》なく狂気《きょうき》的な破壊衝動《はかいしょうどう》に身を任せる。彼女《かのじょ》の情緒《じょうちょ》と思考は一貫性《いっかんせい》を失って半ば分裂《ぶんれつ》しており、同時にひどく矛盾《むじゅん》しているが、それを説明できるような道理はなかった。ただ、『壊《こわ》れている』という一言以外には。

何か赤い液体のようなものが飛び散ったが、ノワールは全てを無視してその行為を続ける。黙《もく》して殴《なぐ》られるだけの肉塊《にっかい》のことなど鑑《かん》みず、しばらくの間、ひたすらにノワールは凶悪《きょうあく》な腕を振り下ろし続けた。

「キャッハッハッハッハ……！！！」

やがて、奇声《きせい》めいた忍《しの》び笑《わら》いが途《と》切《ぎ》れると同時、ピタリと腕を止めて、ノワールはふらふらと立ち上がった。身体に魔力《まりょく》が流れ魔法が発現する。

すかさず首輪が反応し、首筋に薬剤《やくざい》が流《なが》し込まれるチクリとした痛みが走るも、今のノワールには意識することができなかった。

ノワールが混沌《こんとん》の中に落ちるより先に、大鎌《おおがま》を持った薄い霧《きり》がゆらりと立ち上がる。それから鋭《するど》い得物の切っ先を、ベッドに横たわる太った身体へと向けた。ＡＷＲを併用《へいよう》していないぶん幽体《ゆうたい》の現実への定着度合いは弱いが、手にした大鎌だけは実体のような質量をはっきりと備えている。

滂沱《ぼうだ》の如き涙《なみだ》が頬を濡《ぬ》らし、ポタポタと顎先から落ちていく。

そして死の大鎌は一切の淀《よど》みなく、狙《ねら》いすました相手の心臓へと吸《す》い込まれていった。それが肉を貫《つらぬ》き目標に達した直後、大鎌はそれを持つ幽体ごと、何事もなかったかのように霧散《むさん》して消えていく。

「あれ？　閣下死んじゃった……？」

ついに首に打ち込まれた薬剤の効果が表れて意識を失ったノワールは、そのまま糸が切れた操《あやつ》り人形《にんぎょう》のように倒れ伏《ふ》した。

しばらくは彼女の濡れそぼった睫毛《まつげ》が乾《かわ》くことはないだろう。気を失ってもなお、流れ出す涙は止まらないのだから。

◇　◇　◇

狂気の果てを、人が壊れる様を、まざまざと見た気がした。

と同時に、胸に湧《わ》き起こる憂愁《ゆうしゅう》の念が、心に突き刺すような痛みをもたらす。

一瞬《いっしゅん》喉《のど》を詰まらせた初老の男は、傍《かたわ》らの部下に対し、ようやく何とか労《いたわ》りの声をかけた。

「ヴィザイスト、悪かったな。嫌な役を任せることになった」

そう言いながらも、どこか忸怩《じくじ》たる思いが消えない。自分は今、どこまでも冷徹《れいてつ》であるべき軍総督《そうとく》としての役割を、とても演じ切れていないだろうからだ。長い付き合いで、もはや部下というより友人とでも呼ぶのが正しいような彼――ヴィザイスト卿《きょう》に対しては尚《なお》更《さら》、その仮面を被《かぶ》り切ることが難しくなる。

「それを言うな、ベリック。そもそも俺《おれ》が自ら買って出たことだ。俺とお前、互《たが》いに仕事は違うが一人ではどうしても限界が出る。妙な遠慮《えんりょ》は無用だ」

二人の男は病室を兼《か》ねた拘束室の隣《となり》で、全てを静観していた。いわゆるマジックミラー、一方向からだけ見える仕組みの特別製のガラス板一枚を隔《へだ》てて、その向こう側で行われる少女の猟奇的《りょうきてき》な所業を、一部始終黙《だま》って見つめていたのだ。

常軌《じょうき》を逸《いっ》した行動原理、歪んだ思考。

かつて己《おのれ》が中止・解体したはずの、魔法師育成プログラム。その犠《ぎ》牲者《せいしゃ》全てを救済し切れていなかったのは、つまるところベリックの手落ちだ。だからこそ彼は、リスクを顧《かえり》みずノワールに対してこんな特別な措置を取った。

歪み切った彼女を完全更生《こうせい》させるのは無理と知りながらも、ベリックは皺《しわ》深い手を彼女に差し伸べた。隠れた善行というのも口はばったいが、彼はこれまでも人知れず、こんな風に何人かの命を掬《すく》い上げてきている。それでも、いくつかが漏れ落ちることまでは避けられない。人が人を救える数には、自《おの》ずと限界があるのだ。

だが、ベリックはときに一度手から溢《こぼ》れ落ちたものすらも、あえて拾い上げ直そうとする。だからこそヴィザイストは未だに、彼の元で仕事をしているのかもしれない。二つしかない手に余るものなら、新たな手を差し出せばいい。

四つならばまだ幾分《いくぶん》かマシだろう、と。

今回も、そんな考えに従ったまでのこと。そもそもノワールという少女のことを思えば、これくらいは、という気持ちがある。フェリネラと同じ年頃《としごろ》ということもあってか、自分を殺しかけたこの娘《むすめ》を救うことに、ヴィザイストは使命感のようなものすら抱《だ》いていた。

今、マジックミラーの向こうで崩れ落ちたまま動かないノワールを眺《なが》め、ベリックは大きな息を一つ漏らす。

「この立場になっても、つくづく己の無力を思い知らされることが多いのだからな。これで、モルウェールドの呪縛《じゅばく》が解ければいいのだが」

今の凶事《きょうじ》を見れば、いかにノワールを縛《しば》る楔《くさび》が根深いか窺《うかが》い知れるというもの。

「これからにかかっているな。長きに亘《わた》る調教じみた拷問《ごうもん》や虐待《ぎゃくたい》を受けてきたのだ、意識の混濁を促《うなが》すドラッグを使われていた可能性もある。無痛症《しょう》も、闇《やみ》系統の才能による自己暗示に加え、後天的に発した精神的防衛本能が生み出したものだろう。あの拷問部屋の様子を見れば無理もない、というところだが……ベリック、あの娘もまた犠牲者だったということだ」

「分かっている。分かっているが、過去のおぞましい残り火を再燃させるわけにはいかんぞ、ヴィザイスト。それこそアルファが根底から揺《ゆ》らぎかねん。かつての因果を未来に持ち越《こ》さないのが、俺達《おれたち》旧世代のせめてもの仕事だ」

「あぁ、彼女を生かしたアルスの意図は……いや、俺達こそが試されているのか」

困惑《こんわく》と苦笑《くしょう》が入り混じった複雑な笑みを浮かべるヴィザイスト。アルスとロキと同じ境遇《きょうぐう》でもある少女ノワールの、これからの処遇《しょぐう》。それこそはアルスから与えられた問いなのだ。それに責任ある大人として、ベリックとヴィザイストがどう応えるか。

「ベリック、分かってるとは思うが、ロキ・レーベヘルの時のように単純にはいかんぞ」

「俺を悪役に仕立て上げるのはやめろ。アルスについていくと決めたのは彼女の決断だ。そこは尊重して然《しか》るべきだろう」

そもそもロキはベリックの思惑《おもわく》の下、アルスの監視役《かんしやく》として学院に送《おく》り込まれてきたはずだった。それが結果的には、彼のパートナーとして傍らにいる。彼女はそこに人生の大きな意義を見出《みいだ》し、アルスにも何らかの影響が確実に表れている。ヴィザイストが見る限り、おおよそ好ましい変化が。

「ふん、分別ありげな顔でよくいう。だからお前は胡散臭《うさんくさ》いんだ。余計な世話も、焼きすぎると火傷《やけど》するぞ」

「ふん、本当に今更《いまさら》だな」

しみじみと溢《こぼ》すベリックに、ヴィザイストはガラスの向こうで動かないノワールを今一度チラリと見てから、重々しく言った。

「彼女は、もう後戻《あともど》りができないところまで来てしまっている。薬が抜けようとも歪《ゆが》み切った心までは変えられんぞ。覚悟《かくご》はあるんだろうな、ベリック」

「無論だ。アルスの後だ、心苦しくはあるが、それが彼女のためにもなるはずだ」

そう言いながら、ベリックは皺が寄ってすっかり節くれだった己の手を、じっと見下ろす。

「もうとっくに汚《よご》れ過ぎた手だ。時々、誰のものかもよく分からなくなる」

「ふん、またいつもの因業《いんごう》じじぃの深刻ぶった小芝居《こしばい》か。それじゃ、俺はもう行くぞ。これでも重傷者のはずなんだが、仕事と時間は待ってくれないんでな」

「あぁ。度々《たびたび》ですまんが、いろいろと頼んだぞ」

ここは隠し部屋であるため、一見しただけでは入り口も出口もないように思える。しかし、ヴィザイストが内側の壁パネルから認証コードを入力すると、音もなく通路側の壁にぽっかりと長方形の穴が生まれ、出口が開かれた。

その後、隣室《りんしつ》に入った彼がノワールを丁重《ていちょう》に抱き抱《かか》え、連れ出していくのをベリックはそっと見守った。

それからしばし後……ベリックは、この隠し部屋の奥にある、もう一つの特別室へと足を運んでいた。

真っ白い部屋の中、特殊軍服に身を包んだ一人の精神魔法技師に、おもむろに声をかける。

「さて……奴《やつ》の記憶のほうはどうだ？」

尋《たず》ねられた技師は、真面目《まじめ》くさった顔で応じる。

「いろいろと頑張《がんば》ってはみましたが、これが限界ですね」

「そうか」

チラリと視線を送るベリック。その先には、複雑な装置がいくつかと風変わりな管がいくつも繋《つな》がれた、半ばベッドのような大きさの奇妙な椅子がある。

そこにベルトで全身を固定され、目を閉じて座《すわ》っている人物は、ベリックのかつての政敵であった男。

眠っている彼――モルウェールドの寝顔《ねがお》は、ごく、、、綺麗なもの、、、だった。

「一通り精神走査を終えました。ただ、どうしても古い記憶ですので、魔法師育成プログラムについての情報は、おぼろげな抽出《ちゆうしゆつ》になってしまいます」

「ふむ。やはり難しいか」

「それとは別に気になることが……最近、モルウェールドは誰かと密室で接触《せつしよく》しているのですが、この部分の記憶を上手《うま》く抽出することができませんでした。いくら視ようとしても、いわばピンボケ写真のような状況で……こんなことは初めてですね」

技師がそう言うや、モルウェールドがカッと目を見開いて目覚める。それから彼は口に嵌められた猿轡《さるぐつわ》のような装置を外そうとしてか、激しく身じろぎした。

「む――むぐぐっ⁉」

「そう暴れるな、傷口が開くぞ、元少将殿」

ベリックの多少揶揄《やゆ》じみた言葉に、精神魔法技師も同調するように、小さく肩《かた》を竦《すく》めて見せる。

精神魔法技師などと通りの良い名称《めいしよう》を用いてはいるが、モルウェールドの記憶抽出《きおくちゆうしゆつ》を担当している彼は、アルファ国家付きの闇系統魔法師である。

闇系統魔法による苦痛を伴《ともな》う尋問《じんもん》は国際法上禁止されているのだが、ことモルウェールドを対象にするならば、ベリックは手段を選ぶつもりはなかった。

また、もはやその必要もなくなった。これまで彼の暗躍ぶりにはさんざん手を焼かされてきたが、今回の一件はそんなベリックの仇敵《きゅうてき》にとって、致命的《ちめいてき》なダメージとなったのだ。シングル魔法師たるアルス殺害未遂《みすい》の一件に加えて、素早《すばや》いヴィザイストの部下達の動きにより、モルウェールドの屋敷《やしき》からは言い逃《のが》れのできない物的証拠がいくつも見つかっている。

これには私兵たるクルーエルサイスが出払《ではら》い、邸《てい》の警備がすっかり手薄《てうす》になっていたことも奏功したのだが、とにかくついにモルウェールドは決定的な尻尾《しっぽ》を出し、ベリックは悠々《ゆうゆう》とその権限と立場を剥奪《はくだつ》することができたのである。

じっと冷徹に見下ろすベリックの視線の先、モルウェールドはなおも見苦しく、ジタバタと身もだえするのを止めない。

「呆気《あっけ》ないものだな。いい歳《とし》して派手に火遊びなんぞするからこうなる」

モルウェールドの目が何を訴えているのかは一目でわかった。

「闇系統魔法師《まほう》を使っての尋問を言っているのだろ？　ふん、モルウェールド、お前が言えた義理か。よく聞け、貴様がくたばろうが構わん。時間をかけてでも頭の中を掻《か》き回してやるから覚悟しろ」

まだまだ先は長いだろう。モルウェールドが裏の世界でどのようにパイプを築いてきたか。

そして気掛《きが》かりであるところのエインヘミル教との関係。果たしてどこまで探《さぐ》ることができるか。

「……もうよい。また眠らせてやれ」

「ハッ！」

精神魔法技師は懐《ふところ》から注射器を取り出すと、モルウェールドの太った首筋に針を突き刺して睡眠薬《すいみんやく》を投与《とうよ》する。彼の目が次第《しだい》に虚ろになり、やがてがっくりと首が垂れ落ちた。

「さて、例の不審な密会相手のことだが……モルウェールドを焚《た》き付けた輩《やから》がいるか、はたまた、ただの取り巻きの一人か」

モルウェールドが懇意《こんい》にしていたウームリュイナ家の者かもしれないが、少し引っかかる。ベリックの頭にあったのは、ヴィザイストが報告を上げてきていた妙な観察者のことだ。何者かが、アルスとノワールの一戦のみならず、【テンブラム】の最中から一部始終を見守っていた節があるという。

「総督、クラマの線はどうでしょう」

「断定は出来んな。さすがに一軍の少将たるモルウェールドが直接にクラマと繋がるのは、奴にとってリスクが高すぎる。ヴィザイストが示唆《しさ》したように、やはりエインヘミル教が一枚噛《か》んでいる線が濃厚《のうこう》だ。だとするとモルウェールドは利用されたか」

耳にする。

ふむ、と唸《うな》りながらベリックは渋《しぶ》い顔になった。エインヘミル教は表向き正当な宗教団体だが、最近その活動を妙に活発化させており、各国における貴族階級との繋がりも良く耳にする。

実はアルスとぶつかったオルネウスが離《り》脱《だつ》時に気にしていた相手も、シルベット大主教であるのだが、それはベリックが知る由もないことだ。

とにかく、彼らについてはあまりにも情報が少ない。諜報《ちょうほう》活動を得意とするヴィザイストですら掴《つか》み切れないほど、教団の内情を守る壁は分厚いようだった。

（不安な時代に、宗教の台頭は付き物だ。とはいえ表舞台《おもてぶたい》でよく知られているのは、シルベット大主教と他数人の司教クラスくらいだが。あの組織の実態は、ほとんど秘密結社じみているようだからな）

そこまで思考を巡《めぐ》らせたところで、ベリックは意を決して呟く。

「エインヘミル教か……少し調査しておく必要がありそうだな」

今回の顛末《てんまつ》だけを述べておくならば、結果的に教団は、モルウェールドを早々に切り捨てた。彼との関係性は認めたものの、それは一般的《いっぱんてき》な宗教団体と軍の上層部との付き合いレベルであり、ごく浅いものであったとして、正式な声明文を出すとともに、世間の誤解を招いたことを謝罪している。

ベリックや元首シセルニアの元にも教団の使者が訪《おとず》れ、誤解を解きたいとの名目で多数の献上品《けんじょうひん》を携《たずさ》えてきている。

それを突っぱねることは当然可能だったが、彼らが差し出した品物こそが問題だった。

教団が提供してきた品は、ようやく解明の兆《きざ》しが見え始めていた【ミネルヴァ】同様、貴重な遺物の類であったのだ。ミネルヴァがあらゆるAWRの祖であると同様に、それもまた歴史的価値のあるものであることに疑いない。その過剰《かじょう》とも取れる献上品のうちいくつかは、魔物《まもの》の正体や由来について解明できるキーアイテムとなり得るかもしれず、そうなればベリックとて無下《むげ》にはできなかったということがある。

そもそもモルウェールドの一件への彼らの組織的な関与《かんよ》については、明確な証拠が出てきていない。さらにシルベット大主教は、ここに関して下手に隠すのではなく、寧《むし》ろ「自分や一部の信者がモルウェールドに加担するような言動を取ったのは、彼に騙《だま》されていたため」と己の不徳を率直《そっちょく》に詫《わ》びた上で、この一件は最初から教団とは関係ない、という姿勢を貫いた。最終的には自《おの》ら謹慎《きんしん》して責任を負うという謙虚《けんきょ》な態度すら見せたのだ。

熟練の政治家にも劣《おと》らぬ事後対応に舌を巻く思いのベリックだったが、もちろん一方で、彼らに対する牽制《けんせい》も忘れてはいない。政治的取引の一環《いっかん》として、ベリックは国内におけるエインヘミル教団の布教拠点《きょてん》の一部を接収し、それ以上の布教拡大を一時禁じる措置《そち》を取った。彼らに対する調査や監視の動きも、今後多少なりとも強化されることになるだろう。

ともあれ、あの少女――ノワールをギリギリのところで保護出来たのは、混沌に満ちた一連の事件の中でも、数少ない幸いといって良いことの一つだろう。

（一先《ひとま》ず収穫《しゅうかく》はあった。が、これ以上は動きようもない、か。落ち度ばかりだな、俺は）

胸に再び湧き起こる憂鬱《ゆううつ》な思い。心底うんざりするが、自ら歩み始めた道を放棄《ほうき》するわけにもいかない。一つを成すために一つを犠牲《ぎせい》にする。巨大《きょだい》な政治的決断というものは、常にその積み重ねだ。

そういう意味ではベリックもまた、己を保つために、常に満たされることのない贖罪《しょくざい》の形を探していると言えた。その結果がアルスでありロキであり、今また、ノワールもその新たな対象に加わったといえるのかもしれない。

自分が誰かを救うのも見捨てるのも、所詮《しょせん》、全てはエゴで、極《きわ》めて身勝手な理由だ。それが分かっていながらも、どうしても止めることはできない。

大きく息を吐き出し、ベリックは壁《かべ》の照明スイッチを押した。

ノワールが先程《さきほど》暴れた部屋に、ぼんやりと白色の明かりが灯されていく。ベッドの上の、顔面を滅茶苦茶《めちゃくちゃ》に打ち砕《くだ》かれた盛り上がりはそのままで、白い壁には、一面に赤い染《し》みが飛び散っている。

かなりの惨状《さんじょう》だが、これこそ彼女が長年溜《た》め込んできたもの。それが解放され、彼女の中に蟠《わだかま》るおぞましい業が一つだけ消え去った——あえてそう思うことで、ベリックは自分を宥《なだ》めすかす。

「それに、所詮はまがいものの血だ。汚れた壁は、拭《ふ》き取ればすぐに綺麗になる」

願わくば、彼女の心もそうあってくれれば良かったのだが、とベリックは一人ごちた。

そう、先にこの部屋で、ノワールが凶悪な殺意を向けて徹底的に破壊したものは、精巧《せいこう》に造られて血糊《ちのり》めいた人工血液を仕込んだ肉人形《ダミー》だ。ヴィザイストが密かに用意したものだが、ベリックはその出元をあえて聞かなかった。

もちろん裏世界にも聡いベリックは、それが十中八九、ヴィザイストが例の凄惨《せいさん》な現場からかき集めてきたクルーエルサイスの死体だろうと察してはいる——とても趣味《しゅみ》がよいとは言えないが、狂気と異常な興奮に駆《か》られていたノワールのことだ、あの暗闇《くらやみ》の中では細部まで確認《かくにん》することはできなかっただろう。万が一逃走《とうそう》しようとする事態にも備え、各出口には腕利《うでき》きの魔法師を待機させてもいた。

それでも、この部屋の惨状を見れば、心がざわつかずにはいられない。ただ、こうでもしないかぎり、ノワールはモルウェールドの傀儡《かいらい》として生き続け、依存《いそん》し続けるだろう。文字通りに汚《きたな》くおぞましい解決法だが、それでも無残に実行された破壊には、きちんと意味があった。

　ベリックはそう信じる。

　これで、軍を纏《まと》めるための大きな障害が排除《はいじょ》された。彼の権力はより揺るがぬものになり、あらゆる計画を進めるための地歩が、また一つ固まった。


　だが、代わりに一気に襲ってきた精神的疲労《ひろう》が、初老のベリックにまたも溜め息《いき》を漏らさせた。まるで身体に溜まった毒素を吐き出すように、深く長い息を一つだけ吐いてから、ベリックはあえて己に喝《かつ》を入れるように、ぐっと顔を上げた。

　まだまだ、先は長い。こんな所で疲《つか》れを見せるようでは、この先数々の難局を乗り切り、手強《てごわ》い諸問題と渡り合っていくことなどできない。訪れる逆境こそは、常に最大のチャンスでもある。

　だから——この機に、一気に軍を改革しなければならないだろう。

　ベリックは老いつつある身体に残った最後の気力を振り絞《しぼ》るようにして、執務室《しつむしつ》へと向かうのだった。

あとがき

The Greatest Magicmaster's Retirement Plan

お久しぶりです、イズシロです。本書を手に取ってくださり誠にありがとうございます。

これにて【テンブラム編】が終わりました。あくまでも直近の数冊に、便宜上そんな風にサブタイトルをつけるならば、という話ですが。

私的にはなかなか難所となる部分も多かったなという感想です。その反面、これまでに描けなかった競技的な戦闘シーンであったりと、今までとは別の形の「魔法戦」が書けたことは新鮮でした。

また難所といえば、執筆上の苦労とは別に、昨年はなかなか体調が優れない期間が長かった、ということもあります。やはり健康には春先から十分気を遣うべきだった、という自責の念をちょっと挟みつつ……皆様もどうぞお身体にはお気をつけくださいませ。

話は戻りますが、兎にも角にも、今巻では【テンブラム】における激戦はもちろんのこと、それ以外の戦闘も描けましたので、個人的には満足しております。今回、あとがきも長めですので、そもそものテーマや構想部分のお話など、少しさせていただこうかと思います。

（ここから先は、一部本編の内容にも触れていきますので、未読の方はご注意ください）

まず、書籍版がＷＥＢ版と一番変わったのはストーリーの構成ですね。途中に【脱獄囚】関連の事件を挟んだほか、試合形式もずいぶん手を入れて、なんとかウームリュイナ家とフェーヴェル家の因縁も一応の決着と相成ったわけです。若干詰め込み過ぎた部分は否めませんが、それもまたご愛嬌ということで。少なくとも【テンブラム】終了からノワール戦に突入する流れは、私の中でのマストだったわけでして。

もちろん、全てがこれでスッキリと解決したわけではありませんし、ちょっと気になる各方面の話は、次回以降でしれっと書かせていただく予定です。特に【継承魔法】だったりウームリュイナ家のその後、何よりフェーヴェル家の事後処理的な問題も意外に書き残していたりします。著者の私としても、楽しみな展開が控えているのです。

そして、本巻を含む【テンブラム編】では、テスフィアの内面の変化も、思い切ってＷＥＢ版よりも踏み込んで描いてみました。次回以降、新たに彼女の心の機微といった部分も、繊細に記していければ、と思っております。

また、すでに軍人であり確かな実力を持つアルスとロキに対して、未だ学生身分であるテスフィアとアリスが何を考え何を決心するのか（まあ、テスフィアはある程度大きなパワーアップを果たしましたが）、というところにもご期待ください。単に魔法師として強くなることだけが成長ではない、そんな風に思えるような姿を見せてくれるかもしれません。

あとそういえば、久しぶりの真剣《まじ》モードのアルスも、今巻の見どころかもしれません。初期からずっと裏の仕事に従事していた、という設定がある彼ですが、これまでその一端をお見せする場面も意外に少なかったですからね。ストーリー終盤で、彼はある意味で本来の姿である沈黙の殺戮者に変貌しましたが、様々な経験を経てきた分だけ、どこか完全にかつてのアルスとは違っている一面があったかと思います。

そもそもノワールの境遇にはアルスと似たところがあり、そんな二人の対比は、今巻で描きたかったテーマの一つでもありました。今後のアルスを見ていただければ、彼の内面に起きた変化が、より明確に感じ取れるかもしれません。もちろん、ノワールの今後にも期待してくださると嬉しいですね！

それはそうと、最近ちょっと気になるのが、作品内の男女比問題……。とはいえ、アルスの周りに美少女・美女ばかりが集まってくるのは「世界の法則」的にはやむを得ない（？）点もある、ということで、どうか温かい目で見てくださると助かります――まあ、おっさんは結構いますけどね。作者としても多数のヒロインらに、それぞれ出番を用意したいのは山々なのですが、どうにも話がまとまらなくなってしまうので、そんな表現欲をぐっと堪えてPCに向かう毎日です。

そうそう、次巻では新たに物語の舞台を移せたらいいな、とも考えておりますので次も是非お楽しみにしていただければ幸いです。


ここからは、関係各者様への謝辞へと移らせていただきます。

編集様、今回は【テンプラム】のアレコレを変更するのにご助力いただきありがとうございます。様々なご意見、大変参考になりました。

イラストを担当してくださいましたミユキルリア先生、いつも素敵なイラストをありがとうございます。私の我儘で、難しい要素やご要望をお願いしてしまっていることも多々あるかと思いますが、イラストのクオリティでいちいち応えていただけて、もう感謝しかございません。今後とも宜しくお願いします。また校正者様やデザイナー様、印刷所様やオペレーター様、書籍営業様などなど、本書を作るのにお世話になった多くの方々にも、深く深く感謝しております。

そして何より、最後にこの「最強魔法師の隠遁計画」第18巻を手に取ってくださった読者様、いつも応援してくださりありがとうございます。今後も引き続き、お楽しみいただけるものをお届けできるよう頑張っていく所存です！

では、また次回のあとがきでお会いしましょう。

HJ文庫 https://firecross.jp/
1164

最強魔法師の隠遁計画 18

2024年5月1日　初版発行

著者――イズシロ

発行者―松下大介
発行所―株式会社ホビージャパン

〒151-0053
東京都渋谷区代々木2-15-8
電話　03(5304)7604（編集）
　　　03(5304)9112（営業）

印刷所――大日本印刷株式会社

装丁――AFTERGLOW／株式会社エストール

Printed in Japan

ISBN978-4-7986-3535-4　C0193

恋愛以外完璧なお嬢様は最愛の執事を落としたい!

俺が告白されてから、お嬢の様子がおかしい。

著者／左リュウ　イラスト／竹花ノート

天堂家に仕える執事・影人はある日、主である星音にクラスメイトから告白されたことを告げる。すると普段はクールで完璧お嬢様な星音は突然動揺しはじめて!?　満員電車で密着してきたり、一緒に寝てほしいとせがんできたり――　お嬢、俺を勘違いさせるような行動は控えてください！

シリーズ既刊好評発売中

俺が告白されてから、お嬢の様子がおかしい。1

最新巻　俺が告白されてから、お嬢の様子がおかしい。2

HJ文庫毎月1日発売　発行：株式会社ホビージャパン